KB215632
9791138055833

1
V 아바타의 안쪽 사정

쿠로카기 마유
일러스트 후지 초코

시리우스 러브 베릴포핀

키리히메

시즈나기 미오

우미가세 카미오 아토리 치카게 야마시로 키리사 사이자 포사이스 니아

"뭐야.
갑자기 뭘…… 어?"

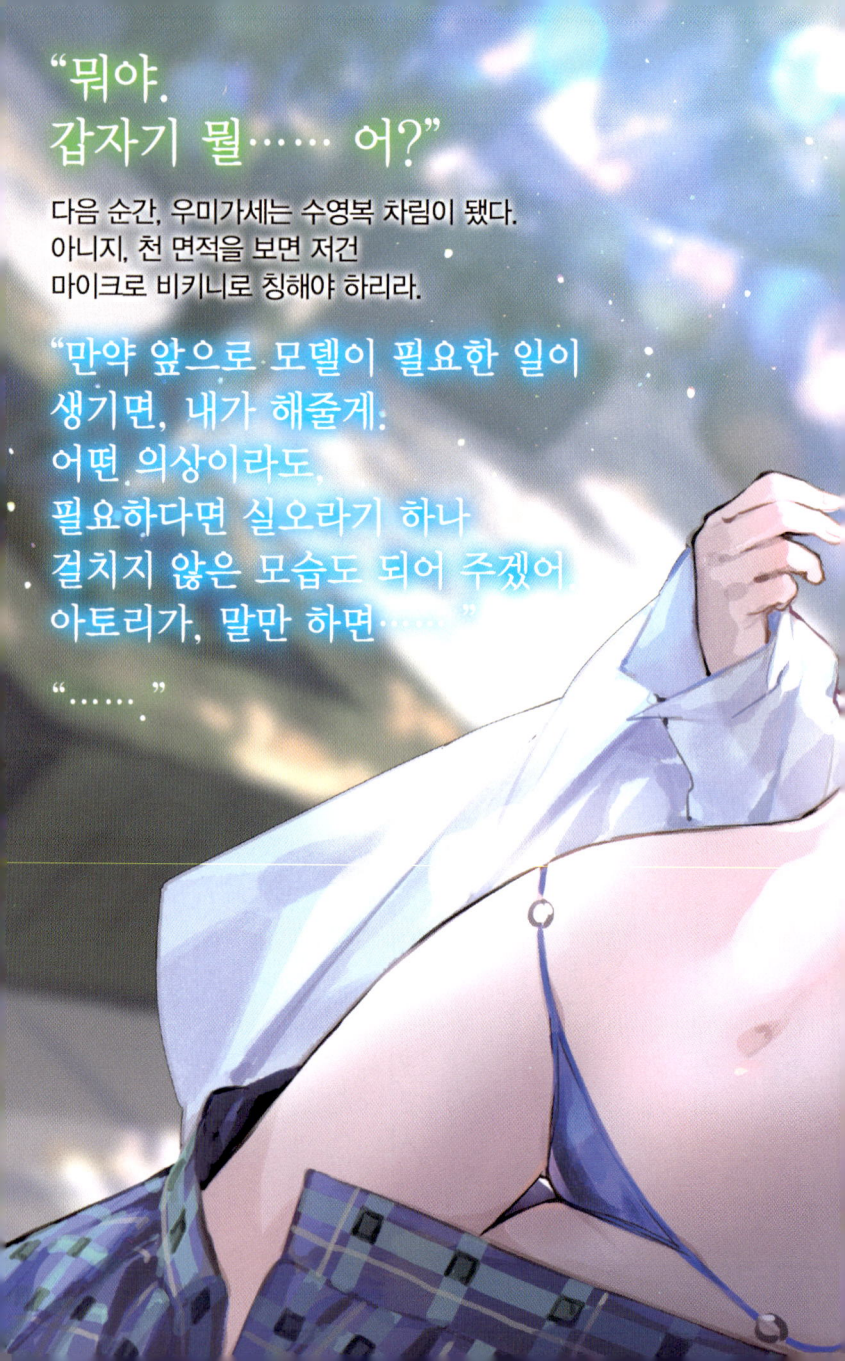

다음 순간, 우미가세는 수영복 차림이 됐다.
아니지, 천 면적을 보면 저건
마이크로 비키니로 칭해야 하리라.

"만약 앞으로 모델이 필요한 일이
생기면, 내가 해줄게.
어떤 의상이라도,
필요하다면 실오라기 하나
걸치지 않은 모습도 되어 주겠어
아토리가, 말만 하면……"

"……"

"마마가……
되어 주지 않을래?"

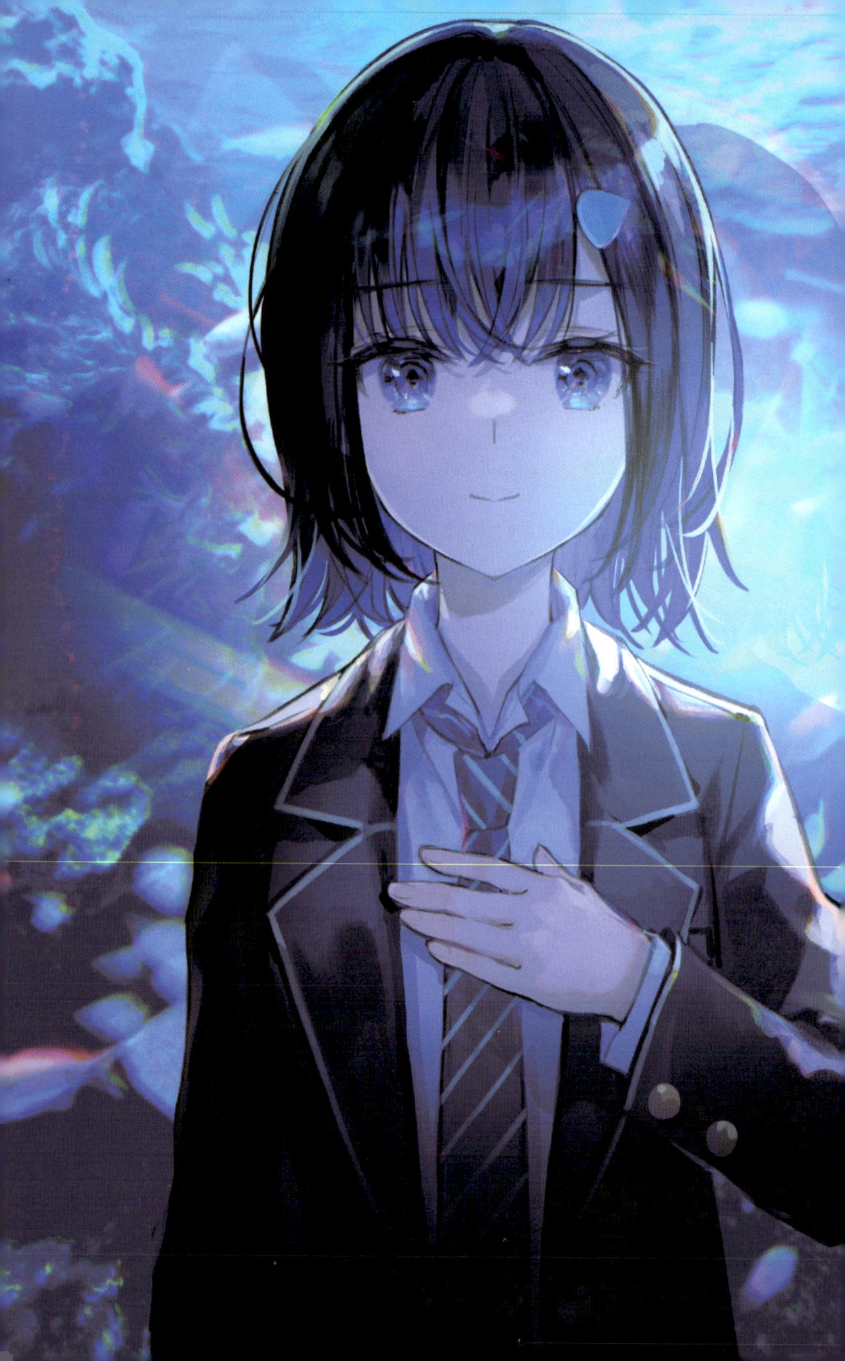

"그렇다면 아토리, 너는 앞으로도 나를 지켜봐줘. 내가 하고 싶은 일도, 앞으로 내가 어떤 존재가 되는지도, 전부 다."

"응? 그래, 알았어."

"그리고, 그때는——"

이어지던 말이 끊겼다.

"우미가세……?"

"나를, 봐줘. 내가 앞으로 하는 일을, 전부……."

【#1】MAKE ME MOM
—————— 006

【#2】존잘 일러스트레이터를 함락하는 방법
—————— 026

【#3】야마시로 키리사는 거절하지 않는다
—————— 054

【#4】아바타 제작의 안쪽 사정
—————— 091

【#5】게으름뱅이 뱀파이어에게 친구를
—————— 113

【#6】그 녀 가 태어난 날
시즈나기 미오
—————— 149

【#7】5월의 버츄얼 신데렐라
—————— 181

【#8】파도가 잦아들 때
—————— 213

【#9】사랑받지 않았다는 건
—————— 244

【#0】그 고래는, 오늘도 울고 있었다
—————— 270

【#10】우미가세 카미오의 수료표
—————— 279

【#11】혹은, 그녀에게 있어서의 프롤로그
—————— 308

V 아바타의 안쪽 사정

쿠로카기 마유

일러스트 후지 초코

1

표지 · 본문 일러스트
후지 초코

『존경하는 일러스트레이터, 아토리에 선생님. 아토리에게.』
『제 마마가 되어 주시겠어요?』
『자세한 이야기는 내일 아침 7시, 학교 옥상에서 해요. 꼭 오세요. 카미오.』

"이게, 뭐야?"
 월요일 이른 아침. 알람을 듣고 눈을 뜬 후에 침대에 누워서 스마트폰으로 내 Tmitter(트미터) 계정을 보다가 그런 DM(다이렉트 메시지)이 온 것을 깨달은 순간, 온몸에 감돌던 잠기운이 싹 사라지면서 정신이 번쩍 들었다.
 DM을 보낸 상대의 유저명은 문장 끝에 나온 바와 마찬가지로 『카미오』였다. 아이콘은 귀엽게 디자인한 점박이물범인데, 메시지 내용 때문에 섬뜩한 느낌이 감돌았다.
 내가 하는 일의 내용을 생각해 보면, 이것이 어떤 문장인지 이해가 됐다.
 하지만 이것을 단순한 업무 의뢰로 받아들이긴…… 좀처럼 쉽지 않은걸.

 나, 아토리 치카게는 고등학교에 다니면서 『아토리에[※아틀리에와 발음이 같다.]』라는 명의로 프리랜시 일러스트레이터 활동을 하고 있다. 구분하자면, 학생 그림쟁이다.

더 덧붙이자면, 흔한 일러스트레이터도 아니다.

이른바 업계 최정상의 존잘 일러스트레이터, 등으로 불리고 있다.

◆아토리에(アトリエ)는 일본의 일러스트레이터 겸 원화가. 12월 27일생. 도쿄 출신. 좌우지간 귀엽고, 성인 지정 태그가 붙지 않을 정도로만 야한 일러스트를 빠른 속도로 양산하기에 『갓토리에』로 평가받고 있다. 좋아하는 것은 블랙 커피, 싫어하는 것은 설탕 커피.

이상, Pixev(픽세브) 백과사전에 실린 아토리에의 페이지에서 발췌.

……그리고 나 자신의 속사포 자기소개로 덧붙여 설명하자면, 하루에 일러스트(그림) 한 장은 꼭 완성해서 트미터에 올리고 있고, 한 달에 열 명의 캐릭터 디자인과 관련 설정을 구상하며, 내 픽세브 팬박스에 공개하고 있다.

능력 이외의 부분을 말하자면, 업무 상대는 정중하게 예절을 지키고 대하며, 설정된 마감은 한 번도 어긴 적이 없다. 그러므로 클라이언트가 신용할 수 있는 일러스트레이터라고 자부한다.

그런고로 틀림없는 존잘 일러스트레이터다. 누구보다도 나 자신이 믿어 의심치 않으며, 세간에서도 그렇게 여길 게 틀림없다. 아토리에가 현재 트미터 프로필에 고정한 일러스트는 15만 좋아요를 받았다. 완전 대박. 초대박······.
 문득, 생각했다.
 설마, 이 일러스트를 계기로 눈치챈 걸까?

 내가 존잘 일러스트레이터란 사실은, 일단 넘어가겠다.
 이 『마마가 되어 주세요』라는 메시지를 가지고 고려할 수 있는 점은 많다.
 왜 나한테 이런 이야기를 하는 걸까. 애초에 어떻게 내가 아토리에인 것을 알았을까. 물론, 주어는 그녀―― 카미오. 우미가세 카미오다.
 내게는 같은 반 사람에 지나지 않는 우미가세 카미오는 어떤 심정으로 이런 메시지를 보낸 걸까? 마마가 되어 달라니······.
 ······침대에서 몸을 일으킨 나는 옷장에서 교복과 얼굴을 닦을 수건 등을 꺼냈다. 평소 같으면 등교 준비를 마친 뒤에 커피 한 잔이라도 마시면서 소셜 게임의 일과 퀘스트를 하겠지만, 오늘 아침에는 그럴 수 없을 것 같다.
 한시라도 빨리, 학교에 가야 하니까.
 그리고 오늘까지의 일을 되짚어 보면서, 어쩌다가 이런 사태가 벌어졌는지를 생각해야 한다.
 전전긍긍하는 지금의 내가 할 수 있는 일은 그게 다였다.

【#1】MAKE ME MOM

 올해 도쿄의 4월은 화창한 날씨가 이어지고 있어서, 꽃구경을 하기에 딱 좋은 환경이었다. 학교 정문 부근에 심어진 왕벚나무 또한 자기 존재를 뽐내듯 흐드러지게 피었다. 화사하고 훈훈한 색깔이 환상적인 광경을 연출하고 있었다.
 계절은 그야말로 완연한 봄.
 그건 개학식과 학급 배정에서 일주일도 채 지나지 않은, 4월 어느 날에 일어난 일이다──.

 "저기, 치카게."
 그날, 점심시간.
 내 오른쪽 옆자리에서, 토끼처럼 채소 스틱을 오독오독 물고 있는 여자애.
 야마시로 키리사가 털털하게 말을 걸자, 나는 태블릿용 펜을 쥔 손을 놀리면서 귀만 기울였다.
 "저기, 내 말 들려?"
 "들려."
 혼자 심심하게 밥을 먹는 걸 보면, 같이 밥을 먹던 친구가 같은

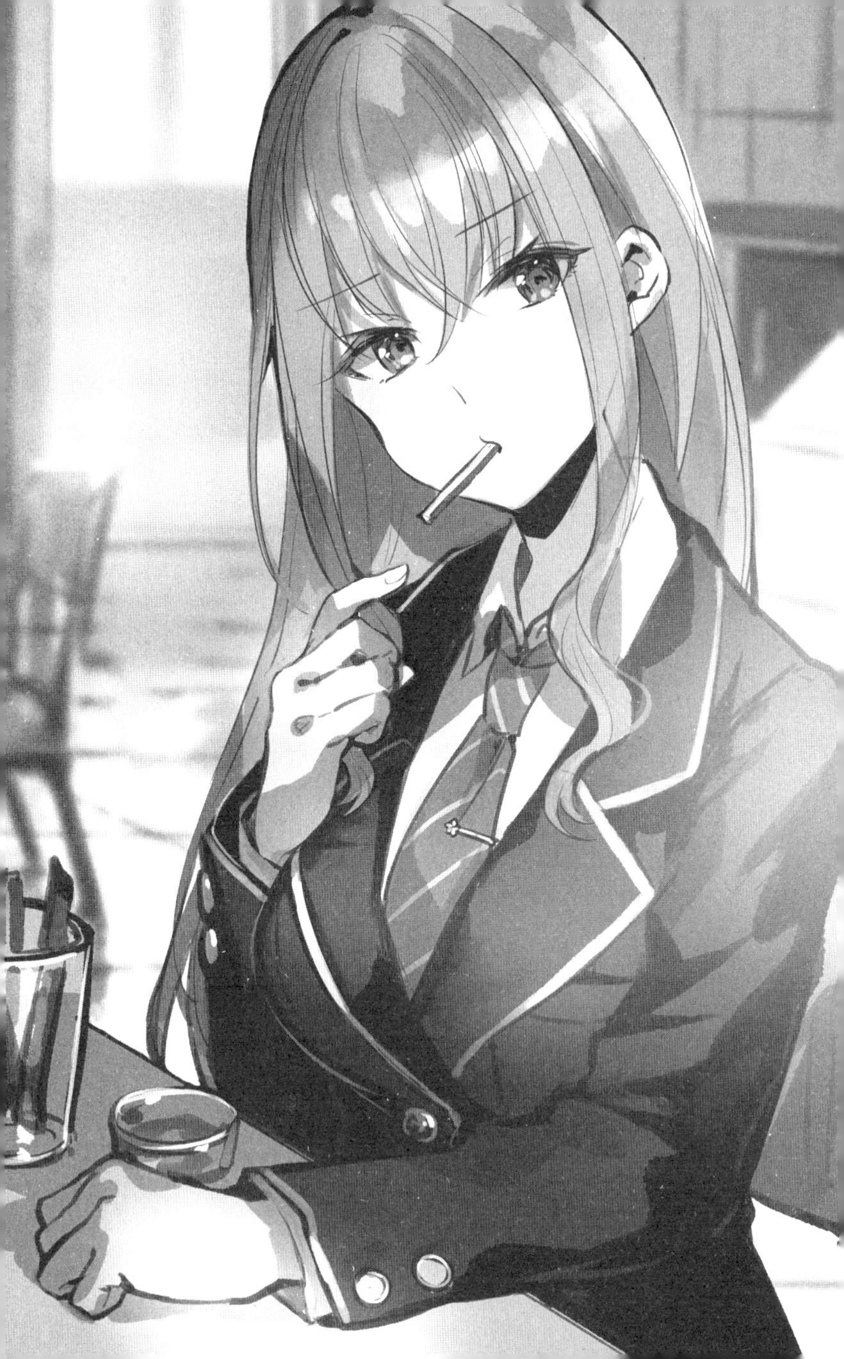

동아리 지인에게 불려 간 것 같지만── 안타깝게도, 나는 작업 중이다. 심심풀이 잡담을 원한다면 다른 사람을 알아봐 주길 바란다.

"좀 신경 쓰여서 물어보는 건데…… 요즘, 여자들을 꼬시고 다닌다는 게 진짜야?"

태블릿을 향한 시선을 느낀 나는 그제야 키리사를 쳐다봤다.

"내가 그런 짓을 할 리가 없잖아."

"그렇지? 다행이야. 진짜, 소문은 믿을 게 못 된다니깐."

"그래. 꼬신 게 아니라, 데생 모델을 부탁했을 뿐이야."

"역시 했잖아! 왜 그딴 비상식적인 짓을 한 건데?"

"그거 알아? 상식이란 열여덟 살이 될 때까지 습득한 편견의 집합체란 것을……."

"아인슈타인을 변명거리로 삼지 마."

단칼에 베는 듯한, 날카롭기 그지없는 딴지였다──. 그딴 건 아무래도 상관없지만, 모델 데생을 여자 꼬시는 작업으로 지레짐작하는 건 좀 그렇다고 본다. 온 세상의 화가가 화낼걸?

"대체 무슨 바람이 불어서 갑자기 그런 짓을 시작한 거야?"

"딱히 심오한 이유는 없어. 봄방학에 문득, 존잘 일러스트를 창조할 양식으로써 리얼 여자를 그려보는 건 어떻겠냐는 생각이 들었거든. 그래서 실제로 해보니 신선했고, 구도와 질감에 적절히 반영되는 것 같아서 계속하는 건데……."

"아무리 그런 생각이 든다고 해도, 그걸 진짜로 해? 아아, 머리가 어지러워……."

키리사는 어지러운 듯이 머리를 손으로 짚었다. 하지만 내 말에는 한 치의 거짓도 섞여 있지 않았다.

2학년 개학식 이후, 나는 딱 보고 느낌이 온 여자애에게 30분 정도 데생 모델이 되어 달라고 부탁했을 뿐이다. 그리고 무사히 데생을 마치고 나면 상대에게 보수── 순수한 금품 혹은 다른 것일 때도 있지만, 그런 것을 주며 감사의 마음을 전하는 것으로 끝이다. 그러니 헌팅처럼 나중에 문제가 될 수 있는 행위 같은 것은 생각해 본 적도 없다.

"착각하면 곤란하니 미리 말하겠는데…… 나는 여자애 몸이 목적일 뿐, 상대의 성격이나 인성에는 전혀 흥미 없어. 그 점은 믿어달라고."

"말만 들으면 너무 저질 같은데……."

그런 대화를 나누는 사이, 오늘 트미터에 올릴 일러스트의 밑그림이 완성됐다. 자, 배경은 어떻게 한다…….

"애초에 그런 게 참고가 되긴 해? 이제 막 시작한 사람이라면 몰라도, 이미 자기 스타일이 확립된 인간이잖아? 효과가 있을 것 같진 않아."

"아니야. 막상 해보면, 의외로 도움이 돼."

여러 장을 그려 보고 이해한 것인데, 현실의 여자애를 그린다는 행위는 시각적인 것보다 더 많은 경험치를 창작자에게 준다.

개성적인 캐릭터 디자인을 생각할 때는 데생 경험이 발상의 실마리가 되기도 하고, 피부와 근육 및 골격의 가동 영역을 고려하면 데생 돌이나 일러스트 앱(애플리케이션)의 3D 모델보다도 현실의 여자애가 더 모순 없이 세세한 부분까지 이해할 수 있다. 아무튼, 현실 여자애의 협력을 통해서만 얻어지는 영양소 같은 것이 분명 존재했다. 물론 여자애에게 갑자기 그런 부탁을 해서 허락받을 가능성은 작으며, 타율로 보면 1할 정도지만──완성된 일러스트의 퀄리티를 생각하면, 그 정도 고생은 허용할 수 있다.

그러고 보니…….

키리사라면, 실물을 보여주고 설명하는 게 낫겠는걸.

내가 일러스트레이터라는 것을 아는, 몇 안 되는 사람이라면.

말보다도 일러스트가, 정당성을 더 정확히 알려줄 것이다.

"좋아. 그렇다면 이걸 좀 봐."

이야기를 하면서 진행하던 선화(線畵) 작업을 중단한 나는 태블릿으로 아토리에의 트미터에 로그인했다. 어느 걸로 할까…… 좋아, 이게 좋겠어.

어젯밤에 올린 일러스트가 눈에 들어왔기에, 나는 그것을 키리사에게 보여주기로 했다.

"잠깐만……. 이, 이 그림은 교실에서 보여주면 안 되는 거잖아! 여러 의미에서 말이야!"

각도상 키리사 말고는 안 보일 테고, 지금은 그런 것보다 일러스트에 주목해.

"예를 들어 소셜 게임에서 어마어마하게 인기 있는 이 은색 장발 캐릭터 말인데…… 타이츠로 감싼 종아리부터 허리까지 이어지는 라인에 주목해. 이 캐릭터의 근육을 재현하기 위해, 나는 농구부 여자애를 참고했는데…… 그게 완전 정답이었지 뭐야. 부드러움과 강함이 혼연일체가 된 근육이 어마어마한 에로함을…… 왜 끄는 건데?"

 내가 세세하게 설명했지만, 키리사는 태블릿의 화면을 껐다.

 "갑자기 뭘 해설하는 거야! 그, 그리고 억 보를 양보해서 모델을 구한 것까지는 좋아."

 억 보면, 양보를 안 한 거 아닐까?

 "하지만…… 왜 이 여자애가 버니걸 차림인 건데?! 서, 설마 모델한테 실제로 버니걸 의상을 입힌 건……."

 "야, 그런 것까지 어떻게 부탁해. 너도 참, 상식적으로 생각하라고."

 "아, 아까 자기 입으로 상식이 어쩌고저쩌고…… 하긴, 맞아. 아무리 치카게라도, 그 정도 상식은 있을 거야……."

 "뭐, 데생이 끝난 다음에 밑져야 본전으로 말해 보긴 했지만. 참고로 묻는 건데, 버니걸 의상에 관심이 없냐고 말이지. '없어!' 소리를 듣고 스포츠음료를 뒤집어쓰는 바람에, 하는 수 없이 의상은 머릿속으로 보완했지……."

 "진짜로 말하지 마! 이 바보 멍청이!"

 목소리를 낮춰 호통을 친다고 하는 모순을 피할 수 없어서 그런지, 키리사는 몹시 지쳐 보였다.

 그런 키리사는 마지막으로 나를 확 노려봤다.

 "알았어. 이제, 마음대로 해 봐. 그렇게 여자나 꼬시고, 사회적으로 민감한 그림이나 그리고 죽을 때까지 만족하라고!"

【#1】MAKE ME MOM · 11

"여자는 꼬신 적 없어……. 게다가 인생 레벨로 질리지 마."

"흥!" 하면서 얼굴을 붉힌 키리사는 칫솔을 챙기고 자리에서 일어나 교실에서 나가려고 한다.

"그런 짓만 해대다간, 언젠가 혼쭐이 날 거야."

그리고 마지막 말을 남긴 후, 나를 내버려두고 교실 밖으로 나가버렸다.

"쟤들, 또 저러네."

"신경 쓰지 마. 이제는 정기 이벤트잖아."

……여기저기서 점심 식사 콜로니를 형성하고 있던 반 아이들의 시선이 느껴졌다. 또 너냐고 눈빛으로 말하는 것 같았다. 특히 작년에도 같은 반이었던 애들이 심하다.

지금 할 말은 아닌데, 키리사와 나는 통하는 부분도 있는 한편으로 절대로 용납할 수 없는 부분도 많다.

이번에는 후자였다고 보면 될까. 펜을 다시 쥔 다음, 너무 놀린 걸지도 모르겠다고 몇백 번째인지 모를 반성을 했다──. 즉, 반성하는 마음은 별로 없다.

"너 또 야마시로를 화나게 했지?"

"그런 작전이냐?"

"그리고 오늘도 뭔가 그리고 있네."

선화 작업을 재개한 직후의 일이다.

키리사와 교대하듯 다가온 남자애들이 내게 말을 걸었다.

"쟤는 기본적으로 차분한데, 때때로 감정이 폭주한다니까."

"우리한테는 항상 차분하거든?"

"아토리 네가 속을 긁은 거잖아."

"게다가 1학년 때부터 그랬지."

"부부싸움 하냐고."

"서로 이름으로 부르는 걸 보면, 진짜로 그런 사이 아니야?"

……지금까지의 경험으로 봐서, 이런 놀림은 그냥 무시하는 게 제일이다.

그래서 이번에도 무시했다. 묵묵히 태블릿만 봤다. 그런 사이가 아니니 인정할 수 없고, 애써 부정하면 오히려 긍정하는 느낌이 들면서 불에 기름을 끼얹는 격이 된다. 이 무슨 절망적인 양자택일이냐고. 진짜 성가셔서…….

"그러고 보니 아토리 자리는 완전 양손의 꽃인걸. 오른쪽이 야마시로잖아? 그리고 창가 쪽이……."

바로 그 순간.

한 여학생이 교실 뒷문으로 들어오자, 아까부터 말을 늘어놓던 남학생이 입을 다물었다.

시트러스 향기가 희미하게 감돌면서 시원한 공기가 주위를 휘감는가 싶더니, 그 여학생이 우리 바로 옆을 스쳐 지나갔다.

마치 지나간 길이 정화되면서, 아무도 발을 들일 수 없는 성역이 된 것만 같았다. 주변 남자애들은 입을 다물었고, 앞쪽에서 점심을 먹던 여자애 몇몇도 이쪽을 쳐다봤다. 다들 그 일거수일투족을, 눈에 새기려 했다.

"우미가세 양, 이잖아."

내 왼쪽. 교실 가장 뒷줄 창가 자리에 앉은 여자애.

이름은 우미가세 카미오.

우미가세와는 작년에 다른 반이었다. 그래서 교내에서 말을 붙인 적이 없었고, 게다가 나는 일러스트레이터 활동 시간을 확보하고자 피치 못하게 귀가부를 선택해야만 했다. 그래서 내 기억으로는 이렇다 할 접점이 없다.

하지만 생판 남인 나조차도 우미가세의 범상치 않은 카탈로그 스펙은 익히 들었고, 짧은 기간이지만 그 옆자리에 있으면서 그 폭력적인 매력을 실감하고 말았다.

작고 갸름한 얼굴. 여자라면 누구라도 부러워할 듯한 몸매. 롱 보브 스타일로 기른 검은 머리카락은 옻칠한 것처럼 진하고 윤기가 많으며, 눈도 크고 쌍꺼풀도 뚜렷하다. 날카로운 느낌의 윤곽으로 가다듬어진 얼굴은 절세의 미소녀란 표현으로 부족할 정도로, 더군다나 묘하게 환상적으로 보인다.

본인의 잠재력 또한 종합적으로 뛰어나다. 지난겨울에 치른 모의고사에서는 다섯 과목에서 전국 100등 안에 들어 교사들이 절찬했다는 이야기를 들었다. 작년 체육대회에서는 각종 종목에 참가했고, 모든 참가 종목에서 1등을 차지해 개인 MVP를 수상했다. 게다가 피아노도 칠 줄 안다고 한다. 교사의 부탁으로 조회 시간에 반주를 담당하는 일도 자주 있다.

나아가 커뮤니케이션 능력도 탁월하다고——.

아니, 그건 과연 그럴까? 필요할 때만 입을 열지 특별히 누군가와 수다를 떠는 모습을 본 적이 없고, 항상 자기 자리에서 음악을 듣거나 스마트폰만 만진다. 캐릭터 분류로 따지면 쿨 타입 혹은 고고한 타입일 것이다.

하지만 그런 점이 밝고 고운 분위기와 부합되면서, 주위에서 멋지다거나 아름답다고 평가받지만…… 아무튼 말이다.

다들 인정하는, 천상의 존재.

그것이 우미가세 카미오란 인간을 평가하기에 걸맞은 말이라고 생각한다.

교실로 돌아온 우미가세는 자기 자리에 앉고, 헤드폰을 썼다.
"젠장, 내 뽑기 운만 좋았어도…….."
"갑자기 자리 바꾸기를 할 줄은 몰랐어."
"그건 그렇고, 우미가세 양은 진짜 귀엽네."
"뭘 듣는 걸까?"
"마이너한 국내 가요나 들었으면 좋겠어."
"우와, 그거 왠지 알 것 같아."
"남친은 있을까?"
"있다면 미치게 잘생기고, 의대에 들어갈 만큼 공부를 잘하는데다, 취미가 암벽타기인 사람이겠지."

자기들 목소리가 들리지 않는다고 여긴 남학생들이 별별 소리를 다 늘어놓기 시작했다.

거기에 영향을 받은 나도 우미가세를 슬쩍 봤다.

작게 하품을 하면서 턱을 괴고 창밖을 보고 있다. 평소 루틴대로 오늘도 음악을 듣고 있었다. 활짝 열린 학생 가방 안에서 삐져나온 점박이물범 인형이 보이는데, 저건 필통이었던가? 그리고 천천히 책상 안에서 구미(젤리) 봉지를 꺼내더니, 하나를 꺼내서 입에 넣었다── 하나가 댑따 크네?

그렇듯 별것 아닌 행동 하나하나도, 우미가세가 하면 특별해 보였다. 타고난 모델 기질이라는 걸까? 내가 모를 뿐, 실은 모델 활동 중인 걸지도 모른다.

"야. 결국 아토리는 야마시로와 우미가세 중에서 어느 파야?"

우미가세 카미오를 관찰하고 있을 때, 남학생 한 명이 어느 파벌인지를 내게 물었다.

……중간부터 듣지 않아서, 이야기 흐름을 모른다.

하지만 이 말만은 해두고 싶다. 진짜로, 진심으로, 닭이 먼저냐 달걀이 먼저냐에 버금갈 정도로 아무래도 상관없는 일이다. 만약 이게 내가 좋아하는 야ㄱ…… 아니, 『전체 연령 대상 연애 시뮬레이션 게임』의 히로인 이야기라면 피눈물을 흘리면서 고민한 끝에 답을 내놓겠지만…… 어디까지나 현실의 이야기잖아? 픽션과 다르게 현실의 연애는 내일 어떻게 될지 알 수 없을 만큼 쉽게 뜨거워졌다가 쉽게 식는다잖아(편견). 하나같이 마음이 아니라 몸의 궁합으로 상대를 고른다잖아(큰 편견). 귀찮으니까, 대충 대답해도 되겠지.

"키리사."

"어, 왜?"

"이번 분기 최애 애니메이션의 메인 히로인이랑 머리 모양과 분위기가 닮았거든."

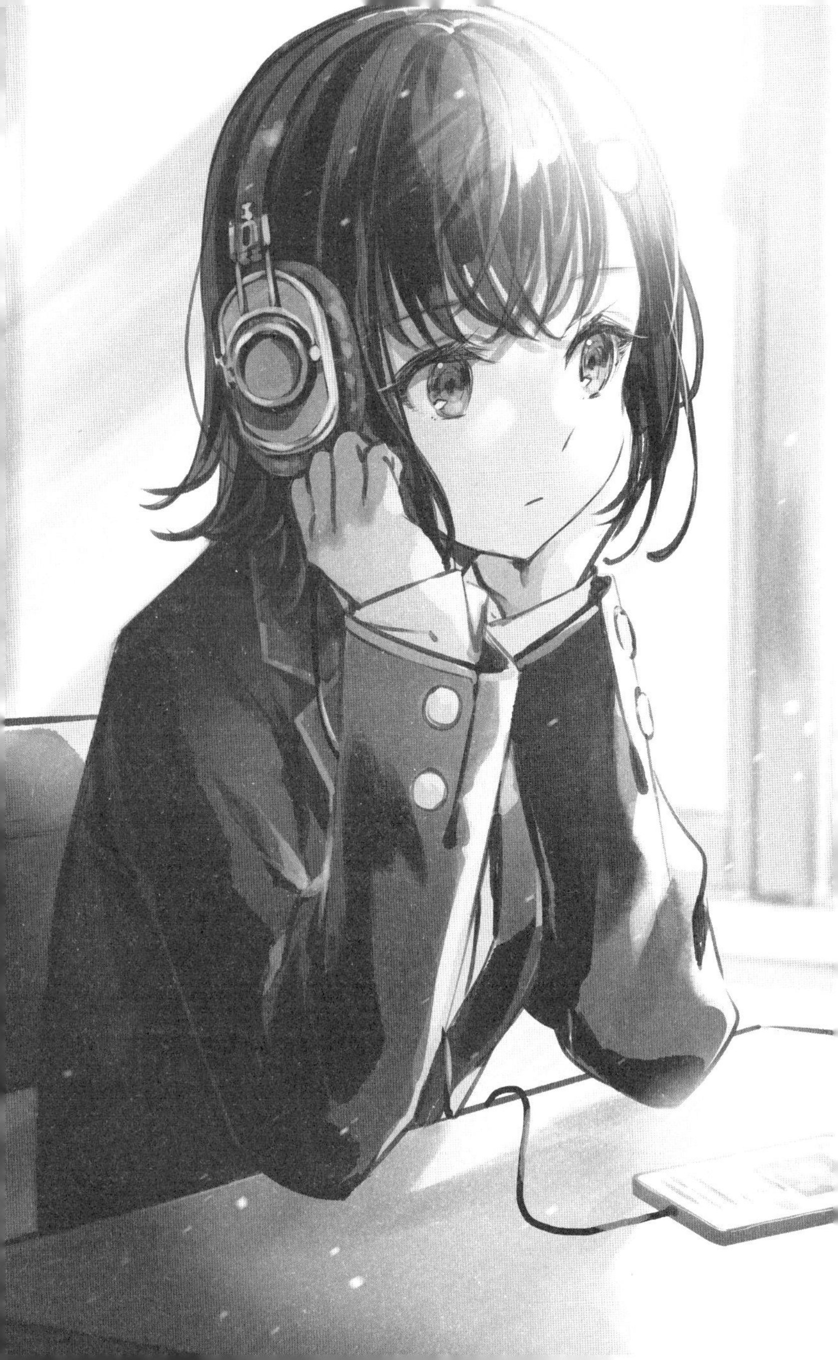

"이제 됐다."

"참고로 가슴이 크고 얼빵한, 전통적인 츤데레 속성의 인기 캐릭터야. 만약 내가 한 차원 아래로 내려갈 수 있다면, 부디 그 허벅지 사이에 끼여서……."

"알았으니까 설명하지 않아도 돼……. 그리고 가슴이 아니라 허벅지인 거냐고."

"그러고 보니 아토리는 2차원 전문 오타쿠였지."

"어, 그래? 의외네."

욕조 안의 식은 물 같은 분위기가 감도는 가운데, 남자애들은 멋대로 납득한 것 같았다. 직성이 풀렸다니 다행이네. 왠지 무시당한 기분이 들지만, 패스하기로 했다.

"아토리는 얼굴도 멀쩡한데, 언동에 문제가 있어."

"괴짜…… 아니, 변태잖아. 그림만 그려. 그것도 얼굴이 없는 것만 말이지."

"우량 매물인 줄 알았더니 사고 매물이란 패턴이지."

"폭탄이네."

"게다가 물어보지도 않았는데, 아까처럼 오타쿠 토크를 퍼붓는대도."

"나, 미움받고 있는 거야?"

모처럼 입을 다물고 있었는데, 이것들이 먼저 까댔다. 그리고 얼굴을 그리지 않는 건, 화풍으로 정체가 들키는 걸 방지하기 위해서다. 이래 보여도 나름 신경을 쓰고 있거든.

"저기."

"그래. 또 뭔, 데……."

또 시시한 소리를 들은 것 같아서, 나는 대충 대답했다.

하지만 상대의 목소리를 듣고 눈치챘다.

방금은 남자 목소리가 아니었다.

그 말을 한 사람은 바로 우미가세 카미오였다.

"아토리."

그 목소리는, 깨끗한 시냇물 소리를 떠올릴 만큼 맑았다. 기분 좋은 목소리가 귀를 지나치고, 두 번째 말을 통해서 착각이 아님을 인식했다.

아까만 해도 조각구름과 푸른 하늘을 보던 우미가세가, 무슨 생각인지 이쪽을 쳐다보고 있었다. 빨려들 것처럼 인상적인 두 눈이 나를 단단히 포착하고 있었다.

"무, 무슨 일이야?"

그 태도와 말에 동요한 나와 달리, 우미가세는 시종일관 태연했다. 헤드폰을 목에 걸고, 개별 포장된 구미 한 개를 꺼내서 내게 던졌다.

마지막에는 생긋 미소를 지었다.

"응, 나이스 캐치. 그거, 보답으로 줄게."

"저기, 무슨 보답인데?"

"으음…… 글쎄?"

이해할 수 없는 소리를 한 우미가세는 다시 헤드폰을 쓰더니, 변덕이 심한 고양이처럼 다시 창문을 향해 고개를 돌렸다. 이래서는 세세히 캐묻기도 어려울 것 같다.

"우, 웃는 얼굴이, 법에 저촉될 레벨로 귀여워……."

"오히려 법이야."

그 상황을 보던 남자애들이 다시 술렁댔지만, 그 목소리는 내 머릿속에 전혀 들어오지 않았다. 심박수가 상승하는 감각만이, 지금의 나를 지배하고 있었다.

물론 평범한 애들처럼 우미가세와 말을 터서 그런 건 아니다.

방금 대화 중에 아주 잠시, 시간으로 치면 1프레임도 안 될 만큼 짧은 시간 동안, 우미가세는 분명히 내 태블릿을 슬쩍 봤다.

……진정해. 그 한순간에 뭘 그리고 있는지 들켰을 리가 없고, 누가 모델인지도. 구미를 준다는 영문 모를 행동을 보이기는 했지만, 거꾸로 생각하면 구미를 줄 만큼 나에 대한 경계도가 낮다(?)고도 볼 수 있다. 떳떳한 척하면 아무 문제 없을 것이다. 우미가세 또한, 조금 신경이 쓰여서 내 태블릿을 힐끔 본 것이리라.

……하지만, 이 자리에서 계속 그리긴 뭐하다.

속이 거북해진 나는 숨기려는 것처럼 태블릿을 책상 안에 집어넣었다.

작업을 좀 더 진행하고 싶지만—— 집에 가서 해야겠다.

"아토리, 부탁이야. 학생 식당에서 밥 살게. 우미가세 양의 연락처만이라도 가르쳐줘!"

"아, 진짜! 되게 시끄럽네! 애초에 나도 그런 건 모른다고!"

옆에 본인이 있으니까, 직접 물어보면 될 거 아니야. 그 정도는 능동적으로 하라고!

나는 어이가 없으면서도, 우미가세한테 받은 구미를 봤다.

구미인데, 핫도그 같은 모양이었다.

하나의 크기가 커서, 존재감이 있었다.

이건 대체 무슨 맛일까?

§

아토리에 미학, 그 첫 번째—— 존잘 일러스트레이터라면 하루하루의 단련을 거르지 말지어다.

따라서 그날 밤에도 나는 완성한 일러스트를 내 트미터에 올렸다.

이번 일러스트의 메인은 롱보브 헤어 스타일의 파란 머리 서큐버스 소녀다. 등에는 까만 날개, 배꼽 아래에 문신, 엉덩이뼈 부근에 하트 모양 꼬리가 달린, 전형적인 서큐버스 여자애다.

그 애가 파란 마이크로 비키니를 입고, 한밤중의 교실 창가에서 무릎을 끌어안은 자세로 의자에 앉은 구도. 표정은 서큐버스답게 황홀경에 빠졌고, 요염한 느낌으로 올려다보는 시선.

객관적으로 봐도, 퀄이 쩌는 일러스트일 것이다. 전체적인 색조를 파란색으로 통일해 시원시원한 느낌을 내면서, 이름 없는 캐릭터의 귀여움을 전면에 내세웠다. 또한 수영복에 기대하는 야릇함을 가슴과 복부 및 사타구니로 자아낸다. 가득 담긴 속성이 난잡하게 느껴지기는커녕, 절묘한 밸런스를 이루며 서로를 돋보이게 했다.

……진짜 쩌네. 이런 존잘 일러스트를 대체 누가 그린 거야?
네, 접니다!

　단언하겠다. 이 일러스트는 내가 이제까지 그린 것 중에서도 손꼽히는 완성도를 자랑하며, 존잘 일러스트레이터 아토리에가 이 세상에 내놓을 가치가 있다고.

　응. 역시 모델 데생은 효과가 있어. 요즘 들어 아토리에의 팬은 완전 날아다닌다. 좋아요 숫자만 봐도 알 수 있으며, 무엇보다 일러스트에 대한 내 만족도 자체가 어마어마하게 높다. 이렇게 멋진 크리에이트를 해냈다는 사실이 너무나도 기쁘다…….

　그렇기에…….

　나는 투고한 일러스트가 사람들 눈에 잘 띄도록 트미터 프로필에 고정하고, 아토리에의 계정에 쏟아진 감상 리플에 좋아요를 눌러댔다——. 한 시간 안에 코멘트를 준 사람에게는 이렇게 좋아요로 답한다. 이런 꾸준한 반응은 신규 팬 개척으로 이어지며, 무엇보다 눈에 보이는 팬이란 존재 덕분에 마음을 바로잡을 수 있다. 좋아, 내일도 멋진 일러스트를 그려야지, 같은 느낌으로.

　하지만…….

　유일한 걱정거리가 있다고 할까, 정확히는 양심의 가책이라고 표현해야 하리라.

　자백하자면—— 이 일러스트의 모델은, 우미가세 카미오다.

　내가 우미가세의 외모를 세세하게 설명할 수 있을 만큼 잘 아는 건, 일러스트에 담으려고 이전부터 쭉 관찰했기 때문이다.

그리고 이건 내가 생각해도 좀 뭐한데—— 이제까지 모델을 부탁했던 여자애와 달리 우미가세는 데생 모델을 약속하지 않았다. 외모의 일부를 일러스트에 담아도 되겠냐고 허락을 구하지도 않았다. 완전히, 무단으로 저지른 일이다.

개학식 다음 날의 자리 바꾸기 결과, 내 옆에 앉게 된 우미가세를 보고 하필이면 삐삐빅 하고 필이 온 나는 무심코 일러스트로 그리고 싶단 생각을 했다. 하지만 말을 걸지 못하고 펜만 놀린 끝에…… 이렇게 완성하고 만 것이다.

그리고 오늘 점심에 우미가세가 갑자기 말을 걸었을 때 놀란 건 이 일러스트 탓이다. 내 더러운 속내가 들키는 게 아닐까 싶어서 가슴을 졸였으니까.

……이건, 그걸까?

이미 늦었지만, 진짜 소름 돋는 짓일까? 특이한 스토커 같은? 들키면 죽을지도 모르는 안건일까?

물론 롱보브 헤어인 여자애는 얼마든지 있고, 내 화풍은 실사풍이 아니니 변명하지 못할 것도 없다. 2차원과 3차원은 별개입니다. 괜한 트집 잡지 마세요. 이렇게 적반하장 느낌으로 나가면 괜찮을지도 모른다.

물론 애초에 그런 상황은 안 생길 것이며, 내 의도가 모델로 삼은 우미가세 본인에게 들킬 때는 전부 끝장이다. 그러니 생각할 필요도 없지만…….

그만 마음을 정리하자.

일러스트를 이미 투고한 다음에 끙끙대도 소용없고, 애초에 우미가세는 내가 이런 일러스트를 완성한 것도 알 리가 없다.
 그렇다. 아무리 아토리에의 트미터 팔로워가 80만 명이 넘는다고 해도, 국내 인구에 비하면 1퍼센트도 안 된다. 생각해도 의미가 없다. 완전 쓸데없는 걱정이다. 괜찮다. 진정하자━━.
 그렇게 나 자신을 설득하고, 책상 위 텀블러의 커피를 홀짝인 나는 PC와 액정 태블릿의 전원을 껐다. 자, 슬슬 목욕이나 하자.
 『━━그런 짓만 해대다간, 언젠가 혼쭐이 날 거야.』
 혼쭐이 날 거야, 거야, 거야……
 낮에 키리사가 한 말을, 갑자기 이 타이밍에 떠올리고 말았다.
 ……그건 그렇고, 혼쭐이 나는 건가. 그야 내 행동에 따라서는 머지않아 그렇게 될지도 모른다. 하지만 지금은 아니다. 이번 일도 들킬 리가 없다. 완전범죄다. 아니, 범죄가 아니다. 이 죄에 이름이 있다면, 정말 죄송합니다.
 아무튼…….
 내가 질릴 때까지, 모델 데생 시도를 계속해 보실까━━.

§

 『내리실 때는, 두고 내리시는 물건이 없도록━━.』
 "헉?!"
 안내 방송을 듣고, 졸음에 빠져 있던 의식이 깨어났다.
 아침에 학교로 향하는 전철을 타고 이것저것 생각하는 사이,

어느새 눈이 감겼던 것 같다. 그 탓에 일주일 전, 되도록 떠올리고 싶지 않은 과거를 꿈에서 보고 말았다——. 전철 안의 전광판을 보니, 곧 있으면 내릴 역이다. 큰일날 뻔했다. 자칫하면 지나칠 뻔했다.

 ……하지만, 그런 회상 덕분일까.

 어째서 내가 이른 아침부터 학교에 가는지를, 나름대로 이해한 느낌이 들었다.

 교복 가슴 호주머니에서 스마트폰을 꺼내 시간을 확인했다.

 오전 6시 45분. 『카미오』란 인물이 지정한 시간까지 약속 장소에 도착할 수 있을 것 같다.

 겸사겸사 트미터를 켠 후, DM 메뉴에 마마가 되어 달라는 메시지가 똑똑히 있는 것을 확인했다. 탄식한 뒤, 그대로 아토리에의 트미터에 고정되어 있는 파란 머리 서큐버스 소녀의 일러스트를 다시 살펴봤다.

 만약 이 소녀의 모델이 누구인지, 다름 아닌 우미가세가 눈치챈 거라면…….

 혼쭐이 날 각오를 해야 할지도 모른다.

【#2】존잘 일러스트레이터를 함락하는 방법

 내가 다니는 사립 히나 고등학교의 옥상은 호화롭게도 전면 유리로 시공한 라운지처럼 되어 있어서, 아침부터 오후 6시까지는 자유롭게 출입할 수 있다.
 게다가 입구 부근에는 급수기와 올리브 나무도 있어서, 단순한 학생용 공유 공간답지 않게 분위기가 차분한 장소다. 적어도 세상 사람들이 바로 떠올릴 법한, 콘크리트로 만든 급수탑이 있는 옥상과는 전혀 다른 곳이다.
 하지만 뭔가 허전하단 말이지. 편리함과 세련됨 대신 정취를 버린 느낌이 든다. 싼 티가 나고 허름해야 청춘 애니메이션 같은 분위기가 감돌 것이다. 하지만 이래서는 옥상이 아니라 유리 케이스 안에 있는 느낌에 가까워서, 무대로 보면 근미래 애니메이션의 공간 같다.
 ……그렇게 따지자면, 요즘은 옥상을 이용할 수 있는 학교 자체가 드물지만.

 타박타박. 실내화 소리를 내면서 혼자 나선 계단을 올라간 후, 자동문을 통과했다.

일정 간격으로 설치된 나무 벤치 중 하나.

나는 옥상에서 유일하게 사람이 있는, 그리고 이번 사태를 일으킨 인물이 앉아 있는 벤치를 향해 걸어갔다.

"안녕, 아토리."

나를 눈치챈 우미가세는 우선 내게 평범한 인사를 건넸다.

……그런 DM을 보냈으면서, 뭔가 꿍꿍이가 있는 것처럼 보이지 않는걸.

"아침 일찍 와줘서, 고마워. 정말 기뻐."

"뭐, 이런 걸 보내면 안 올 수도 없잖아."

고개를 들어 내 얼굴을 빤히 보던 우미가세의 눈앞에, 호주머니에서 꺼낸 스마트폰 화면을 천천히 내밀었다.

"후후…… 그건 그러네. 자, 일단 앉아."

그렇게 말한 우미가세는 자기 옆자리를 손으로 가볍게 두드리면서, 앉기를 권했다.

"구미 가져왔는데, 먹을래?"

"오늘도 그 이상한 걸?"

"이상하지 않아. 『목성 구미』라고 하는 건데, 행성 모양으로 된 거야."

……왜 그렇게 특이한 구미만 고르는 걸까.

"준다면 받겠…… 가깝잖아."

한 사람이 앉을 공간을 두고 앉았는데, 우미가세가 굳이 구미 봉지를 내밀면서 거리를 좁혔다. 그러는 바람에 특이한 구미보다 옆에 앉은 우미가세의 외모에 더 신경이 쏠렸──. 애는 대체 뭐야. 속눈썹 되게 기네.

"아토리가. 아토리에 선생이었구나."

그리고 내가 생명의 신비를 느끼고 있다는 걸 전혀 모르는 듯한 우미가세는, 하필이면 첫수부터 체크메이트를 날렸다. 젠장. 사실은 상대의 속내를 캐기 위해 서로의 대화 덱 두세 개 정도는 돌리고 싶었는데 말이다. 봄 애니메이션, 캐릭터 속성의 유행, 그리고…… 아니, 무리수인가. 대중적인 이야깃거리가 떠오르지 않는다. 역시, 바로 본론에 들어가는 게 정답이다.

"그래. 여기 온 시점에서 알겠지만, 내가…… 아토리에야."

이렇게 됐으니 건초염 테이핑으로 범벅이 된 오른손으로 얼굴을 가리고, 마치 흑막인 것처럼 정체를 밝혔다. 이런 기회는 좀처럼 없거든. 다시는 보지 말자.

"응, 알아."

무시당했다……. 그렇다면 됐어. 평소의 나로 돌아가자.

"귀엽고 야한 여자애를 그리는 걸로 정평이 나 있는 아토리에 선생이야. 긴 흑발의 『아토리에 양』이 트미터 아이콘인, 바로 그 아토리에 선생이지."

"저, 저기, 전부 아니까, 더 말하지 않아도 되거든?"

"보면 한눈에 알 수 있을 만큼 유려한 화풍과 독특한 채색으로 재현된 가슴과 엉덩이의 육감이 조화를 이루면서, 딱 한 번만이라도 되니까 청불 그림 좀 그려주기를 간절히 원하는, 존잘 일러스트레이터 아토리에우읍."

"자, 잠깐 조용히 하자."

내 입을 막으려는 듯이 구미가 들어오고, 말로 형용할 수 없는 단맛이 온몸에 퍼져나갔다.

우물우물우물······.

"아토리에를 안다는 건, 그런 쪽으로 조예가 있다고 생각해도 되지? 애니나 라이트노벨, 게임 같은 거 말이야."

구미를 다 먹은 다음, 일단 신경 쓰이는 점을 물어봤다.

"평균 이상으론 안다고 생각해도 돼."

"흐응. 좀 의외네."

"이미지와 달라?"

······그건 어려운 질문인걸.

"글쎄······. 우미가세는 내 인상이 어때?"

질문에 질문으로 답하고 싶지 않았지만, 그러지 않으면 제대로 설명할 수 없을 것 같았다.

"어, 그게······ 샤프해 보인다고 할까?"

흐응. 나뭇가지처럼 빼빼 마른 내 몸을 그렇게 표현한 거라면, 우미가세는 참 좋은 사람인걸. 적어도 같은 반의 다른 애들이나 지인보다는 훨씬 낫다.

"나는 좀 친한 애들한테 붙임성이 없다거나 눈매가 험악하다거나, 급기야 여자도 때릴 것 같다는 소리를 들어. 남들보다 표정근육이 딱딱해서 그런지, 건초염 테이핑을 할 때가 많아서 그런지는 모르겠지만······ 아무리 그렇다고 해도 너무 심한 편견이잖아?"

"아······."

【#2】존잘 일러스트레이터를 함락하는 방법 · 29

"저기, 왜 잘 알겠다는 반응을 보이는데? 더는 평가를 확정하지 마."

"아니야. 그런 생각은 안 해. 제발 오해하지 마."

우미가세가 단호하게 부정했다. 아무튼, 내 결론은······.

"남이 보고 느끼는 이미지와 실제 인물상이 다른 건 흔한 일이야. 그러니 우미가세가 무엇을 좋아하더라도 불평할 마음은 눈곱만큼도 없고, 그런 내적인 편견을 강요하지도 않겠어······. 따지고 보면 나도 당하고 사는 처지거든."

애초에 남의 취미에 참견하는 건 뻘짓이다. 뭘 좋아하든 상관없잖아.

"그래? 알았어. 고마워."

기쁜 표정을 짓는 우미가세. 흠, 내가 관대한 인간임이 전해져서 다행인데── 지금 와서 착한 사람인 척해서 의미가 있을지는 의문이지만.

"참고로 나는 아토리에 선생 오타쿠야."

어······ 뭐? 무슨 소리야?

"예를 들자면······ 아토리에 선생이 처음으로 일러스트를 담당한 라이트노벨인 『루리카와 군은 삐딱하다』를 전권 초판으로 소장 중이고, 지금 담당하는 『모노크롬 하이스쿨』의 특전 포함 한정판이었던 5권은 야에스에 있는 서점이 문을 열자마자 샀어."

"스침에서 서비스하던 게임인 『어둠색 마녀는 밤에만 보인다』는 공개한 바로 다운로드해서, 3일 밤낮으로 플레이한 끝에 이벤트 일러스트를 전부 컴플리트했고."

"작년에 처음으로 한 개인전도 보러 갔다니깐. 사실은 아토리에 선생을 만나서 사인을 받고 싶었는데, 추첨에서 떨어졌거든."

우미가세가 너무 빨리 말하는 바람에 대꾸할 수가 없었다.

……레알? 아니, 나를 놀리려고 외웠을 가능성이 남아 있다.

"그렇다면 루리카와 군 3권의 표지 히로인은?"

"시스이지 시키카."

"어둠 마녀의 최종 루트에서 주인공과 맺어지는 건?"

"쿠로바라 야미."

"아토리에가 플레이하고 있는 아이돌물 소셜 게임에서 최애인 캐릭터는?"

"린도 나츠네."

"알았어. 믿을게. 네가 아토리에 검정시험 2급 레벨의 지식을 지녔다는 걸 인정해 주지."

우미가세가 "와아~." 하고 순진하게 기뻐하는 가운데, 나는 찍소리도 못 냈다.

"그리고 반년쯤 전부터는 아토리에 선생 안에서 군복 원피스 붐이 일어났잖아."

"그, 그랬나?"

기억은 안 나지만, 그랬을 것도 같았다. 군복 원피스, 좋잖아.

"응. 학교에서도 말했으니까."

"넌 대체 언제부터 내가 아토리에라고 예상한 거야?"

【#2】존잘 일러스트레이터를 함락하는 방법 · 31

"그건…… 비밀."

비밀이라고 한다. 하지만 이만큼 잘 알면 더는 의심할 수 없달까…… 어쩌면 나보다 나를 더 잘 아는 거 아니야? 찐팬이냐.

"옛날부터, 쭉 응원하거든."

급기야 고참 어필까지 했습니다――.

"얼마나 옛날부터 알았냐면, 아토리에 선생이 생방송을 하던 시절부터 알았어. 트미터의 팔로워가 아직 천 명 정도였던 시절일까?"

……잠깐만. 잠깐잠깐잠깐. 얘는 그런 것도 아는 거야?

물어보지도 않았는데, 듣고 싶지 않은 이야기마저 할 기운이 마구마구 느껴졌다.

"생방송. 아토리에 선생이 옛날에 나우튜브에서 했던 생방송, 나는 정말 좋아했어. 일러스트를 그리며 잡담하고, 때때로 시청자의 코멘트를 읽거나, 그 코멘트에 조언도 해주고, 때때로 싸우기도 하는데…… 이렇게 말하면 이상할지도 모르지만, 인간미가 넘쳐서 재미있었어. 방송 분위기도 사이좋은 친구와 이야기하는 느낌이라, 그런 부분도 좋았고."

"저기, 정말 죄송합니다."

"그런데…… 왜, 생방송을 그만둔 거야?"

테이핑 범벅인 오른손으로 목덜미를 찰싹찰싹 때리며 몸 둘 바를 모르는 나. 부끄럽다. 쥐구멍이 있으면 들어가고 싶은 정도를 넘어서, 내가 직접 구멍을 파고 싶은 지경이다.

"어, 왜 그래?"

"제발, 그 이야기는 하지 마. 아니, 그냥 잊어줘······."

 많든 적든, 사람에게는 언급되고 싶지 않은 과거—— 흑역사 같은 것이 있다.

 그리고 내 경우에는 중학생 시절—— 아직 무명 시절이던 아토리에가 그랬다.

 당시의 내 기억이, 흑역사로서 내 마음속 깊은 곳에 여전히 묻혀 있다.

 ······흑역사로 여기는 데는 여러 가지 이유가 있지만, 가장 큰 것은 자신의 미숙함이 너무 부끄러워서다. 우미가세가 말한 것처럼 열받는 코멘트가 달리면 바로 키보드 배틀을 벌이거나, 세상물정도 모르면서 자기 의견을 목청껏 주장하거나 잘난 듯이 떠들거나 등등.

 그럴 시간이 있으면 일러스트를 한 장이라도 더 그리란 말이 하고 싶어지는 방송을, 나는 인터넷에서 퍼프렸다. 그야말로 인터넷 낙인이다. 만약 과거로 돌아갈 수 있다면, 나는 당시의 내 방송을 막을 것이다. 참 궁색한 시간여행물이네. 슬프다.

"간단해. 방송을 접은 건 고등학교 수험 공부를 해야 했고, 앞으로 거물이 되려는 사람의 행동거지로서, 방송 당시의 나는 부적격했다고 생각했거든. 그게 다야."

"어어~? 나는 그렇게 생각 안 하는데 말이야."

 우미가세는 어떻든, 내가 생각하면 끝장인 거라고.

"그리고 마침 잘됐으니까 조언을 하나 해주겠어. 인터넷에 한 번이라도 뭔가를 올리면, 그건 평생 없앨 수 없다고 여기는 게 좋아. 그러니까 자기 발언에는 조심해."

"저기, 잊으라고 해도…… 게다가, 아토리 넌 잊은 거야?"

"잊었어. 전부 잊었어. 완전 깨끗하게 잊었어. 그러니까 당시에 내가 했던『시청자의 성적 취향 통계』방송이나,『존잘 일러스트레이터가 되려면 어쩌면 좋을지 우리끼리 생각해 보자』같은 정신 나간 시리즈 방송은 모르고, 그런 방송 아카이브는 PC의 하드디스크 깊숙한 곳에 마치 판도라의 상자처럼 봉인되어 있어."

"기억하고 있고, 보존도 잘했잖아."

"아무튼! 죽어도 다시는 그 이야기를 안 할 거야!"

큰 소리로 선언하자, 우미가세가 조금 뚱한 표정을 짓더니 이어서 대놓고 한숨을 쉬었다. 한숨은 내가 쉬고 싶다.

"그렇다면 이제 됐어. 다음은…… 그러네. 역시 내가 아토리에 선생의 정체를 어떻게 알았는지 궁금하겠지?"

아토리에 오타쿠를 자처한 만큼 '온라인 스토커냐?'라고 농담할 뻔했지만, 직전에 관뒀다. 그 말을 긍정할까 봐 무섭기도 했고, 애초에 허락도 없이 우미가세를 모델로 삼은 내가 할 소리도 아니다. 난 진짜 뭘 한 거지?

"아니, 이미 들켰으니까 아무래도 상관없어."

"그렇지? 궁금하지?"

"사람이 하는 말 좀 들어!"

"이유는 많지만…… 역시 결정적인 건 이거야."

갑작스럽게. 그리고 결정타가, 푹 꽂힌다.

"아토리에 선생이 트미터의 프로필에 고정한, 이거려나?"

우미가세가 손에 쥔 스마트폰의 화면에 뜬, 낯익은 화풍의 일러스트.

틀림없이 내가 그린, 파란 머리의 야한 서큐버스 소녀다.

"이거, 나를 모델로 그린 거지? 분위기도 그렇고, 배경의 위치로 봐서는 아토리의 자리에서 본 내 자리인 데다……. 머릿결 묘사를 봐도, 틀림없잖아."

바깥쪽으로 휜 머리카락을 오른손 손가락으로 만지작거리면서, 우미가세는 의미심장한 미소를 지었다.

그 표정이 깜찍한 악마, 완전 서큐버스 같아 보여서, 내 창작 의욕을 묘하게 자극하는데── 이 바보야, 지금은 그럴 때가 아니라고.

잘 생각해 보니, 이 상황은 이른바 외통수가 아닐까?

일주일 전. 내가 우미가세를 모델로 밑그림을 그린 그날──구미를 주면서 보답이 어쩌고 말한 것은, '네가 아토리에라는 걸 확신했어.' 란 의미의 승리 선언이었을까?

그리고 자신을 모델로 한 일러스트를 내가 투고했으니, '감히 나를 모델로 삼아? 이 변태 자식아.' 라고 생각하는 걸까?

……망했다. 나도 나를 옹호할 수가 없다. 벌을 받아 마땅하다는 생각마저 든다.

"그건 그렇고, 아토리. 네가 요즘 우리 학교 여자애한테 뜬금없이 데생 모델을 부탁한다고 들었는데, 그게 사실이야?"

이제 와서 거짓말을 보태도 의미가 없을 것 같아서 말없이 고개를 끄덕였다.

"그랬구나……. 좀 변태, 같아. 일러스트레이터로서 참고하려는 거겠지만, 조만간 문제가 되겠는걸."

변태라는 단어에 무게가 실린 발음이었다. 모델 데생 자체는 나쁜 짓이 아닌데도 저렇게 말하는 걸 보면, 나라는 개인을 문제시하는 것 같았다.

"이제까지 모델을 부탁한 사람들한테는 허락을 미리 받았던 거야?"

"물론이지. 어떤 이유가 있더라도, 인간으로서 예의를 잊으면 안 되거든."

"그래? 그렇다면 하나 더 묻겠는데, 이걸 그리면서 나한테 한 번이라도 양해를 구했어?"

스읍…… 후우…….

한 번 심호흡한 후, 나는 바로 무릎을 꿇고 머리를 박았다.

"죄송합니다. 지금 당장 이 일러스트를 삭제하겠습니다. 이것으로 발생한 손해는 금전 혹은 육체노동으로 죽을힘을 다해 보상할 테니, 부디, 부디 용서해 주세요!!"

옥상 바닥에 머리를 박는, 성심성의를 다한 사죄였다. 그리고 너무 세게 박은 탓에 더럽게 아팠다. 이마가 얼얼하다. 하지 말 걸 그랬다.

"용서해 달라는 건, 아토리에 선생의 정체를 폭로하지 말라는 뜻일까?"

"가, 간단히 말하자면, 그러하옵니다……."

나는 옥상 바닥을 보며 자비를 구했다. 자초한 일이라고는 해도, 비참했다.
……하지만 지금 상황에서 자존심을 발휘했다간 나중에 피해가 더 커질 것은 나로서도 쉽게 상상할 수 있었다. 그래서 사과하는 것이며, 최대한 성의를 보이는 것이다.
인터넷이 사람들 생활에 필수가 된 요즘 세상.
이런 시대에서, 인터넷에 신상이 폭로된 기점으로 상황이 최악으로 치닫는 일은 드문 일이 아니다. 시키지도 않은 피자가 대량으로 배달 온다는 건 가벼운 축에 속한다. 살해 예고를 받는 일 또한 얼마든지 일어날 수 있다. 최악의 경우에는 더 나쁜 일도 생길 수 있다.
따라서 상대가 우미가세 카미오든 다른 누구든 간에, 개인 정보의 생살여탈권을 내준 이 상황은 매우 위험하다. 인생이 끝났다고 해도 과언이 아닐 정도로는.
"안심해. 그럴 마음은 없어……. 그래도 나쁜 짓을 했다고는 생각하는 거지?"
"그야 옆자리 애를 멋대로 서큐버스로 만들었으니까……."
"일러스트란 단어가 빠졌거든? 그렇게 말하면 의미가 완전히 달라져."
시든 가지처럼 풀이 죽은 나와 달리, 우미가세는 말을 술술 쏟아냈다.
"네가 미안하다고 생각한다면, 말이야. 보상할 마음은, 있어?"
진짜 치명적인 화제다.

【#2】존잘 일러스트레이터를 함락하는 방법 · 37

그 탓에, 내가 여기 오기 전에 밝혀진 우미가세의 부탁이 머릿속에 떠올랐다.

——마마가 되어 주세요.

내가 일러스트레이터라는 사실을 고려해 보면, 그 말이 의미하는 바는 하나뿐이다.

"이번에 네가 본 피해에 대한 보상으로써, 마마가 되어라…….즉, 너를 위해 버튜버의 『아바타』를 그리라는 말이야?"

무릎에 붙은 먼지를 털어내면서 몸을 일으킨 나는 정면에서 우미가세의 얼굴을 쳐다봤다.

표정은 진지했다. 전혀 농담하는 것처럼 보이지 않는다.

우미가세 카미오는, VTuber(버튜버)가 되고 싶은 것 같았다.

인터넷상에서 동영상을 투고하거나 생방송을 하는 인간은, 개인 방송자 또는 스트리머 등으로 불린다. 그리고 카테고리로 본다면, 버튜버도 거기에 포함된다.

그렇다면, 애초에 버튜버란 대체 무엇인가?

대략 설명하자면, 고유 캐릭터로 동영상을 투고하거나 생방송을 하는—— 방송 송출 활동을 하는 존재다. 정식 명칭은 『Virtual NowTuber(버츄얼 나우튜버)』 세계에서 가장 유명한 동영상 공유 플랫폼인 『NowTube(나우튜브)』를 통해 폭발적으로 존재가 알려진 덕분에, 지금은 각 매체에서도 이 호칭을 쓰게 됐다.

그런 버튜버가 일반적인 라이브 스트리머와 결정적으로 다른 점은, 자기 자신이 아니라 자신의 분신인 캐릭터를 이용한다는 점이다. 웹캠과 스마트폰 카메라로 자신의 움직임을 캡처한 후, 현실에서의 표정 변화와 온몸의 움직임을 자기 대신 화면에 표시된 2D 혹은 3D 캐릭터에게 직접 반영시킨다.

그렇게 해서 캐릭터라는 『아바타』에, 방송하는 인간의 인간성──『영혼』이라 할 수 있는 것이 깃들고, 롤플레이적 요소와 메타픽션적 요소가 더해진, 독특하고 핫하며 익사이팅한 콘텐츠가 되는 것이다.

그리고 그 아바타는 보통 일러스트레이터가 그린다──. 마마(엄마)라고 불리는 건, 낳아준 부모라는 의미일 것이다. 자신을 디자인한 일러스트레이터를, 많은 버튜버가 그렇게 부른다.

익숙하지 않은 호칭일지도 모르지만, 엄연한 사실이다.

"내가 먼저 말하긴 했지만…… 버튜버나 마마가 어떤 뜻인지 알아? 난 자세히 조사해서 설명해 줄 수 있는데."

"일러스트레이터로서 업계에 발을 담근 만큼, 그런 지식은 이미 이수했어."

그렇다면 다행이라고 말한 우미가세는 가슴을 쓸어내리는 시늉을 했다.

"대뜸 이런 부탁을 해서, 놀랐지?"

"그래. 지금은 다른 걸 생각하고 있지만."

아침에 일어나서 DM을 봤을 때는 충격이 컸지만, 지금은 앞으로 어떻게 할지를 머릿속으로 고민하고 있었다. 이 일을 받아들일지, 아니면 거절할지를.

내 선택지는 심플하게 두 가지다.

"여기 외준 것을 보면, 고려할 여지는 있다고 생각한 기겠네. 그렇다면…… 받아."

그 후, 상황을 호의적으로 받아들인 우미가세는 벤치 옆에 둔 자신의 검정 가방을 뒤졌다.

그리고 안에서 두꺼운 갈색 봉투를 꺼내더니, 그것을 내게 내밀었다.

"확인해 줄래?"라는 말에 나는 봉투 안에 손을 넣었고, 스테이플러로 찍은 B4 용지 다발과 함께 익숙한 감촉의 『그것』을 한꺼번에 꺼냈다.

돈다발이었다.

"크후억."

"왜 그래?"

"그걸 몰라서 묻냐!"

너무 놀란 나머지, 목에서 말로 형용할 수 없는 괴상한 소리가 흘러나오고 말았다.

100만 엔[※약 1000만 원]이다. 연령 문제로 신용카드가 없는 만큼, 나는 다른 일러스트레이터보다 현금을 쓸 일이 많다. 그렇기에 말하지 않아도 금액을 확신할 수 있다.

"너, 너, 이걸, 어디서……?"

"요즘은 얼마든지 큰돈을 벌 수 있는 세상이잖아? 그런 느낌으로…… 잠깐, 아토리. 지금 이상한 생각하는 거 아니지?"

나는 미간을 손가락으로 가볍게 주무른 후, 최대한 상냥한 말을 골라서 건넸다.

"네 몸을 아껴. 혹시 뭔가 사연이 있다면, 내가 들어줄게. 아니면 내가 아는 변호사라든가, 주변 어른한테 상담해 볼래?"

어디까지나 좋은 뜻으로, 그렇게 말했다.

"뭐?"

하지만 그 말을 들은 우미가세는 얼굴을 살짝 붉혔다. 부들부들 떨면서 '너무해, 폭언이야, 그 말 취소해!' 같은 소리를 할 듯한 표정이었다.

"안 했어! 대체 뭘 상상한 거야?!"

"때때로 트미터 TL(타임라인)에 올라오는 조건만남 만화의 도입부 같은 거?"

"아아, 역시 아토리는 아토리에 선생이 맞구나······. 뭐든지 그런 식으로 생각하지 마."

"그렇다면 이 돈은 뭔데? 아무리 생각해도, 평범한 고등학생이 떡 내놓을 돈이 아니잖아! 내가 일러스트레이터로 이만큼 벌 때까지, 얼마나 애썼는데······."

무심코 질투심 섞인 원망의 말까지 쏟아내고 말았다. 1년으로는 무리다.

"그렇게 말해도, 우리 집은 평범하지 않거든."

볼을 부풀리는 우미가세. 그리고 이어서 그런 말을 늘어놨다.

"평범하지 않다니······ 우미가세 카미오의 집이 어떤지, 생판 남인 내가 어떻게 알아?"

【#2】존잘 일러스트레이터를 함락하는 방법 · 41

내가 생각해도 깔끔한 정론 카운터 펀치가 꽂혔다———. 우미가세의 얼굴을 안 봐도 알 수 있다. 분명 반론할 수 없어서 분통을 터뜨리고 있을 것이다.

그래도 우미가세의 대답을 듣고, 이 돈이 어디서 나온 건지 추측할 수 있었다.

"집이 집안이 좋거나 부잣집이라서, 웬만한 고등학생과는 비교도 안 될 만큼 용돈을 많이 받는다. 대충 다 쳐내고 설명하자면, 그런 느낌이려나?"

이 아이의 집에는 관심이 없지만, 꽤 유복하다는 것만큼은 잘 이해할 수 있었다.

"맞아. 그래서 이 돈으로 내 의뢰를 받아줄 수 없냐는 거야."

우미가세는 그렇게 말하면서 그 갈색 봉투를 내게 떠밀었다.

그래도 100만 엔을 현찰로 학교에 가져오는 정상이야? 마치 숙제를 제출하는 듯한 느낌으로 슬쩍 건네다니…… 더 엄중하게 관리하라고. 부모 돈이잖아?

아무튼, 정상이 아니다. 아니, 수단과 방법을 가리지 않는 느낌이 지금의 우미가세에게서 느껴졌다. 대체 얼마나 내게 일을 맡기고 싶은 걸까. 내가 존잘 일러스트레이터라서?

……응, 이해할 수 있는 이유네.

"애초에 돈을 낼 생각은 있었구나."

"물론이야. 내가 일을 부탁하는 거니까, 당연히 대가를 치러야지. 안 그래도 아토리에 선생은 프로이자 존잘 일러스트레이터로 불리는 사람인걸."

넌 또 그런 소리를……. 헤헤. 금방 표정이 누그러지는 나란 놈은 쉬운 자식.

"내가 그냥 부탁하기만 해선, 아토리에 선생은 거절할 거야. 어차피 농담이나 장난일 거라고……. 그래서 나는, 협상 조건을 몇 가지 준비해 왔어."

……이야기의 흐름을 보자면 그중 첫 번째가 이 돈인 것 같은데, 그 판단은 옳다.

현재 아토리에는 절대로 공짜 일을 하지 않는다.

왜냐고? 단순히 돈을 벌고 싶어서만이 아니라, 아토리에처럼 업계에서 유명한 인간이 그랬다간 다른 사람의 창작물도 무시당하고, 헐값이 매겨질 가능성이 있다. 실제로 나도 옛날에 그런 경험을 한 적이 있다.

'일러스트 같은 건, 공짜로 후다닥 그리라고(웃음).'

그렇듯 떠올리기만 해도 속이 터지는 말을 한두 명이 아니라 더 많은 사람에게 들은 적이 있다.

따라서 사소한 일을 맡더라도 보수를 받아야 한다는 것이 내 생각이다. 물론 다른 일러스트레이터에게 이 생각을 강요하지는 않지만, 안 그래도 착취당하기 쉬운 크리에이터란 존재는 챙길 만큼 챙겨야 한다고 생각한다.

……하지만 이번만은 자업자득이라고 할까, 내가 잘못한 거다. 그래서 공짜로 일하더라도 어쩔 수 없다고 생각했는데, 본인이 돈을 내겠다면 그나마 다행이다.

"돈도 돈이지만…… '그것'도 중요할걸."

우미가세가 어느새 바닥에 떨어진 종이 다발을 가리켰다.

나는 봉투에 거금을 도로 넣은 후, 종이 다발을 주워서 팔락팔락 넘겨 봤다.

"『나를 위한 VTuber 제작안 ~현시점에서의 개요~』……. 놀라운걸. 설마 벌써 기획서를 만든 거야? 아직 내가 일을 맡을지도 확실하지 않은데?"

"응. 그야 자기가 맡을 일을 신뢰할 수 있는지, 전망은 있는지…… 아토리에 선생은 실제로 일을 맡을지 결정할 때 그런 걸 고려하지? 그러니 나도 똑바로 해야지."

"그건 맞는 말인데……."

나는 기재된 내용을 훑어봤다.

그래도 이 자리에서 전부 이해하긴 어렵다. 그러니 기획에 명확한 축과 목표가 있는지를 중점적으로 확인했다.

……목표, 채널 구독자 10만 명.

덤으로 위쪽에 적혀 있는 이름에 눈길을 줬다.

시즈나기 미오. 직업, 고등학생 겸 버츄얼 등대지기.

우미가세가 영혼을 맡을 버튜버가, 그녀인 건가.

"하고 싶다는 마음만 있는 게 아니라, 이만큼 면밀하게 생각한 거구나."

"응. 기획서와 정당한 보수. 이러면 어때? 할 마음이 생겨?"

……나는 신음할 수밖에 없었다.

감탄하기도 했지만, 아직 결정을 내리지 못했기 때문이다.

"흠흠. 보아하니 아직 고민하나 보네. 혹시 싫은 거야?"

"아니, 그런 건 아닌데……."

 여기에 오게 된 경위를 빼고 생각해 본다면, 지금의 나는 이 제안을 긍정적으로 여기고 있다. 우미가세가 일을 의뢰하는 태도에는 문제가 없고, 기존의 업무는 메일로 주고받기 때문에 이렇게 직접적으로 열의를 느낄 수 있는 상황이 내 마음을 흔들고 있었다.

 그렇기에 더더욱, 대답을 보류하고 싶었다.

 혼자 생각해선 얻을 수 없는 시점을 제삼자의 조언으로 얻고 싶다는 생각이 들었으니까…… 게다가 내가 이 일을 맡기로 한다면 그 아이의 협력이 꼭 필요하지 않을까, 하는 생각마저 들기 시작한 것이다…….

"나를 모델로, 좋은 일러스트가 나왔어?"

 내가 자꾸 고민하자, 우미가세는 뜬금없이 그런 질문을 던졌다.

"그래. 그건 틀림없어. 그린 나도 진짜 만족했고, 트미터 반응도 엄청나거든."

"완벽해? 백 점 만점의, 백 점이야?"

 백 점——이냔 질문을 받자, 바로 대답할 수 없었다. 확실히 퀄리티가 쩔긴 했지만, 더 나은 수준을 추구할 수 있다는 점을 고려하면 백 점을 줄 수 없었다.

"그건…… 의상이나 몸의 세부 디테일은 내 상상이잖아. 그 점을 가미하면, 완벽하다고는 할 수 없을 거야. 그래도 만족도 자체만 본다면 충분하긴 해."

 어디까지나 박하게 점수를 매기자면 그렇다는 뜻이다. 애초에 그렇게 따지면 서큐버스는 이 세상에 없다. 그러니 백 점은 존재하지 않을지도—— 아니, 그건 모르는 거야. 서큐버스는 존재하지만, 내 눈앞에 나타난 적이 없을지도 몰라. 얼마든지 오라고. 부탁합니다. 빨리 와주세요. 커피 정도라면 대접할게요.

"돌아가면, 서큐버스 소환 방법을 검색해 볼까……."

"그렇다면 말이야……. 완벽하게, 만들어 보지 않을래?"

우미가세는 벤치에서 일어서더니, 머릿속이 서큐버스로 물든 내 앞으로 이동했다.

"뭐야. 갑자기 뭘…… 어?"

사고회로가 정지했다.

우미가세가 교복을 벗기 시작했다. 겉옷의 단추를 풀고, 와이셔츠가 스르륵 바닥에 흘러내리더니, 마지막으로 치마를 향해 손을——.

"어, 어이어이어이! 서, 설마, 그런 취미가 있어?! 노출증이 있는 것이옵니까?!"

내 안에 남아 있던 한 줌의 도덕심과 미안함으로 인해 무의식 중에 우미가세를 보지 않으려고 했지만, 보라고 외쳐대는 내 안의 DNA나 생존본능 탓에 다시 똑바로 보고——.

다음 순간, 우미가세는 수영복 차림이 됐다.

수영복.

아니지, 천 면적을 보면 저건 마이크로 비키니라고 칭해야 하리라.

내가 그린 것과, 거의 똑같은 형태다. 만약 인터넷 쇼핑 중에 발견한다면, 무조건 자료용으로 구매할 레벨로 내 이미지에 딱 맞는 수영복이다. 평범한 의류 사이트에는 이렇게 천 면적이 작은 에로 수영복을 팔지 않을 것 같은데, 대체 어디서 산 걸까……. 의문이 끊이질 않는다.

그리고 그딴 건 전부, 아무래도 상관없다.

우미가세 카미오의 육체를 본다는 행위에, 내 의식이 무심코 기울었다.

……매끄러운 체형인데, 군데군데 봉긋한 부분에서 부드러움이 느껴진다. 신이 따로 주문해서 만든 조형이라고 말해도 믿어질 정도로, 완성된 육체.

감상은, 단 하나뿐.

이거, 알몸보다 더 야하지 않나?

"저기…… 요즘 코스프레(코스튬 플레이) 공부도 조금 하고 있거든. 딱 좋은 걸 발견해서, 인터넷에서 슥삭하고 샀어."

아하, 그러십니까……. 나는 침묵하면서도 시선을 떼지 않는다.

"날개와 문신은 준비하지 못했지만, 이 정도면…… 어때?"

어떻고 자시고.

이 상황은 대체 뭐야.

어째서 나는 위험한 수영복을 입은 우미가세 카미오를 보는 거지?

수영 수업은 고사하고 수영장조차 없는 히나 고등학교에서,

왜? 두 눈이 자석으로 교체된 것처럼 우미가세한테서 시선을 떼지 못하는 이유가 뭐지? 2차원에만 관심이 있다고 말한 주제에. 난 대체 뭐냐고.

 아니지. 잠깐만. 나는 그런 말을 한 적 없고, 2차원과 3차원에는 각각의 장점이 있다는 건 누구나…… 아무튼, 이게 대체 뭐냐고!

 "지금처럼 말이야. 만약 앞으로 모델이 필요한 일이 생기면, 내가 해줄게. 그게 세 번째 협상 조건이야."

 "……"

 "어떤 의상이라도. 필요하다면 실오라기 하나 걸치지 않은 모습도 되어 주겠어. 아토리가, 말만 하면……"

 "……"

 "그 일러스트의 포즈는, 어떤 느낌이었더라? 여, 역시 부끄럽네."

 부탁도 안 했는데, 무릎을 끌어안고 앉는 우미가세. 그리고 미세한 동작에 맞춰 몸이 근육과 연동되더니, 아름다운 존재 안에 선정적인 느낌을 자아낸다. 전혀 모르는 타인이 아니라 학교라는 커뮤니티를 공유하는 존재이기에 느끼는 센서티브가, 뇌리를 지배하기 시작한다. 점잖게 표현하자면 최고였다. 농담이 아니라 진짜로 코피가 날 것 같다.

 이상, 설명 끝.

 눈앞에서 전개되던 비일상의 끝까지 본 나는 눈을 몇 번 깜빡이고, 숨을 내쉰 후, 호주머니 안에 있는 안약의 뚜껑을 열었다

닿았다. 여운에 잠기며, 만끽했다.

 그러는 사이, 후끈 달아올랐던 내 머릿속이 점점 냉정해졌다.

 ……분명 수치심이 들 것이다. 당연하다. 같은 반 남자애한테 이런 모습을 보여주고 부끄러워하지 않는 애는 정상이 아니다.

 하지만 우미가세는 몸을 가리려는 낌새조차 보이지 않았다.

 열심히, 내 시야에 들어가려고 하고 있다.

 돈도 그렇고, 기획서도 그렇고, 마이크로 비키니도 그렇고, 이게 전부 우미가세 나름의 성의라는 걸까? 나는 허락도 받지 않고 모델로 삼아 그림을 그렸는데, 과실은 나한테 있는데.

 "나는, 이런 방법밖에 생각나지 않았어. 어떻게 하면 아토리에 선생이 일을 맡아 줄지, 그리고 내가 최대한 납득할 수 있는 선택지가, 뭔지……."

 그 결과가 이거라고 한다. 나를 어떤 인간으로 여기는지 확실히 알 수 있는 것과 동시에, 우미가세 카미오가 얼마나 진심인지도 알 수 있었다. 이렇게까지 하고 거절당하면 어쩔 거냐고.

 "마마가…… 되어 주지 않을래?"

 "마마, 인가……."

 우미가세가 절대로 포기하지 않을 것 같다는 점이, 기쁘기도 하고 슬프기도 하고. 거절당하고, 그렇다면 다른 사람을 찾아보겠다는 유연한 방침 전환이 가능한 인간이라면 이렇게까지 할 리가 없다.

 아무튼, 더더욱 대충 대답할 수 없겠는데…….

 "65점 정도야."

"짜!"

 지금의 자신에 대한 평가라고 여긴 우미가세는 충격을 받은 것 같았다.

"당연하잖아. 그런 코스프레는 본인의 소질도 중요하지만, 원래 일러스트에 대한 높은 재현성이 중요해. 그런데……."

 나는 말을 하면서 우미가세 카미오의 머리부터 발끝까지 다시 쳐다봤다.

"서큐버스면서 날개와 꼬리가 없잖아? 음…… 문양 대용인 문신도 없다고? 완전히 틀려먹었어. 없으면 자라게 해. 문신을 못 하겠으면 스티커라도 붙여. 우미가세, 그 정도 퀄리티로 나를 쓰러뜨리려고? 백년은 일러!"

"하, 하지만, 다른 사람을 참고로 했을 때도 코스프레는 안 시켰잖아?"

"맞아. 하지만 유감스럽게도 너에게는 '서큐버스다'라는 전제 조건이 주어져 있어. 그러니 단순한 마이크로 비키니 차림의 우미가세 카미오를 보여줘 봤자 고득점은 무리야. 지금의 너는 결단코 서큐버스가 아니니까……. 그저 옥상에서 마이크로 비키니만 입은, 야하고 위험한 애니까!"

"그 위험한 애한테 연설하는 아토리도 정상은 아니라고 생각하거든?!"

 그 지적은 옳다. 하지만 나는 코믹마켓 같은 이벤트에서 코스튬 플레이어의 하이 레벨 의상을 봤다고. 최전선에서 활약하는 크리에이터로서, 퀄리티에 거짓말할 수는 없다.

"그러니까…… 여기."

우미가세가 벗어 던진 와이셔츠와 치마를 주워서 던져준 후, 나는 뒤돌아섰다. 실컷 보고 나서 이러긴 뭐하지만, 아무리 나라도 더 쳐다보는 건 위험하다.

"어. 이제, 됐어? 준비했는데, 안 그릴 거야?"

"기본적으로 이미 투고한 일러스트를 수정하진 않아……. 게다가 모처럼 너를 데생 모델로 삼을 권리를 얻었으니까, 지금이 아니라 더 적절한 타이밍에 부탁하고 싶어."

애초에 이 상황을 다른 사람이 목격하면 내 처지가 매우 위험해진다.

무엇보다, 우미가세도 이상한 소리를 들을지도 모른다.

그러니―― 이제 됐다. 감기에 걸릴지도 모르니까, 옷이나 입어.

등으로 그렇게 말하자, 스륵스륵 옷이 스치는 소리가 들려왔다. 교복을 다시 입고 있는 것이리라. 어쩌면 내가 명확하게 답변해 주지 않은 탓에, 못마땅한 표정을 짓고 있을지도 모른다.

하지만 그건 우미가세의 착각이다.

"잠깐만?"

그 점을 그제야 눈치챈 것 같았다. 잠시 입을 다문 후, 우미가세가 다시 입을 열었다.

"지금은 안 한다는, 말이지?"

"그래."

"그리고 언젠가는 부탁할 거고……?"

"그래."

"그 말은, 즉…… 마마가 되어 주겠다는, 뜻?"

해답에 도달한 듯, 우미가세의 목소리가 희미하게 떨렸다.

그렇게 기뻐해 주면 오케이한 보람이 있다는 생각이 들었다.

"그래. 캐릭터 디자인, 해줄게. 내가 네, 마마가 되어 주겠어."

본인을 보지 않고, 그래도 나는 똑똑히 말했다.

……거절할 처지도 아니니까 말이지. 나만 싫지 않다면 이게 가장 좋은 대답이다.

"자, 그렇다면 바로 캐릭터의 세세한 설정을……."

곧장 다음 일을 이야기하려던 바로 그때였다.

온몸에서 물컹거리는, 부드러운 감촉이 밀려들었다.

"고마워. 응, 정말 기뻐. 지금까지 살면서 가장 기쁜 순간일지도 몰라!"

어느새 보니 끌어안겨 있었다. 어어, 뭔가요. 말로 형용하기 어려운 이 행복은. 디스 이즈 유포리아. 아하. 이게 지상의 낙원인 건가……가 아니지.

"오, 오버하네. 그럴 리가 없잖아. 네 인생은 더 멋진 거라고!"

"정말 고마워, 아토리. 그리고 앞으로 잘 부탁해."

"귓가에서 속삭이지 마! *ASMR도 아니고, 몸에서 힘 빠져!"

얘는 대체 뭐야. 나한테 변태라고 해놓고, 자기가 가장 변태 아니야? 우연히 서큐버스로 그린 게 정답이잖아.

---

* ASMR: 자율감각 쾌감 반응(Autonomous Sensory Meridian Response)의 줄임말. 정신적인 안정감을 가져다주는 소리가 대표적으로, 그 밖에 각종 음향을 이용한 컨텐츠를 아울러서 말한다.

"왠지, 생각했던 것만큼 당황하지 않네. 혹시 이런 스킨십에 익숙해?"

익숙할까──? 여자애와의 신체적 접촉에는 제법 익숙할지도 모르고, 누나와 여동생이 있기에 여자를 상대로 특별히 긴장하는 일 또한 이제까지의 인생에서 없었다.

하지만 이렇게 직접적으로 몸이 닿으니 아무리 나라도 긴장이 된다고 할까, 부끄러움이 육체적 및 정신적 의미에서 솟구쳐 올라서…….

"나한테 더 다가오면, 엄청난 짓을 할 거야. 알았어?"

"엄청난 짓? 그게 뭔데?"

"유성 매직으로, 네 배에 하트 모양 문신을 그려주겠어. 코스프레의 퀄리티 상승을 위해서 말이지! 어때? 겁나지? 그렇다면 두려움에 떨어, 전율해. 그리고 그게 싫으면 빨리 내 몸에서 떨어져!"

"아토리가 하고 싶다면, 난 딱히 상관없어."

"왜 이 협박이 안 통하는 거냐고!"

사람과 사람의 인연은, 어디서 어떻게 이어질지 모른다.

우미가세 카미오와의 만남 또한, 내게 그 사실을 깊이 각인하는 만남이었다.

【#2】 존잘 일러스트레이터를 함락하는 방법

【#3】 야마시로 키리사는 거절하지 않는다

 버튜버의 아바타가 완성되는 과정은, 크게 세 가지로 나뉜다.
 어떤 캐릭터를 만들지 원안을 짜고, 일러스트레이터가 캐릭터의 디자인을 한 후, 모델러가 아바타를 자연스럽게 움직이게 하는 작업—— 이번 같은 경우에는 2D 캐릭터로서 움직이도록 모델링 작업을 한다. 거기까지 끝내야, 비로소 출발점에 섰다고 할 수 있다.
 하지만 여기서 문제가 발생한다.
 나는 모델링을 할 수 없다. 순전히 일러스트 일로 바빠서 그쪽을 공부하지 않았고, 물리 연산도 못 하며, XYZ축을 어찌어찌 하라는 말을 들어도 못한다.
 따라서, 아바타를 완성하려면 모델링을 할 수 있는 제삼자를 구할 필요가 있으며, 나아가서는 그 제삼자가 신뢰할 수 있는 인간인지도 고려해야 한다.
 캐릭터 디자이너는 나니까. 내가 마마니까.
 사랑하는 딸을 생판 모르는 녀석에게 맡길 리가 없잖아?

 "그렇게 해서, 나는 우미가세의 마마가 되기로 한 거야."

우미가세의 의뢰를 승낙한 날의 방과 후.

히나 고등학교에서 걸어서 15분 정도 거리에 있는 일본 전통풍 카페에 나, 우미가세, 그리고 추가로 한 사람이 모여 있었다.

부드럽게 내려온 베이지색 롱헤어와 호박색 눈, 오뚝한 코와 잡티 하나 없는 피부. 여성 특유의 부드러운 분위기와 다양한 의미에서 어른스러운 자태를 내포한 외모.

그래서 우미가세에게 버금갈 만큼 남자들에게 호감을 사며, 본인의 커뮤니케이션 능력 덕분에 여자애들 사이에서도 인기가 좋은 소녀.

고지식한 하이스펙 여고생—— 야마시로 키리사가 눈앞에 앉아 있다.

"요점만, 다시 한번 정리하게 해줘."

내 말을 끝까지 들은 키리사는 정말이지 미심쩍은 표정을 지었다.

"허락 없이 데생 모델로 삼은 데다가 부주의한 언동을 계기로 아토리에의 정체를 들켰고, 거기서 파생해서 우미가세 양이 버튜버의 캐릭터 디자인을 해달라는 의뢰를 승낙할 수밖에 없었다. 이 말이 맞지?"

"얼추 그런 인식으로 보면 돼."

"마마. 우미가세 양의, 마마……."

사건의 전말을 짤막하게 정리한 키리사는 자기 컵에 담긴 엽차 라테를 한 모금 마셨다. 우아한 동작이다. 나는 그저 조용히 지켜볼 수밖에 없다.

"치카게. 이 순간, 여자애를 데생 모델로 삼는 행위를 금지합니다."

뭐, 판결은 그렇겠지. 알고 있었어. 알고 있고말고…….

"이제까지는 모르겠지만, 우미가세 양의 일은 도저히 그냥 넘어갈 수 없어. 허락도 안 받고 저지른 거잖아? 제발 부탁해. 난 치카게가 학교에서 미움받는 모습은 보고 싶지 않아."

차라리 호된 말로 혼나는 게 훨씬 나을지도 모른다. 지금 키리사의 눈에 어린 감정은 분노가 아니라, 더 애절한 것이었다. 미안해. 진짜로 사과할게.

"응. 나도 조심하는 게 좋다고 봐. 외톨이가 되면 힘들걸?"

우미가세도 불쌍하다는 듯한, 처량한 눈으로 보지 마……. 더 심각해진다고!

"하지만 놀랐어. 야마시로 양은 아토리가 아토리에 선생이라는 걸 알고 있었구나."

그 후에 우미가세는 은근슬쩍, 그러면서 지당하다고 할 수 있는 말을 입에 담았다.

——나쁜 일은 없을 테니까, 키리사에게 버튜버 일을 이야기하게 해줘.

우미가세에게 그렇게만 말한 후에 거의 억지로 연행하다시피 했으니, 이쯤 되면 당사자 또한 이 상황에 대한 해답을 알고 싶어지는 것 같다. 나와 키리사의 대화를 듣던 우미가세는 본격적으로 대화에 끼어들었다.

"그걸 알 만큼, 친한 거야?"

"뭐, 조금은 그런 느낌이야."

"흐응."

"……."

"……."

대화, 중지. 세 사람의 음료에서 피어오른 김이 눈에 들어오더니, 곧 사라졌다.

"자, 자, 자, 자! 입 다물지 마! 다들 젊으니까, 잘 좀 해보란 말이야."

"맞선도 아니고 말이야. 그리고 그렇다면 치카게 네가 대화를 주도해."

"알았어. 그렇다면 잡담 대신, 오타쿠에게 친절한 날라리가 실존하는지 토론을……."

"미안하지만, 역시 치카게는 입 다물고 있어."

"대체 어쩌라는 거냐고."

……하지만 나도 갑자기 속을 터놓고 이야기를 나누긴 어려울 것 같았다.

나와 키리사는 작년에도 같은 반이었으니, 키리사와 우미가세는 내가 알기로 접점이 거의 없다. 그래서 그럴까? 쭉 면접을 보는 듯한 긴장감이 감돌았다.

"조금 친한 관계는 아니네. 혹시 특별한 관계인 거야?"

"아마, 부분적으로, 그럴지도 몰라."

"아키네이터냐?"

"내 생각에는."

【#3】야마시로 키리사는 거절하지 않는다 · 57

키리사는 내 딴지를 들은 척도 하지 않고 팔짱을 꼈다.
"오늘 듣고 바로 정할 이야기는 전혀 아닌 것 같은데, 치카게는 왜 그러기로 했어? 물론 의무감이나 사죄의 마음 같은 것도 있겠지만…… 그게 전부는 아닐 거잖아."
……키리사의 지적은 기본적으로 예리해서, 언제나 그렇듯 내가 대답하는 데는 시간이 조금 필요했다. 무시하기에는 너무 직구니까.
"아, 그건 나도 궁금해. 내가 예상한 것보다 훨씬 순순히 승낙했거든."
"그냥 물어보는 건데, 치카게가 거절하면 어쩔 생각이었어?"
"승낙할 때까지 영원히 부탁할 마음이었는데, 그게 왜?"
"우미가세 양이 어떤 사람인지, 그것만으로 잘 알았어."
"후후. 과연 그럴까?"
……좋아, 정리 끝. 소소한 화제로선 부족하지 않겠지.
"여러 가지 이유가 있어. 우미가세가 의외로 진심이기도 했고, 아토리에가 아니면 안 된다고 주장한 데다…… 만약 우미가세가 버튜버로서 인기를 끌면, 나한테도 명확한 이득이 되거든."
"더 유명해질 수 있다는 거야?"
"맞아. 아토리에의 일러스트를 지금보다 더 많은 사람에게 보여줄 수 있을지도 몰라. 내 일러스트로, 누군가를 행복하게 해 줄 수 있을지도 몰라. 그렇게 생각하면 잠자코 있을 수 없지."
일부러 눈을 빛내듯 말하는 나와는 대조적으로, 키리사의 눈빛은 어두침침했다.

"그런 건 됐고, 속내는?"

"존잘 일러스트레이터로서, 버튜버 디자인처럼 핫한 콘텐츠에 손대지 않을 수 없잖아……. 그리고 사실은 대형 사무소에서 제안이 들어오기만 기다렸는데, 안 오더라고……. 어째서일까?"

"아토리에 선생이 그리는 일러스트가 너무 야해서 그렇지 않을까?"

"돌직구 던지지 말라고."

나도 어렴풋이 짐작했던 만큼, 너무 찔린단 말이야.

"난 오래전부터 생각했던 건데, 그 『존잘 일러스트레이터』란 단어는 그만 쓰지? 『IQ 200』이나 『이론상 최강』처럼, 너무 센 말이라 유치하게 들리거든?"

뭐, 뭐가 어때서. 그만큼 노력하거든? 키리사, 너도 알잖아.

"뭐, 치카게에게 할 마음이 생긴 이유는 알았어……. 그래서? 나를 이 자리에 부른 이유가 있기는 한 거지?"

팔짱을 끼고 무뚝뚝한 표정을 짓고 있지만, 한편으로 키리사는 내 발언을 보챘다.

키리사는 똑똑하고, 더군다나 감이 좋다. 단순히 잡담하려고 이 자리에 자신을 부른 게 아니라는 것쯤은 짐작했을 거다. 그리고 자신이 뭘 어떻게 해야 할지를 곰곰이 생각하고 있으리라. 내가 오늘 아침 옥상에서 그랬듯이.

그렇기에── 내가 이제부터 하는 부탁 또한, 키리사라면 냉정하게 들어줄 것이다.

"키리사, 아니, 『키리히메』…… 너에게, 이번 일의 모델링 담당을 부탁하고 싶어."

"역시, 그럴 줄 알았어."

"…………어?"

 그 말을 들은 키리사 본인보다, 옆에서 듣고 있는 우미가세가 더 놀랐을 것이다.

 그럴 수밖에. 업계에서 아토리에와 버금가게 유명한 일러스트레이터의 이름이 뜬금없이 튀어나왔으니까.

◆키리히메는 일본의 일러스트레이터 겸 VTuber. 4월 5일생. 야마가타현 출신. 대표작은 일본풍 러브 코미디 라이트노벨 『명도연객』과 이세계 스타일 RPG 『리리카 마기사』. 최근에는 버튜버 『시리우스 러브 베릴포핀』의 캐릭터 디자인을 했으며, 본인도 VTuber로서 활동하는 등, VTuber 사업에도 열정적으로 참여하고 있다. 좋아하는 음식은 라멘. 최애 버튜버는 앞서 언급한 시리우스.

 자기 스마트폰으로 키리히메에 관해 조사하던 우미가세의 손이, 드디어 움직임을 멈췄다.

"야마시로 양이, 바로 그, 키리히메 씨야?"

"그래. 아토리에를 알고 있다면 다른 유명 일러스트레이터도 파악하고 있겠지?"

"으, 응. 버튜버를 하는 것도 알고, 픽세브 랭킹에서도 키리히메 선생님의 일러스트를 자주 봤는데…… 진짜야?"
 곤혹스러운 눈치인 우미가세. 눈을 깜빡이는 횟수가 확연하게 늘어났다.
 "잠깐만 시간을 줘."
 하지만 키리사가 천천히 꺼낸 노트에 연필로 3분 만에 그린 일러스트와 오른쪽 아래에 그려진 키리히메의 사인을 보자, 그 의문이 풀린 것 같았다.
 "지, 진짜다. 이 섬세한 화풍과, 세세한 그림자 묘사…… 게다가 진짜 빨리 그려."
 "나도 마음만 먹으면 그 정도는 할 수 있어."
 "왜 경쟁심을 불태우는 건데……. 어때? 더 증명해 보라면 해줄게. 희망 사항은 있어?"
 "아, 아니야. 이젠 괜찮아. 믿으니까……. 그보다도 저기, 아토리!"
 너무 놀라서 그런 건지는 모르겠지만, 우미가세는 나를 향해 얼굴을 바짝 들이댔다.
 "키리히메 씨의 정체를 떠벌리면 어떻게 해! 그리고 야마시로 양도, 화내지 않는 거야?"
 "어머, 왜?"
 "그야…… 내가 신용할 수 있는 사람인지, 아직 모르잖아!"
 "맞는 말이긴 한데, 그렇게 치면 아토리에는 괜찮은 거야?"
 "아토리에 선생은 괜찮아! 어쩔 수 없어. 계획을 위한 최소한의 희생 같은 거야."

【#3】야마시로 키리사는 거절하지 않는다

아니, 무슨 트롤리의 딜레마 같은…… 그래도 나는 허락도 없이 모델로 삼은 죄가 있으니, 불평할 수 없다. 젠장, 그렇다면 어쩔 수 없나?

"그 점은 괜찮아. 나와 치카게는 그런 쪽으로 이미 약속한 사이거든."

"약속?"

"서로에게 문제가 생기거나 곤란한 상황에 부닥쳤을 때는 협력한다. 아토리에와 키리히메는 그런 사이야. 그러니까 그 점만 본다면 특별한 관계이긴 하네."

'맞지?' 같은 의미의 시선을 받은 나는 아무 말 없이 고개를 한 번 끄덕였다.

이 자리에 두 명이나 있어서 착각하기 쉽지만, 고등학생이면서 제일선에서 상업 쪽 일을 하는 일러스트레이터는 정말 드물다. 적어도 아토리에가 트미터에서 팔로우한 인간 중에서는 키리히메 한 명뿐이며, 5년가량인 내 활동 기간에서도 그런 사람을 트미터에서 관측한 것조차도 한 손으로 셀 수 있을 정도밖에 안 된다.

……그래서, 일까.

키리사가 직접 상부상조를 제안했을 때, 나는 순순히 받아들였다.

키리히메가 신용할 수 있는 인간이라는 것은 그때까지의 교류를 통해 알고 있었으며, 무엇보다 나 자신이 혼자서 대응하는 것에 한계를 느끼고 있었다.

"신용할 수 있는 거래처와 관계를 끊는 게 나은 거래처의 정보 공유. 어느 세무 사무소에 세금 관련 업무를 부탁하면 좋은지를 상의하거나, 인터넷에서 다툼이 발생했을 때 제삼자 시점에서의 조언 등…… 협력해서 해결한 일을 꼽자면 셀 수도 없어."

"돌이켜 보니, 일러스트레이터가 겪는 문제를 우리 둘이면 얼추 망라할 수 있을 것 같네."

"하, 확실히…… 옛날로 거슬러 올라가면 '아토리에, 코믹마켓에서 받은 선물에 도청기가 있던 사건'이 있고, 최근에는 '키리히메, 악성 안티에게 법적 조치 사건'도 있잖아……. 하아."

"저기, 그 두 사건은 결국 어떻게 됐어?"

"전자는 앞으로 파스나 테이핑 같은 소모품 말고는 받지 않고 돌려주기로 했고, 후자는 이런저런 일이 있은 끝에 합의했어. 그게 왜……?"

"그, 그랬구나. 여러모로 고생이 많았겠네."

"하긴, 그랬지……."

"하긴, 그랬어……."

나와 키리사는 똑같이 맥이 빠졌다. 그런 우리의 목소리가 하모니를 이뤘다. 빛이 있는 곳에는 그림자 또한 반드시 존재한다. 완전히 눈부시고 청결한 세계 따위는, 이 세상 어디에도 없는 것이다…….

"두 사람은 언제부터 그런 관계였어?"

상태가 나빠진 우리와 달리, 우미가세는 무덤덤한 태도로 자신이 궁금한 부분을 헤집어댔다.

"아토리에가 활동을 시작하고 1년쯤 됐을 때부터 교류했으니까…… 4년쯤 됐나? 하지만 협력 관계를 맺은 건 1년쯤 전이고, 현실에서 만난 것도 그쯤이야."

그때는 솔직히 놀랐다. 출판사 모임에 참석했더니 같은 반 여자애가 있었고, 그 상대가 키리히메였다니…… 전화로 통화할 때의 목소리와 평소 목소리가 너무 달라서, 전혀 감이 안 왔다. 그 정도면 버튜버도 충분히 할 수 있겠다며 감탄했을 정도다.

"흐응, 그랬구나. 그렇다면, 응. 알았어."

아까부터 우미가세는 우리의 관계에 관해 계속 물었는데…… 반응을 보아하니 완전히 이해한 것은 아니지만, 받아들이기는 한 것 같았다.

"끈질기게 캐물어서 미안해. 그러면 마지막으로 묻겠는데…… 키리히메 선생님한테 모델링을 부탁하는 이유는 뭐야? 그리고 애초에 할 수는 있어?"

보아하니 거기까지는 조사하지 않은 것 같아서, 나는 본인 대신 설명했다.

"할 수 있어. 키리히메는 자기 캐릭터 디자인부터 모델링까지 전부 직접 하고, 캐릭터 디자인을 담당한 V의 모델링도 해. 이름은……."

"시리우스야."

묻지도 않았는데, 키리사가 끼어들듯이 대답했다.

이름이 나온 김에, 나는 스마트폰으로 시리우스의 나우튜버 채널인지 뭔지에 들어가서 가장 최신 아카이브를 재생했다.

······아카이브가 생성된 게 6시간 전인 점에는 짚이는 바가 있지만, 그건 일단 머릿속 구석으로 치웠다.

지금은, 아무래도 상관없는 이야기다.

『어둠의 장막이 드리울 때······ 전뇌가 피로 가득 찼을 때······ Welcome to my Galaxy. 짐이 바로 별을 보는 흡혈 공주, 시리우스 러브 베릴포핀이다!』

"원래 이런 식으로 인사했었어?"
"최근에 생각했나 봐. 귀엽지?"
키리히메의 딸 겸 최애인 시리우스의 목소리가 한순간 들려왔는데, 나는 더 이상 방송 내용이나 중2병틱한 방송 개시 인사는 언급하지 않았다. 그리고 오른쪽 아래에서 폴짝폴짝 움직이는 시리우스 자신──아바타의 움직임에 주목하라고 지시했다.
"모델링을 할 줄 알고, 그 정밀함은 지금 보는 바와 같아. 이 시리우스도 그렇고, 키리히메 자신의 Live2D(라이브 투디) 움직임은 자연스럽고 매끄러워서, 기업(사무소 소속) 버튜버에게도 뒤처지지 않아."
"어······ 이걸 전부 야마시로 양이 혼자 만든 거야?"
"뭐, 어디까지나 관심이 생겨서 시작한 공부의 연장선······ 거의 취미 같은 거지만."
"아니지. 이건 그렇게 별일 아닌 것처럼 말할 퀄리티가 아니야······. 정말 대단해!"

"이해하는 것 같아서 다행이네."

『※모델링 담당은, 앞으로 인터넷에서 찾아 외주로 맡길 예정입니다.』

 우미가세가 보여준 기획서에 적힌 내용 중에서, 그 점만은 내가 유일하게 허용할 수 없는 부분이었다.
 모델링 일은 전문이 아니라 잘 모르지만, 그래도 아무에게나 맡겨서 될 일이 아니라는 점은 알고 있다. 억지처럼 들릴 수도 있지만, 나도 일단 끼기로 한 만큼 엉성한 퀄리티로 만들긴 싫었다. 그래서 키리히메와 시리우스라고 하는 훌륭한 포트폴리오가 있는 키리사를 꼭 끌어들여야 했다.
 "그리고 키리히메는 우리가 하려는 일의 선배인 만큼, 도움을 받는 게 좋을 거야. 개인 버튜버 중에서는 상당한 인기인이거든."
 요컨대 그 인기에 편승해라. 인기를 끄는 노하우를 배워라, 그런 의미다.
 "목표 채널 구독자가 10만 명이라고 했지? 의욕은 칭찬받아 마땅하고, 나도 네가 인기를 끌었으면 해. 그건 장차 아토리에의 활동에도 이득이 될 테니까."
 그렇다. 생각할수록 키리히메는 지금의 우리에게 꼭 필요한 인재였다.
 ……유일하면서도 가장 큰 문제는, 키리히메의 승낙 여부. 바

로 그 점이다.

"부탁할 수 있을까? 물론 보수는 준비할 거고, 이제까지와 마찬가지로 키리사에게 무슨 일이 생기면 내가 협력할게. 고생을 시키겠지만…… 이렇게 부탁할게."

옥상에서와 달리 이번에는 머리가 부딪치지 않을 정도로만, 나는 자리에 앉은 채 머리를 깊이 숙였다.

"내 인정을 이용하려 한다는 건, 잘 아는 거지?"

"그래. 이 빚은 꼭 갚을 거고, 보수도 잘 준비하겠어."

"그러면 다음에 내가 곤란할 때는 꼭 도와줄 거야?"

"이제까지와 마찬가지로, 분골쇄신할 생각이야."

"다른 여자애에게 데생 모델을 부탁하지 않겠다는 약속, 지킬 거야?"

"아, 아무 여자한테나 함부로 말을 걸지 않겠다는 건, 약속할 수 있어."

거짓말은 아니다. 우미가세는 본인이 하겠다고 했으니까.

"……."

한동안 침묵이 있은 후, 나는 고개를 살짝 들어서 키리사의 반응을 살폈다.

어이가 없다는 듯하면서도, 기분 탓일지 몰라도 썩 싫지는 않은 듯하다.

그런 얼굴로, 니와 우미가세를 번갈아 본 키리사는——.

"거참, 어쩔 수 없네."

이제까지 어울려 지내면서 수십 번은 들은 말을, 이번에도 입

【#3】야마시로 키리사는 거절하지 않는다 · 67

에 담았다.

 솔직히 말해, 진지하게 부탁하면 키리사가 승낙할 것으로 예상하기는 했다. 협력을 약속한 사이이기도 하고, 애초에 잔소리할 정도로 나를 챙겨주는 키리사라면 긍정적으로 대답해 줄 것이다. 그런 타산적인 생각을 전혀 안 했다곤 할 수 없다.

 ……정말이지 좋은 녀석이야. 부끄러우니까 본인에게는 말하지 않지만.

"다행이야, 정말 고마워……. 자, 우미가세도 고맙다고 해."

 멋대로 정했다고 생각해도 어쩔 수 없을 만큼 억지였지만, 이건 프로젝트를 진행하면서 반드시 거쳐야 할 부분이다. 우미가세도 이해해 줄 수밖에 없다.

"어어, 그렇다면 잘 부탁할게, 야마시로 양."

"그래, 잘 부탁해."

 악수라도 나누면 전부 해결될 상황.

"그 전에……."

 하지만 키리사는 꼭 확인하고 싶은 부분이 있는 것 같았다.

"버튜버가 되고 싶다는 건, 진심이야?"

"응. 안 그러면 일부러 아토리에 선생에게 직접 말하지 않아."

"그렇지. 진심이 아니라면, 말이 안 돼."

 손으로 이마를 짚고, 키리사는 눈을 감았다. 냉정하게 생각해 보면 우미가세가 취한 행동은 위험천만하달까, 무모하다고 해도 과언이 아니다. 나한테 거꾸로 협박당할 가능성은 전혀 고려하지 않은 걸까? 네가 버튜버라는 걸, 언젠가 퍼뜨려 주겠어!

……같은 식으로 말이야. 가능성만 본다면, 그런 세계선도 존재할 터.

"하지만 각오는 했어? 당연한 거지만, 즐거운 일만 있는 건 아니야. 화가 나거나, 질색할 때도 있어."

"구체적으로, 어떤 일이 있는데?"

"지금 바로 생각나는 걸 말하자면…… 트위터에서 자기 욕을 하는 글을 발견하거나, 코멘트란에 불평이나 욕 혹은 도가 지나친 성희롱 같은 게 있다거나……."

"왜 나를 보는데? 미리 말하겠는데, 나는 초면인 상대나 별로 친하지 않은 상대에게는 야한 농담이나 업계 토크를 안 해. 그런 거야말로 분별해서 처신하는 게 중요하니까."

"하지만 아토리는 거의 초면이나 다름없는 나한테 서큐버스 해설을 했는데."

"우, 우미가세는 예외야. 노카운트."

"아무튼! 그런 노이즈를 신경 쓰지 않고 넘어갈 수 있어?"

키리사는 내키지 않는 기색을 감추지 않으며 그렇게 말했다.

쓸데없이 현실적인 이야기인 만큼, 사실인 거겠지.

이건 버튜버만 해당하는 이야기가 아니며, 일러스트레이터도 마찬가지다.

불특정 다수를 상대로 활동하는 인간에게는 반드시 따라다니는 문제이며, 그런 문제가 원인이 되어서 자신이 전혀 의도하지 않은 곳에서 공격당할 가능성도 있다. 유명세라며 넘어가기에는 너무 끔찍한 악의에 노출되는 일 또한, 있을지도 모른다.

그리고 만약 그런 상황에 부닥쳤을 때, 나나 키리사처럼 멘탈이 강한── 아니, 그런 케이스에 하도 직면해서 감각이 마비된 인간이라면 조용히 대처할 수 있겠지만, 우미가세는 과연 어떨까?

이래 보여도 키리사는 우미가세를 걱정하는 거겠지.

"게다가…… 왜 버튜버인 거야?"

내가 물어봐야 하는 것과 물어보지 않은 것을, 키리사가 전부 회수해 준다.

인기를 끌어서 사람들에게 떠받들어지고 싶으니까 버튜버가 되고 싶은 거라면, 그냥 얼굴을 드러내고 방송하는 게 훨씬 빠르다.

스트리밍 사이트에서, 뭐든 한쪽으로 돌출된 인간에게는 수요가 있다.

머리가 좋은 인간과 말을 재밌게 하는 사람은 물론이고, 언동이 특이한 인간이나 세간에서 보면 인간 말종 같은 사람조차도 생방송이라는 콘텐츠에서 빛날 수 있다.

그리고 당연히, 우미가세처럼 외모가 좋은 여고생도 마찬가지다. 솔직히 말해, 우미가세라면 화면에 나오기만 해도 채널 구독자가 10만을 넘을 것 같다.

……물론, 사생활 보호와 인터넷 문해력 문제로 순탄하지 않을 건 안다.

즉, 캐릭터라는 필터를 거칠 필요가 있냐는 이야기다.

"만약 돈이 필요하다는 이유로 하려는 거라면, 그렇게 만만하지는 않으니까. 그리고…… 우미가세 양이라면 모델 같은 다른 선택지도 있을 거고."

"그건 그래. 연예인 사무소에 들어가면……."

"미안한데, 치카게 넌 입 좀 다물어."

키리사는 정색하고 말했다. 이게 그렇게 참견 같았나?

"돈 문제가 아니야. 나는, 그러니까…… 애니나 만화 같은 걸 좋아해서, 가상의 캐릭터가 되어서 방송해 보고 싶었어. 그런 것에 관심이 있어서 브이튜버가 되고 싶은 거야. 그런 이유로는, 안 될까?"

변신 욕구. 다음 생에 뭔가 되고 싶다. 그런 이야기일까?

이해하지 못할 일도 아니다. 나도 다시 태어난다면 귀여운 2차원 미소녀가 되고 싶다고 초등학교 작문 시간에 썼는데—— 담임 선생님이 할 말을 잃었던 것은, 지금도 이해가 안 된단 말이지. 되냐 마냐의 관점에서 보면, 아무리 생각해도 되는 것이 더 즐거울 것 같잖아.

"딱히, 안 되는 건 아니야."

"그렇지? 야마시로 양도 그런 생각이 조금이라도 있으니까 브이튜버를 하는 것 아니야?"

키리사는 그 말을 듣고 짚이는 구석이 있는지, 술술 이어지던 대화가 끊겼다.

"아, 혹시 내가 브이튜버를 하고 싶다는 게 아직 믿기지 않는 거야? 이상하다고 생각해?"

질문이 아니라, 왠지 따지는 투로 들렸다. 완전히 믿지 못하는 키리사의 마음도, 그런 키리사를 어떻게든 납득시키려 하는 우미가세의 마음도, 나는 둘 다 이해할 수 있지만—— 그렇기에 안이하게 끼어들 수 없다.

"아니야. 우미가세 양이 하고 싶어 하고, 그런 성가신 문제를 전부 끌어안을 수 있다면, 나는 더 말하지 않아. 그 점에 관해서는, 불만이 없어."

"응. 그렇다면 그렇게 할게."

두 사람은 미묘한 표정을 지었다. 아무래도 아직 거리감을 완전히 파악하지 못한 것 같다.

나아가 키리사의 볼일도 아직 끝나지 않은 것 같았다.

"그렇다면 그쪽은 됐어. 그렇다면 하나 더…… 우미가세 양, 치카게랑 너무 가까운 거 아니야?"

갑자기 화제가 바뀌어서 그런지, 아니면 버튜버 이야기가 아니라서 그런지, 어느 쪽이든 간에 우미가세는 당혹스러워했다.

"그래? 그냥 평범하지 않아?"

"아니야. 지금 앉은 자리도…… 4인용 테이블석에 남자 한 명, 여자 두 명이 앉으면 보통은 여자끼리 앉는 법 아니야? 그런데……."

나는 그 말을 듣고, 당연한 듯이 내 옆자리에 앉아 있는 우미가세의 얼굴을 쳐다봤다.

눈이 마주쳤다. '이게 그렇게 신경 쓸 일이야?'라고 말하는 것 같았다.

실제로 별로 대단한 일도 아니지만, 선도위원 기질이 있는 데다 평소 나란 인간의 행실을 문제시하던 키리사의 눈에는 거슬리는 것 같았다.

"아…… 말하지 않았나 본데, 난 아토리에 선생의 팬이야."

"흐응…… 그래서?"

"그래서일지도 몰라. 야마시로 양도 동경하는 사람과는 같이 있고 싶을 거잖아?"

"나는 최애나 좋아하는 상대와는 오히려 거리를 두는 타입이야. 전혀 모르겠어."

차갑지는 않지만, 키리사의 말투는 왠지 날이 서 있었다.

"미리 말하겠는데, 아토리에는…… 치카게는, 변변찮은 인간이야. 변태인 데다, 머릿속에는 야한 일러스트를 그릴 생각밖에 없는, 한심한 인간. 칭찬할 구석이라고는 생긴 게 약간 샤프해 보인다는 것뿐이야."

"가만히 있는 나를 까진 말아 주시죠?"

게다가 우미가세와 똑같은 말을 하는데, 다들 bot인 거야? 아니면, 내 장점은 진짜 그걸로 끝이야? 사람만이 아니라 풍경도 그릴 줄 안다, 같은 거로 해달라고.

"저기, 그렇게 인상만으로 단정하면 못써. 야마시로 양이 아직 모르는 아토리의 장점이 있을지도 모르잖아."

왠지 우미가세도 불만인 건지, 두 사람 사이에서 튀는 불똥이 보이는 것만 같았다. 하지만 그렇게 말하면, 없을 가능성도 있는 거잖아? 숨통을 아예 끊으려는 거야?

"단정하는 게 아니라, 지금까지의 경험으로 판단하는 거야.

치카게 때문에 피해를 본 적도, 반대로 도움을 받은 적도 있는 나야말로, 단언할 수 있어."

"나야말로……?"

우미가세는 그 말을 듣고 고개를 갸웃거리더니, 곧 "아." 하고 뭔가 눈치챈 것 같은 목소리를 냈다.

"혹시 질투하는 거야? 그런 걱정은 안 해도 돼. 나는 그런 게 아니거든."

"뭐어? 뭔데? 이 대화를 가지고 어떻게 하면 그렇게 생각하는 거야?"

"그야 노골적으로 아토리를 헐뜯고 있잖아. 그렇게 하면 아토리에게 나쁜 벌레가우읍."

벌떡 일어선 키리사가 물수건으로 우미가세의 입을 막았다. 작은 목소리로 "왜 고등학생은 남의 그런 화제에 민감한 건데……?"라고도 말했다.

"우미가세. 나도 한마디 하자면, 키리사와 나는 그저 같은 업계 동료……."

"치카게 넌 입 다물고 있어."

"어어……."

노려보는 키리사의 표정은 악귀나찰을 방불케 할 만큼 무시무시했다. 눈앞에 귀신이 나타났다. 동의하니까 엄호 사격을 해줄 생각이었는데, 아무 말도 할 수 없다.

"애초에 모델이 필요하면, 더 부탁하기 쉬운 상대를 고르면 됐잖아. 면식이 없는 여자애에게 말을 걸거나 허락도 안 받고

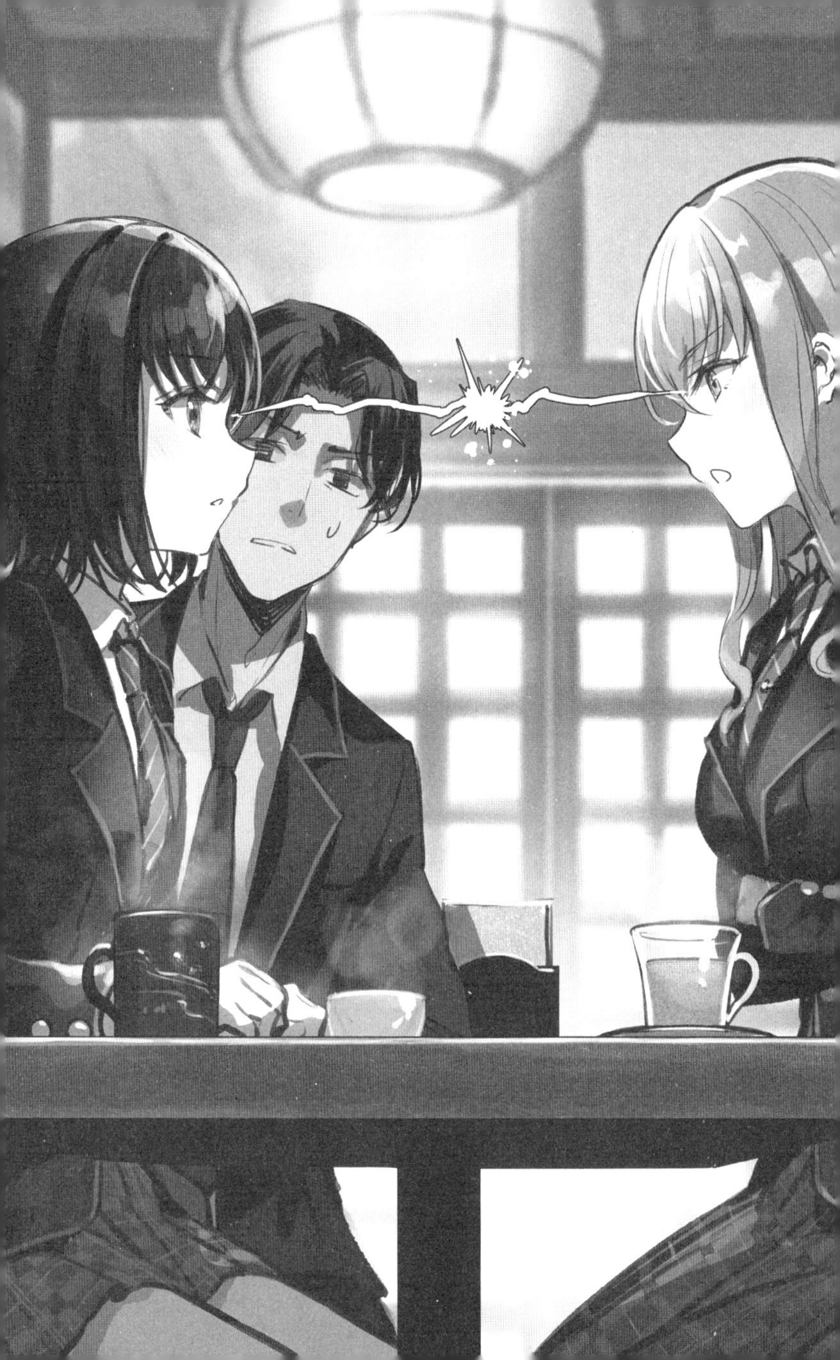

그림을 그릴 배짱이 있으면, 그게 훨씬 나을 거야. 이렇게 귀찮은 상황도 벌어지지 않았을 거고!"

분노가 가라앉기 전에, 다른 분노가 솟구친 것 같았다. 갑자기 화제가 바뀐다.

"구체적으로 누구를 말하는 건데?"

"그게, 저기…… 여, 옆자리에, 앉은 애라든가…….."

"우미가세 말이구나."

"나 말이구나."

"아니야! 나야, 나! 어디 사는 누구인지도 모르는 타인에게 폐를 끼칠 바에야, 내가 해주는 게 나았다고 말하는 거라고!"

"키리사가……?"

"잠깐, 그 태도는 뭐야. 나한테 불만 있어?"

"딱히 그런 건 아닌데, 뭐랄까…….."

키리사와의 전속 계약을 맺을 경우, 필연적으로 가슴이 큰 캐릭터만 그리게 된달까, 예를 들어 카레를 먹으면 그 후에 뭘 넣어도 카레 맛을 떨쳐낼 수 없다고 할까…… 뭐, 그렇게 치면 우미가세가 전속 모델이 되어도 마찬가지…….

아, 맞다. 그러고 보니 키리사에게 우미가세로부터 데생 모델 제안을 받았다는 걸 말해야 한다. 무슨 소리를 들을지 모르지만, 숨겼다가 나중에 들키면 더 안 좋을 것이다.

"글쎄. 야마시로 양이 아토리의 요구를 받아들일 수 있을까?"

내가 중요한 이야기를 꺼내려던 타이밍에, 여자 두 사람도 그 화제를 언급하기 시작했다.

"무슨 뜻이야?"

"말 그대로의 뜻이야. 아토리에 선생 같은 분의 데생 모델을 맡으면, 말도 안 되는 의상이나 포즈를 잡아야 하는데? 야마시로 양이 할 수 있겠어?"

"마, 말도 안 되는 의상? 예를 들어 어떤 건데?"

"그래⋯⋯. 마이크로 비키니가 초급 레벨일걸?"

"마, 마이크로 비키니⋯⋯."

"만약 상급 레벨이 되면, 어떻게 될까? 참 궁금하네."

"으~~~~!!"

키리사는 귀까지 새빨개졌다.

사실 키리사는 센서티브── 즉, 야한 쪽 화제를 어려워한다.

내가 조금이라도 그런 농담을 하면 바로 딴지를 날리며, 나 말고 다른 사람과 이야기를 나누는 도중에 야한 농담을 듣는다면 말없이 억지 미소만 짓는다. 아토리에와 다르게 키리히메는 지극히 건전한 그림만 그리는 것만 봐도, 성격이 드러난다고 생각한다.

참고로⋯⋯.

"뭐, 뭔데?"

"아무것도 아니야."

슬쩍. 한순간 키리사의 얼굴 아래로 시선을 보낸 후, 다시 시선을 원래대로 돌렸다.

그중에서도 가장 금기시되는 건, 키리사의 풍만한 몸을 언급하는 것이다.

가슴과 엉덩이, 허벅지 이야기는 바로 아웃이다. 내가 보기에는 충분히 매력적인 장점이지만, 본인에게는 콤플렉스라고 한다. 그런 이야기를 하지 말라고 오래전에 딱 잘라 말했었기에, 방금 문득 그런 생각이 들었는데도 말하지 않았다.

……하지만 말이야. 그러면 버릇인 팔짱도 끼지 말아줬으면 한다. 그러면 가슴으로 시선이 유도된다고. 이성으로 어쩌고 자시고 하기 전에 전체적인 구도상 관심이 갈 수밖에 없다고.

"아, 맞다. 아토리의 데생 모델 건 말인데……. 앞으로는 내가 하기로 했으니까, 앞으로는 아무 여자애한테도 함부로 말을 걸지 않을 거야."

안심하라는 듯한 얼굴로 말하는 우미가세. 정말 멋진 배려다.

"뭐?"

키리사가 그 말을 듣고 전혀 안심하지 않는다는 점만 빼면, 완벽했겠지.

"아까 금지한다고 말하는 거, 들었지? 그리고 누구 허락을 받고 그런 짓을 하는 건데?"

"이, 이게 허가제일까……. 그리고 내가 먼저 약속했는걸. 마마가 되어 주는 대신, 모델이 되어 주기로 말이야. 일방적으로 호의를 받기만 하면 미안하잖아."

"정말이지, 한순간도 방심할 수가 없네."

키리사는 오늘 툭하면 인상을 썼지만, 지금은 오늘 들어 가장 표정이 나빴다.

"알았어. 그렇다면 그 건에 대해서는 집에 가는 길에 당사자인 우리끼리 잘 논의해 보실까……. 자, 우미가세 양, 나가자."

 몸을 부들부들 떨면서 일어난 키리사가 우미가세의 손을 잡아당겼다.

 "어…… 저기, 설마 같이 가자고 말하는 거야?"

 "당연하지. 이제 거의 밤이고…… 너희 둘만 뒀다간 무슨 짓을 벌일지 모르겠거든. 어마어마한 실수를 저지를 가능성도 없지는 않아."

 "그 실수가 구체적으로 어떤 행위인지를……. 아, 미안해. 사과할 테니까 팔 잡아당기지 마. 그리고 내 팔이 야마시로 양의 가슴에 닿았는데, 아야! 아파!"

 지뢰밭 위에서 탭댄스를 춘 우미가세는 그대로 강제 연행을 당했다.

 떠나면서 "잘 먹었어."라는 말만 남기고, 키리사는 그대로 우미가세와 함께 카페 밖으로 나갔다.

 "폭풍 같았네."

 내 잔에 남아 있던 커피를 비운 후, 천천히 가게 천장을 올려다봤다.

 녹초가 됐다. 이벤트가 너무 많다. 아무 일도 없는 날이라면 이미 집에 가서, 업무 관련 그림을 그리거나 캐릭터 디자인을 짜고 있었을 것이다. 너무 정신없어서 멀미가 날 것만 같다.

 ……내일 이후로도 쭉 이런 식이겠지.

 바로 그때, Digcord(디그코드)── 그런 이름의 채팅 툴에서 『버튜버 제작』이란 그룹에 가입됐다는 알림이 왔다. 정말 신속한 행동이었다. 분명 가는 길에 키리사가 했을 것이다. 멤버 창에는 2차원 흑발 소녀의 일러스트, 점박이물범 캐릭터, 간장 라멘 사진, 이 세 개의 아이콘이 표시되어 있다. 나, 우미가세, 키리사, 이렇게 세 명이다.

『치카, 오늘 저녁은 초밥 먹고 싶어요. 배달 Plz!』

 ……디그코드만이 아니라, Lime(라임)으로도 알림이 와 있다는 것을 눈치챘다.
 정말 태평하네. 자아…… 지금 주문하면, 언제 도착할까.
 배달 앱을 켠 나는 배달 초밥 라인업을 살폈다──.

§

 나는 방 하나와 거실, 주방 공간이 있는 아파트에서 혼자 살고 있다.
 집세는 이유가 있어서 매우 싸지만, 지은 지 얼마 안 되어서 깨끗하다. 입지 조건도 나쁘지 않다. 히나 고등학교 입학과 동시에 여기서 살기 시작했으며, 불편 없이 생활해 왔다.
 혼자 사는 이유는── 키리사처럼 집에서 나와 상경해서 그런 건 아니고, 부모님과 다투고 나온 것도 아니다. 우리 집은 도쿄에서 평범하게 미용실을 하며, 가족 사이도 평범한 편이다.
 내가 부모님 곁을 떠난 이유는 일러스트레이터로 벌어 먹고살 수 있다는 것을 증명하기 위해서다. 지금은 일도 받고 있고 돈도 조금씩 저축하고 있지만, 10년 후에도 계속 일을 받을 수 있을 거란 보장은 없다. 작금에는 종신고용이란 시스템이 흔들리고 있지만, 프리랜서에게는 애초에 그런 것이 없다.

한발 빠른 자립. 같은 것일지도 모른다. 그렇게 생각하니, 자신이 꽤 어엿한 일을 하는 느낌이 들어서 자기 긍정감이 강해진다. 끄덕끄덕. 오늘도 살아 있다니, 참 장하구나.

『사람은, 그저 살아있는 것만으로도 위대해요!』

……그러고 보니, 걔 좌우명이 그거였지.

"우오오오! 역전, 만루, 홈런! 역시 베테랑, 믿음직하네요!"

귀가해서 거실에 들어선 순간, 대음량 TV 소리와 환성이 나를 맞이해줬다.

"아. 어서 와요, 치카. 오늘은 평소보다 늦었네요."

"그래. 일이 좀 있었거든."

"그랬나요……. 참, 배달은 받았어요. 오늘은 초밥, 초밥~."

커다란 비즈쿠션을 밟고 절규를 토하며 프로야구 저녁 경기 방송을 보는 이 녀석은 내가 귀가하자마자 거실로 타박타박 나왔다.

완전 천하태평. 나도 잔소리는 하고 싶지 않지만…….

"뭐, 뭐예요? 니아의 얼굴에 뭐라도 묻었나요?"

"너, 오늘도 학교 지각했지?"

"뜨끔."

뜨끔은 무슨. 그렇게 잔소리했는데도, 애는 또 늦잠을 잔 것 같았다.

"객관적으로 봐도, 나는 널 너무 봐주는 걸지도 몰라."

"서, 설마 치카도 키리사처럼 지겹게 잔소리할 작정이에요?"

그래 봤자 끄덕도 안 하면서. 나는 그 말을 흘리고 선언했다.

"너는 말보다 행동으로 길들이는 편이 나을지도 몰라……. 이런 식으로 말이지."

내가 생각해도 한 줄기 바람처럼 날렵한 움직임이었다.

식탁 위에 놓인 초밥의 포장을 뜯고, 순식간에 연어를 찾았다.

그리고 지각 상습범이 좋아하는 초밥을, 사이좋게 나란히 있는 것 중에서 하나씩, 간장도 찍지 않고 입에 집어넣은 후, 그대로 먹어 치웠다. 맛있어, 맛있어.

"아, 아아아아앗! 아, 아니, 그, 그게, 사람이 할 짓인가요?!"

"훗. 눈앞에서 연어를 빼앗긴 기분이 어때? 기대가 부질없어진 감상은 어떻지? 분해? 괴로워? 그리고 이제 질렸으면, 다시는 지각하지 마. 나는 앞으로 네가 지각할 때마다 네가 좋아하는 음식이란 이름의 희망을 앗아갈 거니까. 하하하하하!"

"으으으으으…… 더, 더는 못 버티겠어……. 어떻게, 이렇게 잔인한 일이……."

이 아이는—— 니아는 연어만 없는 배달 초밥을 보더니, 그대로 고개를 푹 숙였다.

내가 한 짓이기는 하지만, 그렇게 충격받을 일이야?

긴 회색 머리와 비취색 눈. 고1로 보이지 않는 몸집에, 졸린 듯한 눈매. 두 귀에는 어마어마한 양의 피어스가 달려 있다.

이름은 사이자 포사이스 니아.

아빠가 미국인이고, 엄마는 일본인. 혼혈 2세인 이 아이는 봄부터 나와 우미가세, 키리사와 마찬가지로 히나 고등학교의 1학년으로 생활하고 있다.

……한 번 보면 잊을 수 없을 만큼 인상적인 외모를 지닌 이 아이와는 어떤 관계라고 표현하면 이해하기 쉬울까? 선후배? 친구 혹은 지인? 집주인과 더부살이?

틀림없는 건, 이웃사촌이라는 점이다. 내가 사는 101호실 옆인 102호실에 살고 있으며, 툭하면 이렇게 우리 집에 온다.

성격은 나태함 그 자체이며, 애 같다. 떼는 쓰지, 툭하면 지각하지, 내 방에 멋대로 자기 물건을 두지, 완전 제멋대로다. 야구 방송이 나오고 있는 저 TV 또한, 이 아이가 멋대로 가져다 둔 것이다.

그리고 하루하루를 나태하게 보내고 있다. 학교에서 돌아와서 뒹굴거리다, 나와 같이 식사하고, 밤이 되면 자기 집으로 돌아간다. 그것을 되풀이할 뿐이다.

항상 생각한다. 이래서야 혼자 산다고 할 수 있을까.

나를 비롯한 주위 사람들이 풍족한 환경을 제공해 주고, 오냐오냐한 결과, 이 몬스터가 탄생한 게 아닐까——.

"그러고 보니, 니아가 지각한 건 어떻게 알았어요?"

【#3】야마시로 키리사는 거절하지 않는다 · 83

"애를 볼 일이 있었거든."

증거를 제시하듯, 나는 스마트폰으로 그녀를 검색했다.

그러자—— 키리히메가 디자인과 모델링을 담당한, 인기 만점 버튜버.

시리우스 러브 베릴포핀 양의, 공인 쇼츠 영상 채널이 나왔다.

"헉. 그, 그건……."

"시리우스를 검색했다가, 시리우스의 메인 방송 사이트도 봤어. 그랬더니, 최신 라이브 스트리밍 아카이브 생성 시간이 오늘 낮이라는 걸 눈치챘지—— 니아. 방송 때문에 학업에 지장이 생겨선, 멀쩡한 인간이 못 돼."

나의 지당한 잔소리 워드를 들은 니아는 불만을 드러내듯 입을 삐죽거렸다.

"흥. 변변찮은 인간밖에 없는 세상에서 그딴 말을 듣고 싶지 않아요. 그리고 사람은 살아있는 것만으로도, 진짜 위대하다고요! 그러니 니아도 살아있기만 해도 칭찬받아 마땅……."

"다음에 또 이런 짓을 하면, 내 방 출입을 금지할까."

"미, 미안해요! 잘못했어요! 그것만은 싫어요! 사과할게요!"

내가 불온한 말을 중얼거리자, 니아는 갑자기 울상을 지으면서 나를 확 끌어안았다. 정말 귀찮은 애지만, 결국 모질게 굴지 못하는 나 자신에게 질릴 것만 같았다.

"그렇게 말해도 소용없어. 이렇게 네가 좋아하는 걸 내가 먹어 치우는 벌을 줘도 효과가 있을지 미묘하고, 무엇보다 매번 이런 짓을 하는 것 자체가 귀찮아……. 자, 어떻게 한다."

●momo 힘내라!
●테레타로 ○○○는 거 아니야?
●R·○○
○○○○○○서 가는 게 낫겠어
○○○○○아??

애초에 내가 왜 이렇게까지 니아를 챙기냐면…….
──단순한 얘기다. 니아의 아빠가 부탁했기 때문이다.

 고등학교 수험을 무사히 마치고, 앞으로 살 집을 찾던 시기에.
 나는 우연히 우리 아버지의 지인이 하는 부동산 회사── 니아의 아빠가 하는 회사인데, 그곳을 소개받았다.
 그리고 내가 일러스트레이터인 것과 혼자 사는 이유를 이야기해 주자, 그러면 다른 사람보다 집세를 싸게 해줄 테니 여기서 살지 않겠냐면서 지금의 이 아파트로 안내해 줬다.
 자립을 증명하고 싶다고는 해도, 절약할 수 있는 수단이 있다면 이용해야 한다.
 제안을 들은 나는 '정말 그래도 되나요. 감사합니다.' 하고 기뻐했다. 그리고 이사 당일에 싱글벙글 웃으면서, 부푼 기대를 안고 집에 들어가 보니──.
 그곳에 니아가 있었다. 골판지 박스 사이에 숨은 채, 방구석에 니아가 앉아 있었다.

『사정이 있어서 미국에서 살던 딸도 여기서 혼자 살게 됐거든. 나이도 자네와 비슷하고, 나는 자네 아버지와 면식도 있는데…… 우리 딸은 수줍음이 많아서 말이지. 옆집에서 살고 있으니까, 괜찮다면 챙겨 주지 않겠나? 아, 물론 나도 정기적으로 보러 갈 거니까. 어떤가?』

나중에 전화로 확인해 봤더니 밝은 목소리로 그런 말을 해서, 불평도 못 한 채 하루하루가 흐르다 보니······.
　오늘도 니아는 내 방에, 당연한 듯이 찾아왔다.
　이것도 내가 경험한 성가신 에피소드 중 하나다. 그리고 현재 진행형인 문제이기도 하기에, 성가심 수준으로 보자면 분명 1티어라고 생각한다.
　앞으로 이사할 생각인 사람은 미리 부동산에 확인해 볼 것을 권한다.
　보증금을 돌려받을 수 있는지——그리고 육아를 떠맡게 되는 건 아닌지를 말이다.

　칭얼대는 니아를 달고서, 나는 냉장고로 이동했다.
　생수병을 꺼내서 목을 축였다. 자, 본격적으로 저녁 식사를 시작해 볼까.
　"벌 대신 상을 준다면, 니아도 힘낼지도 몰라요. 예를 들어서, 제대로 학교에 간 날에는 치카와 함께 게임을 해준다거나요."
　식탁으로 돌아오자마자, 당근과 채찍 작전을 제안했다.
　"안 돼. 아토리에의 하루 스케줄에는 FPS에 할애할 시간이 존재하지 않아."
　그리고 당연한 일을 하는데 왜 내가 상을 줘야 하는 거냐고.
　"폼나게 말해도. 어차피 야한 그림만 그릴 거면서 말이에요."
　그럴지라도 나는 나쁜 짓은 전혀 하지 않았다. 우미가세의 일 말고는.

【#3】 야마시로 키리사는 거절하지 않는다 · 87

"애초에 FPS의 랭크 매치를 돌 때는 온라인 프렌드와 같이 게임하잖아."

게다가 신나게 떠들었으면서. 그 정도면 꽤 사이가 좋은 거 아니야?

"그 프렌드는 1위를 따기 위한 관계일 뿐, 친구가 아니에요. FPS 말고 다른 게임을 같이 한 적도 없고…… 게다가 니아는 치카니까 같이 하자는 거예요."

니아는 윙크를 하고 더 들러붙는다. 옥상에서 우미가세에게 포옹을 받았을 때와는 다르게 전혀 동요하지 않고, 가슴이 뛰지도 않았다. 압도적 허무만 느꼈다.

"싫어. 현실 연애는 귀찮기만 하잖아. 게다가 기왕 친해질 거면 너처럼 게을러터진 꼬마가 아니라, 자립해서 멋진 여성이 좋아."

"짜, 짜증……. 그림만 좀 그릴 줄 아는 오타쿠 주제에, 요구 조건은 참 어엿하네요. 치카 같은 인간이 넘쳐나니까, 이 나라의 출생률은 상승하지 않는 거예요."

"주어 스케일 쩐다."

그리고 나한테 사회 문제를 떠넘기지 마.

"그렇다면 학교에서 친구를 사귀면 되겠네. 게임을 하는 애라면 얼마든지 있을 거잖아. 찾아보면 취미가 맞는 사람이 더 있을 거야."

"으."

니아는 갑자기 가슴을 움켜쥐면서 괴로운 척했다. 좋아, 드디어 떨어졌네.

"그럴 수 있다면 고생 안 하는데……. 인간관계를 처음부터 만드는 건 귀찮고, 부끄럽고…… 이미 그룹도 다 만들어졌고……."

"마지막 그건 네가 방송에 빠져서 학교에 안 간 탓이잖아. 자업자득이야."

"시, 시끄러워, 시끄러워! 바른말은, 듣고 싶지 않아요!"

이, 이 자식…… 너무 막장 인간이야…….

"그래요! 그토록 니아가 친구를 사귀길 원한다면, 치카가 데려와 주세요. 니아와 취미가 같고, 니아의 어리광을 받아주고, 무조건 니아를 좋아해 주는 사람, 그런 사람으로 부탁해요!"

"넌 그러고 잘도 나한테 불평했구나!"

"겸사겸사 버튜버 하는 사람이라면, *콜라보 방송 같은 것도 할 수 있어서 최고겠네요!"

"까다롭네!"

이제 와서, 아무도 궁금해하지 않을 정답 확인을 하자면……. 아까부터 내 눈앞에서 희로애락을 마구 표현하고 있는 니아가 바로——.

인기 버튜버, 『시리우스 러브 베릴포핀』양의, 영혼이다.

『맞다. 그리고 우리끼리 하는 이야기인데 말이지. 내 딸은 버

---

* 콜라보 : 공동 작업(collaboration)의 서브컬처식 표현. 이벤트의 합동 및 협동 기획, 공연의 협연 등을 포함한다.

튜버? 라는 걸 하거든. 일러스트레이터 업계 사람인 치카게 군이라면 알려나? 아무튼, 무슨 일 있으면 잘 부탁해!』

 니아에 대해 전화로 물어봤을 때, 그 아빠란 인간은 타인인 내게 아무렇지 않게 그 비밀을 털어놨다. 게다가 내 비밀도 니아의 아빠가 딸에게 말한 탓에, 니아가 처음으로 내게 한 말은 '당신이 아토리에란 녀석인가요.' 였고── 이래 놓고 집세를 싸게 해주지 않았다면 화내도 되지 않았을까. 정보 관리가 너무 엉성하다.
 그건 그렇고, 내 주위에는 버튜버(희망자 포함)가 너무 많은 거 아닐까?
 게다가 하나같이 보통내기가 아닌데…… 그나마 정상적인 애는 키리사밖에 없지 않을까…….
『──데생 모델 건 말이야. 우미가세 양과 내가 조금씩 양보한 결과, 무제한이 아니라 딱 한 번만 해주는 걸로 정했어. 불평은 안 들어줄 거니까, 그렇게 알아.』
 ……디그코드의 알림음을 듣고 확인해 보니, 버튜버 제작용 채팅방에 그런 통보가 올라와 있었다.
 키리사의 고지식함도 너무 개성적이다.

【#4】아바타 제작의 안쪽 사정

 우미가세에게 마마가 되어 달라고 부탁받은 주의 일요일 오후.
 무진장 바쁜 아토리에와 키리히메가, 어찌어찌 두 사람 다 시간을 낸 날.
 우리, 우미가세 버튜버 제작팀은 그날, 처음으로 기획 회의를 했다.

『나를 위한 버튜버 제작안 ~결정판~』
○ 캐릭터 설정표
이름 : 시즈나기 미오
디자인 : 아토리에 / 2D 모델링 : 키리히메
연령 : 17세 / 생일 : 8월 24일 혈액형 : A형
이미지 컬러 : 호라이즌 블루 / 팬마크 : 물방울 이모티콘
 좋아하는 것 : 구미, 요리, 운동, 어쿠스틱 기타 연주하며 노래하기, 점박이물범
 메인 컨텐츠 : 잡담, 게임, 재미있어 보이는 기획을 짜서 방송, 노래 등의 음악 방송
 활동 장소 : NowTube 목표 구독자수 : 당장은 10만 명!

간이 소개문 : 버츄얼 세계의 고등학교에 다니며, 등대지기 일도 하고 있다. 청초하고 성실한 노력가. 힘든 일에도, 과감하게 도전한다.

눈앞에 있는 A4용지 다발. 우미가세가 오늘을 위해 더 손을 본 개정판 기획서는 예전보다 원하는 정보가 상세하면서도 간결하게 적혀 있었다—— 청초? 익숙하지 않은 단어가 있지만, 못 본 것으로 하기로 했다. 어떤 이유가 있든, 마이크로 비키니를 입은 모습을 남에게 보여주는 인간과는 인연이 없는 말일 것이다.

그 밖에는…… 딱히 문제가 없는걸. 몇 번이나 다시 읽어본 후, 거실 쪽을 쳐다봤다.

검은색 상의와 청바지 조합의 캐주얼 복장인 우미가세.

카디건에 하이 웨이스트 스커트 조합으로 산뜻한 느낌을 살린 키리사.

학교에선 볼 일이 없는, 사복 차림의 두 사람이 내 방에 있다.

"이곳이 아토리에 선생의 집…… 예전에 본 취재 기사에도 있었지만, 진짜로 커피 원두를 모으는구나. 그것도 전용 용기에 넣어서 말이야. 참 꼼꼼하네."

"아토리에가 기획서는 깔끔하게 써놨다고 해서 걱정을 안 하긴 했는데…… 괜찮네. 아니, 초보자가 쓴 것치고는 수준이 높아. 제법이잖아, 카미오."

"앗! 이건 아토리에 선생이 처음으로 낸 동인지잖아! 처음 건 없는데……. 저기, 이건 팔 생각이…….”

"칭찬해 주면 좀 들어!"

방을 물색하고 있던 우미가세는 그 말을 듣고 다시 식탁 의자에 앉았다.

보다시피, 부담가질 필요 없고 정리가 나름 되어 있다는 이유로 내 집을 회의 장소로 선정하기는 했는데——.

"일단 확인 삼아 묻는 건데, 이 '좋아하는 것'에 적힌 내용은 캐릭터용이 아니라 네가 좋아하는 거야? 바다 요소에 힘을 주기 위해, 물범을 좋아하는 걸로 했어?"

"아니야. 내가 진짜로 좋아해……. 스마트폰의 배경 화면도 점박이물범이고, 디그코드 아이콘도 마찬가지야. 귀엽지?"

"뭐, 귀엽긴 한데…… 알았어. 그렇다면 힘든 일에도 도전한다는 건 구체적으로 어떤 걸 상상하고 있는데?"

"그게…… 알기 쉬운 건 호러 게임 같은 공포물일까. 그런 게 힘들거든. 아주 조금 말이야."

"아주 조금이라면, 힘들어한다고 볼 수 없지 않을까? 만약 내가 지금 괴담을 이야기해도, 귀만 막는 정도로 끝이야?"

"저, 정정할게. 무서운 거, 진짜 힘들어……. 그러니까, 진짜로 하면 안 되거든?"

"이 이야기를 들은 사람은, 전부 일주일 안에 저주받는다고 하는데…….”

"……."

"미안해. 농담이야. 그렇게 겁내면 안 해……. 너무 삐치지 마."

【#4】아바타 제작의 안쪽 사정 · 93

질의응답이 잡담으로 넘어가는 것을 보면, 기획서 내용이 머릿속에 완전히 있다고 봐도 될 것이다. 슬슬 본격적으로 앞으로의 활동에 관해 구체적으로 상의하고 싶다.

 "기획안은 거의 이대로 가면 된다 치고, 이제 이걸 바탕으로 해서 내가 캐릭터 디자인을 하면 키리사가 그걸로 모델링을 할 거야. 진행 순서는 간단하지만, 앞으로는 진척 상황 공유를 철저하게 하자."

 ……내가 이런 말을 한 것은, 이 프로젝트의 리더 역할을 내가 맡았으니까.

 '이렇게 여러 명이 함께 일을 할 때는 리더를 정해야 급한 상황에서 혼란을 막을 수 있다.' 예전에 합동 동인 제작에 참여했을 때, 대표 역할을 맡은 연상의 일러스트레이터가 그렇게 말했다── 참고로 그때는 몇 명이 원고를 완성하지 못하는 바람에 그 사람이 몹시 고생했다. 완전 덤터기나 쓰는 역할이잖아.

 하지만 우미가세에게는 이 역할이 버거울 것 같고, 나중에 이 일에 끌어들인 키리사에게 떠넘기는 것도 부담스러웠다.

 그래서, 내가 맡기로 했다. 소거법에 의한 결론에 가깝지만, 가장 원만한 결론이니 받아들일 수밖에 없다.

 "그렇다면 우선 모델링 부분을 위해 말해야 할 건…… 파츠 분할이겠네. 어떻게 하는지는 알지만, 나중에 문제가 발생해도 성가실 거야. 그러니 그때그때 키리사에게 질문할 건데…… 괜찮겠어?"

 "응, 알았어. 대략적인 제출 기한은 언제쯤일 것 같아?"

"작업을 시작하기 전에는 뭐라고 말할 수 없어. 하지만 되도록 서두를 생각이야. 골든위크 전에는 끝낼 수 있도록 힘쓰겠어. 이 작업이 오래 걸릴수록 다들 곤란해질 거잖아."

파츠 분할. 지식이 없는 사람에게는 무슨 소리인지 알 수 없는 말이겠지만, 이 작업은 매우 중요하다.

이제부터 나는 본격적으로 버튜버, 시즈나기 미오의 스탠딩 일러스트와 삼면도──앞, 옆, 뒤에서 봤을 때 어떻게 보이는지 설명하기 위한 그림을 그릴 것이다. 하지만 그것을 그대로 전달해 봤자, 버튜버로서 매끈하게 움직이게 하기 어렵다. 내가 키리히메에게 줄 스탠딩 일러스트는 머리카락과 눈과 의상 등, 움직이는 부분별로 세세하게 나눠서 제출할 필요가 있다.

알기 쉽게 말하자면, 조립하기 전의 프라모델 같은 느낌?

아토리에가 제조회사, 키리히메가 구매자다. 단편적으로 나눈 소재를 내가 생산하고, 키리사가 그것을 조립해서 최종적인 형태가 된다. 그러니 파츠 분할이 없으면 움직이게 하는 것은 물론이고, 완성하는 것조차 어렵다.

평소와 다른 타입의 작업이지만, 실패가 용납되지 않는 중요한 작업이란 점은 같을지도 모른다.

"다음, 기획서 담당인 우미가세에게 할 말이 있는데…… 이 '캐릭터 디자인 희망 사항으로서, 내 면모가 남아 있는 디자인으로서 해줬으면 함. 아니면 그 서큐버스 소녀의 일러스트, 그대로도 괜찮음' ……이라는 게, 무슨 소리야?"

"왜 있잖아. 기왕 비슷하게 그렸으니까 활용하는 것도 좋겠다고 생각했는데, 안 돼?"

 "당연히 안 되지."

 완전 빛의 속도로, 키리사가 누구보다 먼저 NO를 제시했다.

 "청초 캐릭터라고 써놨으면서 서큐버스 일러스트를 그대로 활용하자니, 완전히 모순되잖아. 게다가 최초의 캐릭터 속성은 그런 느낌으로 했다간……."

 "뭐, 복장을 고려하면 *센서티브 문제와는 떼려야 뗄 수 없게 되겠지."

 결정적인 발언을 들은 키리사는 "분별력 있는 어른이라면 몰라도 고등학생이니까, 그런 건 좀……." 하고 불평을 늘어놨다. 속성이 서큐버스만이라면 어찌어찌 될 것 같지만, 우미가세 카미오 본인을 무단으로 모델로 했다는 껭기는 마음이 남아 있는 만큼, 그 점에 있어서는 나도 반대할 수밖에 없다. 영혼의 비주얼과 아바타를 비슷하게 만드는 건 나쁘지 않다고 생각하지만, 그 서큐버스 소녀는 너무 닮았으니까.

 "최종적인 디자인이 어떻게 되든 간에……."

 게다가 나는 더 세세한 점에 대한 의도를 듣고 싶다.

 "키와 체중과 체형처럼, 그림을 그리는 데 필요한 정보 정도는 알려줘. 그것도 클라이언트 측이 해야 할 일이라고."

 자료는 전체적으로 세세하게 짜여 있지만, 캐릭터 디자인 쪽의 정보는 미미했다.

 복장 관련 희망이나 필수 요소, 달아줬으면 하는 액세서리나

---

* 센서티브(sensitive) : 민감한 사안을 뜻하는 서브컬처 용어. 주로 선정성이 심한 것을 의미한다.

마스코트 캐릭터 유무도 없으며, 신체 관련 정보 또한 하나도 없었다. 아토리에 선생 위임, 이라고만 적혀 있다── 너는 부모님 집에서 저녁에 뭐 먹고 싶냐는 소리를 들었을 때의 나야? 아무거나 괜찮다는 말이 가장 곤란한 대답이라고.

"아…… 그렇다면 지금 이 자리에서 말해줄게. 위에서부터 83……."

"잠깐만. 어어?!"

우미가세가 자기의 신체 사이즈를 말하려 하자, 노성과도 같은 소리가 그 말을 가로막았다.

"까, 깜짝 놀랐어……. 야마시로 양, 왜 그래?"

"저기, 카미오는 수치심이라는 게 없어? 보통 그런 건 입에 담기 어려워하는 게 정상이거든?! 아, 그러고 보니 아토리에의 팬이라고 했지. 노골적으로 영향을 받은 거구나!"

사람을 유해 컨텐츠 취급하지 마. 본인이 이 자리에 있거든?

"나도 수치심이라는 게 있긴 해. 예를 들어…… 갑자기 조건 만남 의혹을 받거나, 천 면적이 작은 수영복 차림을 보여주는 건 부끄러울 거야."

"그런 일이 현실에서 있을 리가 없잖아!"

……역시 유해 컨텐츠일지도 모르겠다. 하지만 믿어 주길 바란다. 성인 지정 일러스트를 그린 적이 없어요. 코믹마켓에서 먹칠 수정 지시를 받은 적도 없다고요!

"아니, 그렇게 자기 자신한테 맞추고 싶은 거야? 이름을 보고도 생각했지만, 자기 투영을 너무 하는 것 아니야?"

【#4】아바타 제작의 안쪽 사정 · 97

"어~? 아토리에라는 이름으로 활동하는 아토리가 그런 소리를 하는 거야?"

나는 이야기를 돌리고 싶어서 끼어들었지만, 논리적으로 반박당했다.

"듣고 보니 그러네. 그렇다면 됐어. 기왕이면 맞춰 줄게."

"치카게는 그냥 카미오의 신체 사이즈를 알고 싶은 거 아니야?"

"그렇기도 해."

"당당한 얼굴로 말하면 용서받는다고 생각하지 마!"

"그러고 보니 야마시로 양도 그러네. 키리히메니까, 자기 투영 왕창 했지?"

"그, 그건, 저기…… 나한테 이야기 돌리지 마."

"그러고 보니, 키리히메의 가슴은 꽤 작던데, 야마시로 양의 소망이 반영된 거 아니야?"

"우미가세, 키리히메의 잡담 방송을 본 적 없지? 키리히메 선생님은 자기가 절벽 가슴이라고 한다고. 그것만 봐도 본인의 의향이 반영됐다는 걸 알 수 있어."

"어, 그랬어? 미안하단 생각은 안 들지만, 고생이 참 많나 봐."

"일부러 숨기는 걸 보면, 진짜로 콤플렉스인 게 분명해."

"왜 최종적으로 내 이야기가 되는 건데!"

텅! 하고 식탁을 세게 두드리는 소리가 울려 퍼졌다. 이래서야 이야기가 끝나지 않겠는걸.

"알았어, 알았다고. 그렇게 공감성 수치가 신경 쓰인다면, 키리사는 귀라도 막고 있어. 어이, 우미가세. 메모할 테니까 사이즈를 불러줘."

"오케이…… 그리고 몸의 라인을 한 번 보여줬으니까, 아마 보완하기 쉬울 거야."

"……………저기, 한 번 보여줬다는 게 무슨 소리야?"

"자, 잠깐만, 키리사. 주먹을 쥐지 마. 거기에는 마리아나 해구보다 깊은 사연이……."

▼시즈나기 미오, 퍼스널 데이터 메모(비주얼 관련)

키 : 163cm / 체중 : 48kg

신체 사이즈 : 83(D)/58/79

내가 이야기를 주도하고 있지만, 나는 버튜버가 아닐 뿐만 아니라 최애 버튜버가 있지도 않다. 이쪽 업계에서 본다면 아마추어에 지나지 않는다.

그러니 좀 더 심오한 이야기를 나눌 때는, 키리사와 교대해야 한다.

"목표 채널 구독자 수, 10만 명이라고 적혀 있는데…… 좀 어려울 거야."

거실 구석에 놓인 내 작업용 책상 부근. 키리히메 선생님의 지시로 모니터 앞에 셋이 모이자마자, 느닷없이 잔혹한 현실이 제시됐다.

"그렇겠지. 『버튜버 인기를 끄는 방법』으로 검색해 보니, 어느 사이트나 지금부터는 어려울 거라고 하네."

【#4】아바타 제작의 안쪽 사정 · 99

"거기에 개인이라는 키워드도 추가해 봐. 완전 불가능하다고 할 거야."

딱히 트집을 잡는 게 아니라, 키리사의 말은 엄연한 현실이다.

명확하게 인기를── 숫자를 추구한다면, 그것도 아무런 후원도 없는 개인 버튜버가 지명도를 올리려 한다면, 그 길은 고되고 험난하다.

목표 구독자, 10만 명. 우미가세가 제시한 목표는 어엿하고, 압도적인 지명도를 자랑하는 아토리에와 키리히메가 참여한 만큼 실현하고 싶긴 하지만── 경쟁이 심한 레드 오션이란 점은 명심해 줬으면 한다.

"알고 있겠지만, 현재 인기 있는 버튜버는 대부분 사무소 소속이야."

그렇게 말한 키리사는 유명 사무소의 이름을 입에 담았다.

개성적이고 기발한 인재가 많이 모여 있는 터줏대감 『알파 베타』.

노래하고 춤추는 아이돌 버튜버 사업으로 인기인 『Fragment Stream』.

e스포츠 사업의 활성화에 사무소 단위로 크게 공헌하고 있는 『엑스 마키나』.

많은 사람이 아는 빅네임을 언급한 후, 결론을 내놨다.

"기업이 운영하는 사무소에는…… 기업 버튜버 그룹은, 일정 수준의 신뢰와 재미가 보장돼. 그래서 시청자도 마음 놓고 애정을 쏟을 수 있고, 지명도 또한 차원이 달라."

"광고 선전도 사무소 사람들이 해주잖아."

"그래. 그러니 개인이 그 수준까지 올라가려면 실력이나 운, 그 밖에도 많은 게 필요할 거야……. 그렇다면 이걸 봐."

이때를 기다렸다는 듯이, 키리사는 어느 스트리밍 사이트의 어느 채널에 들어갔다.

『wtf! 어, 방금 스나이핑 진짜로 끝내주지 않았어? 이 몸, 오늘 짱세거든?! 에임 완전 쩌네! 내일부터 프로라고 해도 돼~?』

"어이, 잠깐 스톱."

어린애처럼 들뜬 목소리가 내 방에 울려 퍼지더니, 방송 화면 오른쪽 아래에는 눈에 익은 보라색 머리 캐릭터가 나오고 있었다.

시리우스 러브 베릴포핀. 키리히메가 마마를 담당한 그녀의 디자인은 매우 뛰어났다. 앳된 몸은 은하를 연상케 하는 망토와 군복 원피스라는 흡혈귀스러운 의상에 감싸여 있으며, 어딘가 건방져 보이는 표정을 꾸며주고 있다. 별에서 사는 로리 흡혈귀라는 콘셉트를 표현하기 위한 별 모양 액세서리와 희미하게 드러난 덧니가 왕도 느낌과 신선함을 양립시키고 있다.

역시 몇 번을 봐도 귀여울 뿐만 아니라, 인상에 남는 비주얼이었다.

역시 키리히메다. 일러스트레이터로서 목표하는 방향성이 다르기는 하지만, 역시 너는 아토리에의 이해자이자 영원한 라이

벌이다. 이만한 재능을 보면, 나 또한 더욱 힘을 내야겠다고 생각하는 게 당연하리라.

……하지만, 왜 시리우스의 방송을 켠 걸까? 이해하지 못한 나는 키리사의 오른손 위에 자기 오른손을 얹으면서 마우스의 주도권을 빼앗았다.

"왜, 왜, 멈추는 거야. 이건 살아있는 교재거든?"

"그렇다고 해도, 이야기의 흐름을 보면 이상하잖아. 우미가세를 공부시킨다는 명목으로, 자기 최애의 방송 아카이브를 켜는 거냐고."

"그건…… 소, 손이…….''

키리사는 좀처럼 대답하지 못했다. 설마, 그저 포교할 생각으로 그런 걸까?

"야마시로 양은 시리우스가 개인 버튜버로서 인기가 있으니까, 참고할 수 있다고 말하고 싶은 게 아닐까?"

"그, 그래. 맞아. 카미오, 너는 뭘 좀 아는구나!"

키리사는 내 손을 뿌리치더니, 정답! 이라고 외치는 듯한 텐션으로 그렇게 말했다.

한편, 우미가세는 약간 눈을 내리깔았다.

"어느새 야마시로 양이 나를 이름으로 부르네."

"어, 그러면 안 돼? 같은 반이기도 하고, 성으로 부르면 너무 서먹하잖아?"

키리사는 자연스럽게, 별일 아니라는 투로 그렇게 말했다.

"그래……. 확실히, 그럴지도 몰라."

그렇게 대답한 우미가세는 다시 모니터를 쳐다봤다.

우미가세의 입장에서는, 키리사가 갑자기 어깨동무한 것 같은 느낌일지도 모른다.

뭐, 타인과의 거리감은 사람마다 다르니까 말이야. 내가 참견할 일은 아닌가.

"자기가 좋아하는 일을 하다 자연스럽게 인기를 얻는 게 이상적이니까, 카미오도 그렇게 생각하지? 하지만 그러기 위해서는 자신이 무엇을 좋아하고, 무엇을 잘하며, 그것을 어떻게 알릴 것인지를 구체적인 예를 포함해 생각할 필요가 있을 거야."

"시리우스야말로, 내가 목표로 삼을 모습이란 거구나."

"바로 그거야!"

키리사는 내 손 위에 자기 손을 얹은 채 방송 아카이브의 재생 버튼을 클릭했다.

【Artificial Army】오늘이야말로 랭킹 1위가 되자!【SLB】

『오케이, 잘 들어. 라스트 3부대인데, 모든 파티에서 한 명씩 빠졌어. 이 몸들은 전투 안 해도 되거든? 제일 중요한 건 안 싸우는 것, 절대로 죽으면 안 돼!』

『──좋아, 킬 로그 떴으니까 돌격하자. 이 몸을 따르라……. Holy Shit! 이 몸, 너무 세, 한 명 해치웠어! 아머 회복 한 번 할 테니까, 오른쪽 살펴줘!』

『──좋아, 해냈어어엇! 이겼어, 나이스, 나이스, 나이스! 이

걸로 진짜 해낸 거지? 1위가 된 거지? 우와아…… 대박, 왠지 눈물 날 것 같아.』

"처음으로 세계 랭킹 1위가 됐을 때의 방송이야. 몇 번을 봐도 눈물 날 것 같다니깐……."

Artificial Army. 통칭 AA는 기본 무료 플레이의 배틀로얄 FPS이며, PC만이 아니라 가정용 게임기로도 플레이할 수 있어서 현재 일본에서 가장 잘나가는 FPS 게임이 됐다.

또한 FPS 강자인 시리우스가 지금 가장 열심히 랭크 매치를 돌고 있는 게임인데―― 아무래도 이 순간은 시리우스의 시청자에게 있어 명장면 중의 명장면인 것 같았다. 채팅창에는 눈으로 쫓을 수 없을 만큼, 엄청난 속도로 코멘트가 달리고 있었다.

슈퍼챗에 멤버십(그 채널의 팬클럽 회원 같은 것이며, 정기구독이라고도 한다) 등록 알림. 멤버십 한정 스탬프 연타와 기타 코멘트.

무지 쎄, GG, 굿게임, omg, wtf 등…….

일본어와 영어. 코멘트란에는 두 가지 언어로 축제가 벌어지고 있었다.

"나 말이지? 이 방송을 보면서 이 아이의 마마가 되길 잘했다고 진심으로 생각했어."

"뭔가 시작한 것 같은데, 이건 꼭 들어야 하는 이야기야?"

"앞으로의 일을 생각해서 알려주는 건데, 키리사는 시리우스와 엮인 일이면 항상 이렇게 돼."

"목표를 위해 한결같이 최선을 다하는 사람에게 가장 큰 도움이 된 것에, 정말 감동했어……. 처음에는 진짜로 본인이 FPS 플레이를 하는 거냐 소리도 듣고, 질렸다는 이유로 방송을 10분 만에 중단하는 짓을 연이어 하다 욕을 듣기도 했지만, 지금은 인기 버튜버가 됐잖아. 정말, 그걸 생각하면……."

키리사는 호주머니에서 티슈를 천천히 꺼내더니, 팽~ 하고 코를 풀었다.

이야기를 경청할 수밖에 없는 우미가세는 그 모습을 뚫어지게 쳐다보기만 했다.

키리히메가 시리우스를 최애라고 여기는 가장 큰 이유는 역시, 마마라서다.

시험 삼아 자기 손으로 버튜버의 캐릭터 디자인과 모델링을 해보고 싶어서 트미터에 모집 글을 올린 순간, 가장 먼저 부탁했을 뿐만 아니라 흥미로운 제출 자료를 보낸 것이 바로 시리우스였던 것 같았다. 최종적으로 통화해 본 후, 일을 맡기로 됐다고 한다.

그런 배경이 있어서 그런지, 오늘까지 키리히메는── 키리사는 시리우스를 응원해 왔고, 방송 또한 거르지 않고 봤으며, 자신도 팬아트를 그릴 뿐만 아니라 핼러윈과 정월에는 한정 의상도 적극적으로 제공했다.

……아무리 마마라고는 해도, 그렇게까지 하는 것은 시리우스를 좋아하기 때문이리라. 다른 버튜버와 비교해도, 신경을 많이 써주고 있었다.

【#4】아바타 제작의 안쪽 사정

"저기, 야마시로 양."

"왜?"

"저기, 이런 건 물으면 안 된다고 생각하지만…… 야마시로 양은 시리우스의 영혼과 만난 적 있어?"

"……."

"아, 미안해. 역시 이런 질문에는 대답 못 하는 거지?"

"아니, 그런 건 아닌데……."

그 말을 들은 순간, 키리사는 꽁꽁 얼어붙고 말았다.

나도, 이웃사촌을 떠올렸다.

──오늘은 중요한 일이 있으니까, 밤이 될 때까지 절대로 내 방에 오지 마. 절대로, 오지 말라고.

──네, 오케이예요. 그 대신, 오늘 밤에는 고기 구워 먹고 싶어요.

──넌 그 대신이라는 말을 잘못 활용하고 있거든?

"하아……."

"아토리, 왜 그래?"

"아, 신경 쓰지 마……."

땅이 꺼지도록 한숨을 쉰 이유를 밝히지 못하는 게, 너무나도 유감스럽다.

"카미오. 말해둘 게 있는데…… 버튜버와 그 영혼은 별개야. 그 전제를 이해해 둬. 그 둘을 같은 존재로 여기면 안 돼……. 내가 할 말은 그게 다야."

허탈한 미소를 띤 키리사가 화면 속 시리우스를 응시하며 공허한 눈빛을 보였다. 보고 싶지 않은 것을 외면하는 듯한 느낌마저 감돌았다.

"같은 존재로 여기면, 안 된다……."

우미가세는 키리사의 말을 이해할 수 없는 건지, 방금 들은 말을 중얼거렸다.

뭐, 버튜버라는 존재의 성질을 생각하면 그 점을 길게 말하긴 뭐하다.

"그런데 이 방송을 보고 뭘 배우라는 거야?"

그 질문을 들은 키리사도 아까 대화를 없었던 일로 치부하려는 듯이 바로 대답했다.

"이걸로는 누구한테도 안 진다, 같은 게 필요할 거야. 예를 들어 시리우스의 게임 테크닉이라든가, 장시간 방송을 할 수 있는 지구력이라든가, 해외 시청자를 흡수할 수 있을 정도의 영어 능력이라든가. 그런 무기가 있으면, 일단 무대 위에는 설 수 있어."

"무기……."

그 발언에 대한 이해를 돕기 위해, 나는 키보드를 조작해서 시리우스의 광팬이 만든 비공식 팬사이트에 들어갔다.

【시리우스 러브 베릴포핀은 별을 보는 흡혈공주 버튜버. 약칭은 시리우스(Sirius) 러브(Love) 베릴포핀(BerylPoppin)에서 따서 SLB. 어떤 게임이든 잘하지만, 특히 FPS는 프로 레벨의 실력자. 원래 일본에서 살지 않았던 건지, 어려운 한자를 잘

읽지 못한다. 취미는 게임과 야구 관전과 별을 보는 것. 2022년 3월, 스트리밍 사이트 『Twilight』의 채널 팔로워가 150만 명을 돌파했다.】

 이렇게 보면, 애는 정말 대단한 걸지도 모르겠다. 『Twilight』라는 게임 실황을 주로 하는 스트리밍 사이트로 한정하면 가장 팔로워 수가 많은 버튜버이며, 지난달의 총 스트리밍 시간은 150시간 이상—— 학교에 있는 시간보다 더 긴 거 아니야?
 "카미오한테는, 그런 게 있어?"
 "으음………… 아."
 카미오는 뭔가가 생각난 것처럼 손뼉을 쳤다.
 "음악은, 꽤 좋아해. 피아노와 어쿠스틱 기타 같은 것도 연주할 줄 알고, MIX 소프트도 좀 다룰 줄 알아."
 "흐응, 그래……."
 팔짱을 끼는 키리사. 여전한 그 포즈를 본 내 마음속에서는 '그거 좋아' 파와 '그거 관둬' 파가 싸움을 벌이고 있었지만, 현재는 '그거 좋아' 파가 우세했기에 지적하지 않았다.
 "그렇다면 첫 방송 때까지 '노래해 봤다' 영상을 하나 만들어. 맡길게."
 "응, 오케이………… 가 아니야!"
 그 깔끔한 딴지에, 내 저속한 생각은 깨끗하게 날아가 버렸다.
 "아니, 맡긴다고 한 거야? 말을 너무 쉽게 하는 거 아니야? 나 완전 초짜거든?!"

"초짜겠지만, 그런 건 아무래도 상관없어. 중요한 건 진지하게, 그리고 최대한 노력했는지……. 부탁할게, 카미오. 첫 방송 때 그 동영상의 유무에 따라, 화제성의 수준 자체가 확 달라질 거야…… 알았지?"

'노래해 봤다' 영상 겸, 홍보 영상 같은 건가? 확실히 유명한 버튜버 중에는 데뷔 후에 바로 '노래해 봤다' 영상을 올리는 사람도 있기는 했다.

만약 우미가세도 그럴 수 있다면── 선전 면에서 나름대로 효과를 기대할 수 있다.

"하지만, 저, 저기…… 갑자기 그런 말을 해도, 마음의 준비가 안 됐다고나 할까……."

"괜찮아. 카미오라면, 할 수 있을 거야."

우미가세의 두 어깨에 손을 얹은 키리사는 약간 낮고 차분한 목소리로 애원했다. 키리사의 목소리, 아니 키리히메에 가까운 목소리── 두말할 것 없이, 좋은 목소리다.

"그리고 만약 카미오의 가창력이 형편없더라도, 섬네일과 분위기로 얼마든지 얼버무릴 수 있어. 그러니까 너무 심각하게 생각하지 않아도 돼."

"말이 너무 심하지 않아?"

어수선한 이야기를 나누는 두 사람을 곁눈질하며, 나는 문득 생각했다.

……기존의 인기 버튜버를 참고한다면, 키리히메의 방송도 충분히 도움이 되지 않을까.

"아토리?"

"치카게, 뭐 하게?"

나는 다시 마우스를 쥔 후, 다른 탭을 열어서 키리히메의 채널을 열람했다.

【그림쟁이 잡담】 4월 첫 방송 【리퀘스트 그림 소화】

『다들 요즘 어때? 잘 지내? 그저 그래, 기운 없어, 잘 있어, 일하느라 힘들어⋯⋯. 그렇구나. 참고로 나는 잘 지내는 애들이 미워. 이런저런 이유로, 요즘 어이없을 만큼 바쁘거든⋯⋯. 바쁜 건 좋은 일? 하긴, 그래. 바쁘다는 걸 입에 풀칠할 수 있다는 뜻으로 본다면, 좋은 일일지도 몰라.』

『하지만 말이지? 너희도 숙제나 일이 자기 관할 밖에서 운석처럼 날아온다면 싫증이 나지 않아? 지금의 내 상황은 거의 그런 느낌이거든⋯⋯. 아, 레인 씨, 슈퍼챗 고마워.』

『「명연(冥戀)」의 신간, 이미 사준 사람이 많구나. 고마워⋯⋯아. 다음 낭독 방송은 니이미 난키치의「새끼 여우 곤」으로 할 거니까, 날짜가 정해지면 공지할게.』

『아, 맞다. 전에 이야기했던 라멘 가게 말인데⋯⋯.』

조용하면서도 딱딱하지 않은, 듣고 있으면 마음이 편안해지는 목소리가 방 안에 울려 퍼졌다.

⋯⋯이 표현이 옳을지 모르지만, 키리히메의 방송은 마치 부

모님 집 같다.

 차분하고, 평온한 커뮤니티. 시끌벅적할 때는 거의 본 적이 없고, 인사 이외의 코멘트를 보면, 시청자 대부분이 사회인 같다.

 게다가 화면에 비친 벚꽃 빛깔 머리카락을 하프업 스타일로 하고 기모노를 걸친 키리히메의 아바타는 딱 봐도 아름다우며, 방송할 때의 화면과 기타 눈에 들어오는 UI가 전부 일본풍 요소로 통일되어 있다. 키리히메의 취미와 타고난 뛰어난 센스가 유감없이 발휘되고 있다. 방송을 챙겨보지 않는 나조차도 인기 있을 만하다고 여기게 되는, 그런 방송이었다.

 "야마시로 양은 키리히메 선생으로서 방송할 때, 평소와 목소리의 분위기가 약간 다르네. 역시 버튜버를 하는 사람은 그런 부분을 신경 쓰는 거야?"

 "우미가세도 목소리 톤을 바꿀 생각이야? 그러려면 목 건강을 필수적으로 챙겨야 한다더라고."

 "아…… 역시 평소 안 내는 목소리를 내니까, 쉽게 지치는 걸까……. 어, 야마시로 양. 왜 그래?"

 어느새, 키리사는 두 손으로 얼굴을 감싸고 있었다.

 "죽고 싶어."

 "뭐야. 부끄러운 거야?"

 "다, 다, 당연하잖아! 가족한테도 보지 말라고 하는걸, 눈앞에서 아는 애들이 보는 걸로 모자라, 감상까지……."

 "그렇구나."

 부끄러워하는 키리사의 얼굴을 보니 장난기가 마구 샘솟았다.

【#4】아바타 제작의 안쪽 사정 · 111

"얼마 전의 낭독은 좋았어. 『은하철도의 밤』은 옛날에 교과서로만 접했는데, 키리히메의 목소리로 들으니 그 정경이 저절로 머릿속에 떠오르더라고."

"왜, 왜 보는 거야. 아무튼, 그만해. 칭찬하지 마, 말하지 마, 용서해 줘."

『캄파넬라가 손을 들었습니다——.』

"카미오도 말없이 그 방송을 틀지 마아앗!"

그날 이후, 키리사의 앞에서 키리히메의 방송을 트는 것이 금지됐다.

【#5】게으름뱅이 뱀파이어에게 친구를

『미오의 삼면도와 파츠 분할을 마친 스탠딩 일러스트, 공유 드라이브에 올렸어. 문제 있으면 보고해 줘.』
『빠르네. 알았어.』
『고마워, 아토리. 그리고 수고했어.』

 디그코드 안에서 나눈 채팅의 끄트머리에는 점박이물범이 '수고했어' 라고 말하며 앞지느러미를 흔드는 스탬프가 달렸다. 그런 게 있구나…….
 "자."
 "땡큐……. 자, 젓가락."
 "고마워."
 식당의 배식대 부근에서 스마트폰 화면을 보고 있을 때, 같이 온 키리사한테서 물을 건네받았다. 그리고 나는 카운터의 젓가락 통에서 젓가락을 뽑아서 키리사의 쟁반에 뒀다.
 ……물 흐르듯 역할 분담을 하고 있지만, 딱히 항상 같이 밥을 먹지는 않는다. 오늘도 키리사의 친구가 동아리 활동 탓에 같이 못 먹게 된 바람에 "저기, 가끔은 같이 학생 식당에 안 갈래?" 라

고 말했고, 오늘은 딱히 거절할 이유도 없었기에 같이 왔을 뿐이다.

"피곤해 보이네. 수업 시간에도 계속 졸더라? 눈매도 평소보다 더 험악해."

"별로 안 잤거든."

우리 집에서 회의를 하고 일주일 정도 지난 지금은 4월 하순.

그런 짧은 기간에, 기존의 일을 소화하면서 시즈나기 미오의 디자인 일도 열심히 했는데…… 그 대가는 컸다. 지병인 건초염은 나빠지고, 허리도 아픈 데다, 수면 부족까지 겹치며 만신창이가 됐다. 이렇게 피로가 쌓이니, 좀 쉬고 싶다는 생각이 들……리가 없지만요. 하하(뜨끔).

"쟤, 저렇게 구석에서 먹고 있구나."

"그런데도 사람이 몰리는 걸 보면, 존재감이 정말 대단해."

내가 주문한 카레와 키리사가 시킨 간장 라멘이 거의 동시에 나왔다.

우리는 식판을 들고 어디 앉을지 둘러보다가 구석에 있는 테이블에서 낯익은 뒷모습을 발견했다── 히나고 원탑, 우미가세가 앉아 있었다.

그리고 우미가세가 앉은 테이블을 둘러싸듯, 여학생 세 명이 서 있었다.

풍성한 롱헤어 츠유키. 앞머리를 올린 단발머리의 자이젠.

그리고 남은 한 명은── 키가 크고, 검은 원랭스 보브 머리가 잘 어울리는 여자애. 오우기야.

작년에 같은 반이어서, 나는 저 세 사람과 면식이 있다.

분위기를 보아하니, 저 세 사람은 우미가세와 사이좋게 식사 중인 것 같지는 않은데…….

"심심풀이 삼아서, 해보지 않을래? 우리 농구부는 그렇게 진심으로 하는 편은 아니라서 초보자도 시작하기 쉬울 거야. 우미가세 양은 운동신경이 좋은 것 같고 말이야."

"실은 학생회에 찍혔어. 슬슬 연습 시합이라도 해서 실적을 쌓지 않으면, 감사인지 뭔지가 시작될지도 몰라! 큰일났어! 진짜로 큰일났단 말이야!"

"부탁이야, 우미가세 양……. 어떻게, 좀, 안 될까……?"

아하. 아무래도 열렬히 입부를 권하고 있는 것 같았다.

"왜 농구부에 사람이 모이지 않는 걸까. 위기감이 부족하다거나, 문제가 있는 거야?"

"레이는 열심히 동아리 활동에 임하고 있어. 오늘도 나와 점심 먹을 시간까지 줄여가며 부원을 모집하고 있거든? 불운하게도, 그런 세대일 뿐이야."

레이는 오우기야의 이름이다. 키리사와 오우기야는 특히 사이가 좋고, 요즘 들어 키리사의 솔로 점심 식사가 잦은 것은 오우기야가 농구부를 위해 열심히 사람을 모으러 다녀서일 것이다.

……생판 남인 나도 모집이 빨리 성공했으면 좋겠다는 생각이 들었다. 신입생인 1학년이 아니라 우미가세에게 저런 소리를 하는 것을 보면, 아직 고전이 이어질지도 모르겠는걸.

【#5】게으름뱅이 뱀파이어에게 친구를 · 115

"너희도 고생이 많구나."

"우와, 아토리다." "아토링이네." "아토리……."

 말을 건네자, 농구부 3인방은 돌멩이 뒤에 붙은 공벌레라도 본 것 같은 반응을 보였다. 너무한 거 아니야? 내가 대체 무슨 짓을 했는데?

"미리 말하겠는데, 부탁해봤자 데생 모델 같은 건 안 할 거야."

 ……그 이야기, 이만큼 퍼진 거냐. 일일이 대응하기도 귀찮아졌다. 모델을 부탁한 애한테 비밀로 해달라고 부탁할 걸 그랬나.

"츠유키, 미안하지만 모델 데생은 금지당했어."

"여, 역시 그런 건 알몸으로 하는 거야?"

"왜 자이젠이 생각하는 데생은 누드 한정인 건데……. 교내에서 그런 짓을 어떻게 하냐고."

"치카게, 이야기가 샜어. 그건 그렇고, 카미오는 농구부에 들어갈 거야?"

 키리사는 입부 권유 중이라고 단정해서 말했는데, 역시 맞는 것 같았다. 농구부 3인방은 부정하지 않았으며, 이 자리에 있는 모든 사람이 우미가세의 답변을 기다리고 있었다.

"아…… 저기, 미안해. 지금은 정말 하고 싶은 일이 있거든. 그래서 힘들 것 같아."

 그리고 우미가세는 정중하게 권유를 사양했다.

"가능하면 모든 시간을 그 일에 쏟고 싶어. 안 그러면, 해낼 수가 없거든."

 이유를 말하는 목소리에는 강한 의지가 감돌고 있었기에, 자초지종을 아는 나와 키리사는 눈짓을 교환했다.

 복잡한 기분이기는 했다. 나도 카미오의 그런 마음은 기뻤다. 부탁한 카미오에게는 그게 당연할지도 모르지만.

 하지만 그런 이유로 농구부 여자애들의 부탁을 일축하는 건, 왠지 석연치 않았다.

 ……우미가세가 정말 농구부에 들어가고 싶다면, 사양할 필요는 없는데 말이야.

 "나는."

 하지만 우미가세가 사양했는데도, 오우기야는 한 걸음 앞으로 나섰다.

 "나는…… 다른 사람이 아니라, 우미가세 양이 들어와 줬으면 해. 항상 혼자지만, 체육대회 같은 학교행사 때는 진지하게 임하니까…… 그래서……."

 오우기야의 눈동자는 그저 우미가세만을 향하고 있었다. 가늘고 작은 목소리지만, 진심 어린 끈기와 강한 의지가 확연하게 느껴졌다.

 "미안해. 나한테도 이유가 있어."

 하지만, 두 번째 사양은 거침없었다.

 "게다가, 농구는 잘 못해."

 "지난주 체육 시간에 그렇게 잘했으면서?"

 "그건……."

"내 눈에는 그때의 우미가세 양이 즐거워 보였어……."

"……."

자기 도시락통을 쳐다보며, 우미가세는 입을 다물었다.

"미안해. 너무 끈질기게 굴었네. 이만 가볼게……."

더는 설득하기 힘들 것 같다. 상대의 좋지 않은 반응과 미묘해진 분위기를 느낀 건지, 츠유키와 자이젠은 어쩔 수 없다는 듯이 뒤돌아섰다. 오우기야도 뒤따르듯 키리사와 한두 마디 나눈 후에 식당에서 나가려 했다.

"아토리……."

하지만 무슨 생각인지 오우기야는 나한테 다가오더니, 귓속말로 이렇게 말했다.

"우미가세 양은 거절했지만, 나는 포기하지 않을 거야……."

……아하. 일단 보고는 해주는 거구나.

"보아하니 동아리 활동을 계속하기로 했나 보네."

"응. 그리고…… 지난번엔 페트병을 던져서 미안해."

"신경 쓰지 마. 나는 네 덕분에, 한 단계 더 높은 경지에 도달했거든."

"그, 그게 무슨 소리인지는 모르겠지만…… 도움이 됐다면, 다행이야……."

그렇게 말한 오우기야는 배시시 웃고, 식당 출입구로 갔다.

"저기."

키리사의 저음 보이스가 들려왔다. 등에 날카로운 시선이 꽂히는 걸 느낀 나는 아직 카레를 먹지도 않았는데, 온몸에서 땀

이 나는 느낌에 사로잡혔다.
"혹시, 레이한테도 데생 모델을 부탁했던 거야?"
"뭐, 뭐어, 으음, 저기……."
그게, 내가 그릴 생각인 캐릭터의 체형과 이미지가 딱 맞아들어서…….
……키리사한테 보여줬던 그 은발 버니걸 일러스트, 진짜 잘 그린 거였잖아?

"그래서, 오우기야에게 모델을 부탁해서 실제로 그리고 있을 때, 걔가 이야기를 꺼낸 거야. 농구부에 사람이 모이지 않고, 입부 권유도 잘 안되니까, 그냥 확 관둘 생각이 드는데 어쩌면 좋겠느냐고…… 별로 친한 사이가 아니까, 중립적인 관점에서 의견을 받을 수 있으리라고 생각한 것 아닐까?"
"그래서?"
"구체적인 말은 안 했어. 자기가 어쩌고 싶은지 생각해 보고, 다른 부원과 이야기해 본 다음, 결정하는 게 좋지 않겠냐고, 후회하지 않는 선택을 하길 빌겠다고 말해줬을 뿐이야."
"그래. 흐응, 그런 수작으로 다가간 거네."
"말이 너무 심한 거 아니야?"
"여자애 몸에만 관심이 있다고 했으면서…… 거짓말쟁이."
"모, 몸에만 관심 있다는 걸로 너도 나한테 잔소리하지 않았어?"
그렇게 농구부 입부 권유가 끝난 후—— 나와 키리사는 우미가세에게 양해를 구한 후에 같은 테이블에 앉았다. 보아하니 혼자 밥을 먹고 있는 것 같기도 했고 말이다.

"레이는 일단 넘어가기로 하고……."

키리사는 간장 라멘에 후추를 뿌린 후에도, 옆에 앉은 내게 잔소리를 해댔다. 그러고 보니 전에 키리사는 카페에서 앉는 자리를 가지고 한 소리 했었는데, 지금은 어떠려나요…….

"치카게의 쓸데없이 뛰어난 커뮤니케이션 능력과 오지랖은 따지고 보면 단점이야. 그 탓에 여자애가 괜한 착각을 하기도 하고, 성가신 여자가 꼬이는 체질이 된 데다, 도청기 사건 때의 상대도 여자애였잖아……."

"내가 무슨 오지랖이 넓다고 그래……. 게다가, 네가 그 소리를 하는 거야?"

"나는 상대를 골라서 하니까, 오지랖이 넓은 게 아니라 타산적인 거야. 치카게는 상대를 가리지 않으니까, 더 악질이거든?"

그렇게 치면 나도 데생 모델로 삼으려고 현실의 여자애를 이용하는 거고, 키리사 너도 참 참견이 심한 여자인데……라는 건 머릿속으로 생각만 하고, 반론도 관뒀다. 딱히 싸우고 싶은 건 아닌 데다, 잠이 부족한 상태라서 싸울 기력도 없다.

"우미가세는 도시락이구나."

"응. 요리를 좋아하거든."

"그런데 일부러 식당에 온 거네."

"그게…… 교실은 좀 시끌벅적하잖아."

"아…… 무슨 말인지 알 것 같아. 카미오도 고생이 많네."

버튜버 일로 깜빡했지만, 그러고 보니 우미가세는 천상의 존재였다. 같은 반, 특히 남자애들의 흥분이 완전히 식을 때까지는 적당히 거리를 두자고 판단한 걸지도 모른다. 당사자가 옆에 있는데도 미모를 칭찬하는 놈들이 넘치니까.

"혹시 카미오는 주목받는 걸 꺼리는 거야?"

"꺼리는 걸까……. 그럴지도 모르겠어. 그리고 경계하게 돼. 입으론 무슨 말을 하더라도, 상대가 속으로 어떻게 생각하는지는 알 수 없잖아."

"그렇긴, 해."

심오하면서, 당연한 듯한 발언이었다. 그래서 인간은 커뮤니케이션을 통해 서로를 이해하려 한다. 친구와 연인 같은 명확한 관계성을 정의해서, 친분의 깊이를 재려고 한다.

그리고 쓸쓸한 인간일수록, 그런 경향이 현저하다…….

……니아, 오늘은 제대로 학교에 왔을까?

"아, 맞다. 마침 잘됐으니까……. 일러스트, 봤어."

그리고…….

문득 생각난 것처럼 우미가세의 텐션이 상승하더니, 고개를 두리번거리면서 주위에 아무도 없는 것을 확인한 후에 자기 스마트폰에 시즈나기 미오의 일러스트를 띄웠다.

이미지 컬러인 호라이즌 블루의 롱헤어. 등대지기 겸 학생이라는 속성을 시각적으로 표현하기 위한, 흰색 블레이저가 베이스인 의상. 그 밖에도 오른발에만 신은 양말과 마스코트 물범의 마크 패치 등, 세세한 부분까지 내 취향이 반영되었는데도 난잡하게 느껴지지 않고, 심플하면서 압도적인 귀여움이 느껴지는 비주얼.

 솔직히 말해, 최고의 캐릭터 디자인이었다. 너무 멋지다. 이 디자인을 생각한 녀석은 분명 존잘 일러스트레이터겠지……어, 이걸 그린 사람이 아토리에인가요? 너무 대단해…….

"정말 끝내줘! 감동했다니깐! 게다가 서큐버스 때만큼 닮지는 않았지만, 이 일러스트에서도 나를 모델로 한 게 어렴풋이 느껴져."

 그리고 반응을 보니 우미가세도 나와 같은 감상인 것 같았다. 뭐, 체형은 완전히 똑같고, 디자인 고안 시점에서 의도적으로 비슷하게 그렸으니 말이다.

"나는 아토리에도 이런 디자인을 할 수 있다는 것에 좀 놀랐어. 애초에 노출이 적은 게 놀랍고, 청초함 노선으로 귀엽게 그린 데다, 액세서리로 수로표 모양의 머리 장식을 고른 것도 마음에 드네."

"뭐? 수로표가 뭐야?"

"옛날 사람이 쓰던, 선박 항로용 표식이야. 수로표(澪標 : 미오츠쿠시)와 시즈나기『미오(澪)』니까, 언어유희도 담은 거네."

"흐음, 그렇구나……. 아토리에 선생, 여러 메시지를 이 안에 담았구나."

"물론이지. 나는 자타공인 존잘 일러스트레이터거든!"

 ……머리 장식의 형태는 필링으로 그린 거라고 이제 와서 말

할 수 없는 분위기가 됐다. 수료표가 대체 뭔데? 들키기 전에 조사해 봐야지…….

 그래도, 잘됐다.

 카레를 먹으면서, 그렇게 생각했다.

 저 찬미의 말을 들어서, 저 기뻐 보이는 표정을 봐서 말이다. 이제부터 내가 진행해야 할 섬네일용 일러스트와 기타 일러스트를 그릴 의욕이 유지될 것 같다.

 클라이언트가 기뻐하는 모습을 내가 직접 보는 일은 좀처럼 없기도 하니까.

"그런데…… 우미가세 쪽은 어때? 딱히 연락이 없던데, 혹시 힘들거나 고민되는 일은 없어?"

 칭찬을 듣고 기분이 좋아진 나는 그런 질문을 던지고 말았다.

 나와 키리히메와 마찬가지로, 우미가세도 해야 할 일이 많다.

 버튜버 업계 공부, 필요한 기자재 구입, 선전 계획 고안, 그 밖에도 자기가 버튜버를 하는 데 필요한 일을 전부 해야 한다.

 자기가 하겠다고 말했다지만, 혼자서 해결하기에는 벅찬 문제가 발생했을지도 모른다.

"으음…… 크게 곤란한 일은 없지만, 소소하게 곤란한 일은 있을지도 모르겠어. 어느 메이커의 PC를 주문하면 좋을지, 어떤 기자재가 있으면 편리할지 같은 거 말이야."

"흐음……. 그렇다면 키리사가 말했던 노래 영상은 어떻게 되고 있어? 혹시라도 정 힘들 것 같으면, 나중으로 미룰 수도 있긴 한데……."

"아, 그건 안심해도 돼. 어떻게든 될 것 같거든."

"그래? 그렇다면 맡길게."

우미가세는 달걀말이를 입에 넣은 후, 도시락통 뚜껑을 덮었다.

그건 그렇고, 기자재인가.

기획의 리더를 맡은 만큼, 센스 있는 조언을 해주고 싶지만, 조립식 PC를 적당히 골라 쓰는 내게는 어려운 이야기다.

기자재에 이르러서는 아예 도움이 되지 않을 것이다. 아무리 나한테도 방송 경험이 있다고 해도, 당시에는 저렴한 마이크와 싸구려 데스크톱 PC가 주된 장비였으니까.

"정 뭐하면 기자재는 내가 쓰는 메이커를 소개해 줘도 될 거야. 그것보다 선전 계획 같은 걸 짜는 게 더 큰일 아니야?"

……명확한 정답이 없는 점을 생각하면, 확실히 그럴지도 모른다.

"만약 사무소에서 데뷔하는 신인이라면, 같은 사무소 사람에게 선전을 부탁하거나 첫 방송 후에 콜라보 방송을 부탁할 수도 있겠지만…… 그럴 수도 없잖아."

"일단 아토리에와 키리히메라는 네임밸류가 있긴 하지만, 그것만으로는 좀 불안하겠지?"

"그래. 아토리에와 키리히메는 둘 다 일러스트레이터가 본업이잖아. 순수한 선전이라면 버튜버…… 그것도 최대한 유명한 사람에게 부탁하는 편이 효과적일 거야. 지명도 향상에도 좋을 테고, 그 사람의 시청자를 끌어올 수 있을지도 모르잖아."

"이런 말은 좀 그렇지만, 그건 이름을 파는 짓이네."

"응, 맞아. 그리고 이용할 수 있는 건 연줄이든 뭐든 다 이용해야 해. 지금의 우리에게 필요한 건 도덕성이 아니라, 명확한 결과잖아?"

『처음이 중요. NowTube의 레드 오션 안에서 인기를 얻기 위해, 스타트 대시를 완벽하게 해낸다. 처음부터 인기를 얻어서, 일종의 사회 현상을 만든다.』

미오가 채널 구독자 10만 명을 달성하기 위해 내건 목표가, 바로 이것이다.

그리고 목표 실현을 위해서는―― 옳고 그름을 따지지 않고, 무슨 짓이든 다 할 필요가 있다. 그런 의미에서 본다면 키리사가 말한 것처럼 이미 유명한 버튜버에게 선전을 부탁한다면, 버튜버에 관심이 있는 사람들을 충분히 '끌어올' 수 있을 것이다.

"맞아. 기자재와 선전 계획 때문에 곤란하다면, 딱 좋은 인재가 있잖아."

느닷없이 키리사가 그런 말을 했다.

누구를 말하는 건지 눈치챈 나는 무심코 입가에 손을 댔다.

……조그마한 실루엣이, 머릿속에 떠올랐다.

"아무리 곤란하다고 해도, 걔를 이 모임에 끌어들이는 것에는 찬성 못 하겠는데 말이지."

"심정은 이해하지만, 그냥 이용만 할 생각인 건 아니야. 치카게도 그 아이한테 우리 말고 다른 친구가 없는 걸 걱정했잖아?

그렇다면 이건 더없는 기회 아닐까?"

키리사는 때때로 우미가세에게 시선을 보내면서도, 내게 의도를 전하려 했다.

그러고 보니, 친구를 데려오라고 떠들어댔었지……. 하지만, 으음, 그건…….

"아니, 역시 현실적이지 않아. 애초에 걔 앞에 우미가세를 데려가면 여러 가지 의미로 긴장해서, 꿰다놓은 보릿자루처럼 될 게 뻔해."

"그럴지도 모르지만…… 그래도, 인간은 편한 길만 가선 성장하지 못해. 이 기회에 다른 사람과 교류하는 자리를 마련해주는 것도, 그 아이를 위한 일 아닐까?"

서로 한 발짝도 물러나지 않는 가운데, 나와 키리사는 점점 흥분했다.

"사람마다 자기한테 맞는 성장곡선이 있어. 걔는 그게 다른 사람보다 완만할 뿐이야."

"정말, 왜 그렇게 고집을 부리는 거야? 나는 당일에 바로 끌어들였으면서, 걔는 진짜 과보호한다니깐. 왜 이렇게 다른 건데?"

"키리사와는 사전에 약속한 협력 관계가 있기도 하고, 무엇보다 기댈 사람이 너밖에 없어서 그래. 너만큼 우수하고 무엇보다 신뢰할 수 있는 애가 그렇게 흔할 것 같냐고."

"치, 칭찬하며 둘러대봤자, 나는 안 넘어가거든?"

"사실을 말한 거지, 칭찬한 건 아니야."

"그렇다면 칭찬해!"

"저기, 다들 진정해."

갑자기 옥신각신하기 시작한 우리를 보다 못한 우미가세가 끼어들었다.

"무슨 이야기를 하는 건지도 모른 채 공기 취급당하는 사람의 심정을 조금은 생각해 줬으면 좋겠네. 자, 제대로 설명해 봐."

"간단히 말하자면, 유명한 버튜버에게 선전을 부탁하는 게 어떻겠냐는 이야기야."

나는 유리잔에 맺힌 물방울을 손가락으로 훑으며 생각했다.

키리사의 의견이 옳은지는 일단 넘어가고, 나에 대한 지적 자체는 옳다.

나는 걔한테—— 니아한테 무르다고나 할까, 철저하게 모질어지지 못했다. 그것이 니아를 위한 일이냐는 지적을 받으면, 말문이 막히고 만다.

설령 타산적으로 시작한 일일지라도, 니아를 진정으로 생각한다면…….

"알았어. 걔도 끌어들이자. 하지만 차근차근 단계를 밟아가면서 할 거야. 이야기해 보고, 허락한다면, 기회를 봐서, 우미가세와 만나게 해주는 걸로……."

내가 고개를 끄덕이면서 보험을 마구 든—— 바로 그 순간이었다.

"여어, 치카~! 저기, 오늘은 보다시피, 지각 안 했거든요? 어제 방송은 일찌감치 끝내고, 일찍 잤어요. 흐흥, 위대하죠?"

 내 망설임은 활기차게 등장한 그 아이의 목소리에 완전히 부서지고 말았다.
 우리가 앉아 있는 테이블의 사각지대에서, 갑자기 니아가 나타났다. 복장은 학교 지정 블레이저 교복 위에 파카를 걸친 캐주얼한 스타일. 얼굴에는 기본 장비인 검정 마스크.
 오른손에는 에너지음료 캔을 쥐고 있는 것을 보면, 식당에 있는 자판기에 들렀다가 나와 키리사를 발견하고 만 것일지도 모른다. 하지만, 아아, 얘는 왜 하필, 이 타이밍에…….
 "치카게가 카미오에게 아토리에라는 걸 들킨 시점에서, 밖에서는 함부로 활동 이야기를 하지 말라는 규칙을 정할 걸 그랬어……. 방금 한 말, 우리 말고는 아무도 못 들었겠지? 일이 더 성가셔지는 건 진짜로 사양하고 싶은데……."
 "키리사는 대체 무슨 영문 모를 소리를 늘어놓고 있는 거예요……. 어, 어라?"
 나와 키리사만 눈에 들어왔던 건지, 니아는 그제야 이 자리의 분위기를 감지했다.
 같은 테이블에 앉아 있는 제삼자, 우미가세를 본 니아는 그 자리에서 흠칫했다.
 "혹시, 니아가 말실수한 건가요?"
 니아는 사고를 친 듯한 눈길로, 조심조심 나를 쳐다봤다.
 "적어도, 밖에서는 절대로 해선 안 되는 말이긴 하네."

평소라면 몰라도, 방송 이야기만 하는 상황이라서 그랬을까?

"저기…… 혹시 너도 방송…… 버튜버를 하는 거야?"

"네?!"

정보 감도가 민감해진 우미가세는 정답을 바로 맞혔다. 아아, 틀렸다. 니아가 얼버무릴 수 있을 리가 없다. 그렇게 말주변이 좋은 애라면, 아까 그런 말실수를 할 리가 없다.

"아, 아아, 아, 아니에요. 애, 애초에 버튜버란 게, 대, 대체 뭔데요?"

"유명한 사람을 꼽자면 시리우스란 애가 있는데, 몰라?"

"시, 시리우스…… 모르는 아이예요……. 하지만, 왠지 게임을 무지 잘하고, 똑똑하고, 항간에서 엄청 인기 있는 여자애일 것 같네요. 아아, 대체 누구일까요……."

"호, 혹시나 해서 묻는 건네, 네가 시리우스야? 방금 아토리와 야마시로 양이 너를 끌어들일지 말지를 두고 티격태격했는데……."

"니아, 넌 진짜로 입을 다물어."

"흐엥."

키리사가 진짜 화난 톤으로 그렇게 말하자, 니아는 한심한 소리를 내면서 식당에서 도망쳤다. 잠깐만, 하다못해 방금 실언을 해결한 후에 도망치라고.

"식기를 반납하고, 바로 쫓아가자."

"저기 말이야. 일단 말해두겠는데, 내 허용량도 슬슬 한계에 도달했거든?"

"그 심정은 뼈저리도록 이해하지만, 그건 내가 할 말이기도 하다고."

세상일이라는 게 참 뜻대로 안 된다는 것을 깨달은 점심시간이었다……

§

니아를 쫓아가는 김에, 식당에서 안뜰 쪽으로 이동했다. 여기서라면 좀 큰 소리로 이야기해도 문제는 없을 것이고, 누가 다가오면 바로 눈치챌 수 있다.

……더는 비극이 벌어지지 않을 것이다. 아마도, 메이비.

"소개할게. 얘 이름은 사이자 포사이스 니아. 2, 3년 전까지 미국에서 살다 귀국한 아이인데, 올해 히나 고등학교에 입학한 1학년이야. 어떻게 부를지는…… 우미가세가 마음대로 정해도 돼."

도망치다 키리사에게 그대로 잡힌 후…….

분수 가장자리에 앉힌 니아를 가리키면서, 나는 타인 소개를 이어갔다.

"그리고 눈치챘을지도 모르지만…… 시리우스의 영혼이야. 나와 키리사와 면식이 있고, 우리가 아토리에와 키리히메라는 것도 알아. 그 점을 이해한 후, 앞으로의 이야기를 나눴으면 해."

"왠지 아토리의 주변에는 이런 사람이 많은 것 같네?"

"그렇긴 한데. 이쪽 업계에 오랫동안 몸을 두다 보면, 이쪽 사람과 이야기할 기회도 남들보다 많아져서 그래……. 아무튼, 나는 그렇게 결론을 내렸어. 내가 생각해도 정말 생존자 편향적인 분석이긴 해."

"……."

니아는 발을 흔들면서, 왼쪽 귀에 한 피어스를 만지작거렸다. 검정 마스크를 하고 있어서 표정은 보이지 않지만, 눈에서는 빨리 집에 가고 싶다는 마음만 확연하게 전해졌다. 나도 그러고 싶다. 이 귀찮은 상황을 전부 내팽개치고 말이지!

"자, 니아. 입 다물고 있지 말고, 무슨 말이라도 해봐."

"에취…… 뭐, 뭐 하는 거예요."

키리사가 니아의 마스크를 벗기자, 뽀얀 동안이 드러났.

언짢은 듯이 볼을 부풀리고 있었다. 여기에 지각 상습범 속성까지 있으니, 남들은 말을 걸기 참 힘들 것이다. 시대착오적 불량학생, 혹은 지뢰계 날라리로 여겨질 가능성마저 있다.

졸린 듯한 눈매는 타고난 것이다. 피어스는 멋져서 했다. 검정 마스크는 말을 안 해도 되니 한 것이다.

각각의 요소에 이유가 있으며, 전부 니아의 개성 중 일부지만── 처음부터 교류하기에는 허들이 참 높은 풍채인 건 사실이리라.

"니아는 이래 보여도 붙임성이 좋아. 먹을 걸로 길들이는 방법도 효과적이지."

우미가세가 말을 걸기 쉽도록, 슬쩍 패스를 했다.

"사람을 야생 너구리처럼 여기기는…… 니아는 그렇게 가벼운 여자가 아니에요. 어려운 말로 표현하자면 업계 중진이란 거라고요, 중진."

하지만 그 공을 받은 사람은 니아였다. 네가 패스를 끊으면 의미가 없잖아.

"그, 그렇구나……. 맞다. 나, 구미 있는데 먹을래?"

"어, 정말요?"

어이, 중진이라며. 무게감 좀 가지라고.

"게다가 이건…… 니아가 어릴 적에 자주 먹던 거잖아요!"

"이런 것도 있어."

우미가세는 가슴 호주머니에서 일전에 나한테 줬던 목성 구미도 꺼냈다. 우미가세는 대체 구미를 얼마나 저장해둔 걸까? 어, 보물고? 영웅왕이냐고.

"와, 대단해! 재미있어! 주피터 구미 같은 것도 있네요!"

하지만 구미는 니아의 경계심을 누그러뜨리는 데 매우 효과적이었고―― 완벽한 2컷 함락 만화를 봤다. 오른손에는 곰 모양을 한 다양한 색깔의 구미가 굴러다녔고, 왼손에 목성 구미가 놓이자, 니아는 곰 모양 구미부터 오물오물 먹기 시작했다. 너무 완벽하게 회유되는 모습을 보니, 말문이 막힌다. 네가 애냐? 아니 애는 맞군.

"얘는 진짜 못 말린다니깐."

그런 니아에게, 키리사가 팔짱을 끼며 눈을 흘겼다.

키리사와 니아. 두 사람이 또 평상시의 대화를 나눌 듯한 예감이 들었다.

"아무래도 지각하는 버릇은 안 고쳐진 것 같고, 여전히 치카게에게 완전히 신세를 지고 있는 거야? 내가 입이 닳도록 말했는데도 전혀 나아지지 않았잖아. 정말 어이가 없네."

다른 사람이라면 몰라도, 키리사에게 질책을 듣고 잠자코 있을 니아가 아니다.

"그야 치카는 믿음직한 남자거든요. 이러쿵저러쿵하면서도, 예쁘고 가련한 소녀인 니아를 내버려두지 못해요."

니아는 구미를 먹으면서, 단호히 반론했다——. 핵심을 찌르는 반론인지는 일단 넘어가고, 예쁘고 가련하단 말은 자기 입으로 할 게 아니잖아.

"뻔뻔한 변명이네. 네가 일방적으로 기생하는 거잖아."

"기, 기생충 취급이라니, 진짜 너무하네요……. 그리고 이건 기생이 아니라 공생이에요. 치카와 니아는 서로의 버팀목이 되어 살고 있다고요. 그야말로 남매처럼……."

"그렇다면 네가 있어서 치카게에게 생기는 이득이 뭔지, 하나라도 대봐."

"으음~ 저기, 으음~ 으음…… 저기, 이득은 없는데요?"

"거봐, 없잖아. 됐으니까 자기 행동이나 개선해, 이 바보야."

"바, 바보……? 인터넷 IQ 체크에서 200이나 나온 니아를, 바보라고 한 거예요? 한판 뜰래요? 좋아요. 맞짱이라면, 얼마든지 받아주겠어요!"

"왜 두뇌 문제를 폭력으로 해결하려고 하는데……. 너의 그

【#5】게으름뱅이 뱀파이어에게 친구를 · 133

런 점이 문제란 거야."

 그러고 보니, 키리히메는 예전에 잡담 방송에서 옛날에 유도를 했다고 했었지…….

 그런 나쁜 정보를 알려줄지 말지 고민하고 있을 때, 누군가가 내 등을 톡톡 두드렸다. 고개를 돌려보니, 우미가세가 내 귓가에서 질문을 했다.

 "저기, 일전에 키리히메 선생님은 시리우스를 무지 좋아하는 것 같았거든?"

 "같은 게 아니라, 진짜로 무지 좋아해. 그 속사포 오타쿠 발언, 너도 들었잖아?"

 "그, 그렇지……? 그렇다면 사이자 양은 어떻게 생각하는데?"

 "보다시피, 원수 같은 사이야."

 "이상하지 않아? 보통은 사이가 좋아야 하는 것 아니야?"

 우미가세는 바로 딴지를 날렸다. 뭐, 이 모습을 처음 보면 그렇게 생각할 수도 있겠지.

 "처음 만났을 때는 나름 잘 지냈던 것 같아. 하지만 점점 친해지면서 키리사의 고지식한 면과 니아의 나태한 면이 격돌했고, 지금은 이렇게…… 됐나 봐. 자세한 사연은 본인들만 알아. 뭐, 성격이 정반대니까, 마음이 안 맞는 것도 어쩔 수 없긴 할 거야."

 "그건, 그럴지도 모르지만…… 그렇다면 야마시로 양은 시리우스를 너무너무 좋아해서, 사이자 양과 별개로 여긴다는 거야? 복잡하네."

"맞아. 하지만 키리사가 말했었지? 버튜버와 영혼은 같은 존재가 아니라고 말이야. 화면 속 존재와 현실의 가까운 인간은 별개니까, 이런 일도 일어날 수 있는 거야."

"……."

우미가세는 말문이 막혔다. 그래도 심정은 이해한다. 온 세상의 마마와 버튜버는 인터넷에서든 실제 생활에서든 기본적으로 양호한 관계다. 이것이 매우 드문 관계성인 건, 틀림없다.

"이해하기 쉬운 이유를 따로 들자면 말이야. 니아가 내가 사는 아파트 옆집에서 사는 게, 선도위원인 키리사는 용납할 수가 없…… 왜 그래?"

"여, 옆집에 살아? 그 아파트의? 옆집인, 102호? 어…… 왜야?"

"그야, 내가 사는 아파트를 관리하는 사람이 니아의 아빠거든. 여러 인물의 관련성이 복잡하게 얽힌 결과, 이렇게 됐어. 세상 참 좁다니깐."

"아아~ 야마시로 양도 참 고생이 많네."

"키리사가 말이야? 니아 쪽으로 생각하면, 고생이 많은 건 바로 나잖아."

"그래, 맞아. 고생 많네."

무시당했다. 영문을 모르겠고, 왠지 진 기분이 든다……. 젠장, 열받아!

"그것보다, 저기…… 우미가세 카미오 양, 맞죠?"

구미를 씹어먹으면서 시작된 키리사와의 말다툼이 드디어 일단락된 것 같았다.

　그 후에는 뜻밖에도 니아가 우미가세에게 말을 건넸다. 심경이 어떻게 변한 건지는 모르겠지만, 내 생각에는 과자를 준 상대에게 저절로 친근감이 생겼다는 설이 유력하다——. 네가 무슨 핼러윈을 즐기는 애들이냐.

"응. 나를 아는구나."

"네. 이 학교에서 가장 머리가 좋고, 운동을 잘하는 데다, 얼굴도 예쁜 사람 맞죠?"

"저기, 가능하면 평범하게 긍정할 수 있는 질문을 해주면 안 될까?"

"맞아."

"나 대신 대답하지 마."

"그리고 배우의 딸이라면서요?"

"……뭐? 누가?"

　듣자마자 되물을 만큼, 그건 내게 충격적인 미입수 정보였다.

"그러니까, 이 사람이요. 저기, 어머니의 이름이…… 어라, 뭐였더라?"

"시오미 토코야."

　대신 말해준 키리사는 그대로 내 얼굴을 살폈다.

"뭐야. 키리사는 알고 있었던 거야? 그렇다면 가르쳐주지 그랬어."

"니아는 아버지 쪽을 기억하고 있을 거야."

"저기, 내 말 듣고 있어요?"

나를 무시하며 이어갈 이야기도 아니지 않아?

"네. 저기…… 지렉스 우미가세 선수의 딸이기도 하죠?"

"아…… 응. 그렇긴 해."

"일전에 대타로 나와서, 역전 만루 홈런을 쳤잖아요!"

"그, 그랬구나……. 나, 야구에 별로 관심이 없어서, 몰라."

지렉스── 도쿄를 홈으로 삼은, 공룡이 마스코트인 프로야구팀이다. 야구광인 니아가 일본에 온 후로, 메이저리그의 최애 팀과 마찬가지로 열심히 응원하고 있는 구단인데…… 아버지가 프로 야구선수에, 어머니가 배우? 완전 고급 혈통이네.

"그런 집이라면, 나한테 의뢰비라면서 100만 엔을 턱 내놓을 만하네. 이제 이해됐어."

"자, 그 이야기는 이쯤에서 끝내자."

지금은 더 중요한 일이 있다는 듯이 키리사가 이야기를 돌렸다. 그냥 넘기기에는 스케일이 너무 큰 이야기지만, 그 의도는 이해했다.

"이렇게 됐으니, 니아도 프로젝트에 참가할 수밖에 없게 됐어. 입막음 의미에서도 말이지."

그렇다. 그리고 키리사가 판을 깔아줬으니, 내가 니아에게 설명해야 하겠지.

"자, 갑작스러운 말이지만. 니아. 우리는 지금 한 버튜버의 데뷔를 준비 중이야. 이름은 시즈나기 미오. 캐릭터 디자인은 내가, 모델링은 키리사가 해. 그리고 영혼은, 우미가세지."

"어, 그래요? 흐응…… 흐에…… 꽤 호화로운 포진이네요."

자신이 이미 버튜버라서 그런지, 니아는 딱히 놀라지 않았다. 이제부터 받을 부탁을 전혀 생각하지 않는 눈치이기도 했다.

"그래서 말이야. 이번 일 관련으로 너한테 부탁할 게 있는데…… 간단해. 미오가 버튜버로 데뷔할 때, 첫 방송 직전에 시리우스가 트미터로 반응해 줬으면 해……. 시리우스 정도의 유명 버튜버라면, 그것만으로도 널리 퍼져나가면서 선전이 잘될 거잖아."

최대한 우리의 타산적인 의도를 전하기 위해, 솔직히 말했다.

"해줄 수는 있는데, 니아한테 무슨 이득이 있나요?"

"응. 네가 전에 말했던 친구가 될 사람을 데려오라는 거 말인데…… 우미가세가 해줄 거야."

"어?"

동의도 구하지 않고 니아의 친구로 지정된 탓인지, 우미가세는 놀란 소리를 냈다.

"저기."

그리고 우미가세는 내 팔을 잡아당겼지만, 이미 늦었다. 할 말을 끝까지 하자.

"여기 있는 우미가세가, 그리고 시즈나기 미오가, 네 친구가 되어 줄 거야. 같이 게임하고 싶다면 해줄 거고, 시리우스가 콜라보 방송을 원하면 그것도 해줄지 몰라. 아무튼 버튜버로서도, 실생활에서도……."

"아토리. 잠깐 따라올래?"

"히, 힘 되게 세네."

거기까지 말한 후, 대화가 끊기고 말았다.

단둘이 이야기를 나누고 싶은 건지, 우미가세는 내 팔을 잡아당기며 안뜰 한편의 건물 쪽으로 이동했다.

"저기, 왜 나와 상의도 하지 않고 동료를 차례차례 늘리는 걸까? 아토리는 무슨 소년 만화의 주인공이라도 돼? 이상한 열매라도 먹은 거야?"

"일리가 있긴 한데, 결과만 보자면 너한테도 득만 되는 이야기라고."

"그건, 그렇지만…… 이건 그런 문제가 아니야."

보고, 연락, 상담이 이뤄지지 않았다는 소리일까? 맞는 말이지만, 너무 따지지 말자——. 그리고 어쩔 수 없잖아. 상황에 휩쓸려서 일이 이렇게 될 때도 있다고.

"그리고 진짜로 친구가 되라는 거야?"

"싫어?"

"딱히 싫거나 그런 건 아니야. 하지만 그런 결정을 내릴 수 있을 만큼, 나는 사이자 양을 잘 알지도 못해……. 그리고 친구라는 건 이런 식으로 만드는 건 아닌 것 같달까, 낯가림이 심하다면 더더욱 나라도 괜찮을지 걱정되는데."

전부 맞는 말이라서 말문이 막혔다. 친구는 남이 알선해 주는 게 아니라 알아서 되는 것이며, 주위에서 참견할 일도 아니다. 뭐하면, 그냥 외톨이라도 상관없다. 집단 괴롭힘을 당하고 있는 것도 아니라면, 그 또한 개인의 자유다.
 그렇게 생각하기에, 나도 처음에는 키리사와 의견이 달랐다.
 하지만…….
 그런데도 이 결정에 동의한 것은, 나도 생각을 조금 바꿨기 때문이다.
 "니아는 입학하고 시간이 꽤 흘렀는데, 아직 교류하는 사람이 아무도 없는 것 같아. 이야기하는 것도 귀찮다고 하고, 지각 습관도 맞물려서, 친구가 한 명도 없어."
 "그거 혹시, 대인 공포증인 거야?"
 기침이나 재채기도 안 하면서 마스크를 하고, 자기한테 말을 걸 때까지 우미가세와 눈을 맞추지 않으려고 하는 점을 통해 그렇게 판단한 것 같았다.
 "뭐, 비슷해."
 우미가세의 말대로, 니아는 모르는 사람과 말하는 것을 거북하게 여기며 최대한 피한다. 그건 사실이다.
 하지만 타인에게 전혀 관심이 없어서 그런 건 아니다.
 "나와 우미가세는 혼자서도 얼마든지 즐길 수 있는 인간이잖아? 이야기하고 싶으면 말을 걸지만, 자기가 그때그때 하고 싶은 것을 가장 우선해. 나는 일러스트, 우미가세는 버튜버. 그쪽을 우선하기 위해서라면, 혼자여도 딱히 상관없다고 여겨."
 나는 오우기야와 우미가세의 대화를 떠올리며, 그렇게 단정 지었다.
 "그게, 어쨌다는 거야?"

묘하게 담담한 표정으로 그렇게 말하는 우미가세의 목소리는 평소보다 낮은 것 같았다.
"니아는 달라. 낯가림이 심하지만 본질적으로 혼자 있는 걸 싫어한다고 하는, 성가신 성격이야. 시리우스의 방송을 보면 알 수 있잖아? 반말로, 시청자에게도 친구 대하듯 스스럼없이······. 하지만 그건, 평소의 니아에게는 불가능한 일이야."
 고독함과 고고함은 다르다. 학교에서의 니아는 고독하다.
 하지만 집에 가면 달라진다. 완전히 혼자이며 고독하지는 않기에, 지금 상황에 만족하고 있다. 나와 키리사, 그리고 때때로 아파트를 방문하는 니아의 아빠와 몇몇 지인, 그 밖에는 시리우스의 방송을 보러 오는 시청자가 있어서, 마음이 만족하고 만다.
 당연히 나쁜 일은 아니며, 지금 상황만 가지고 본다면 괜찮다고 할 수 있다.
 하지만······.
 만족에 따른 폐해로써, 자기 자신이 힘들어하는 일에 애쓰고자 하는 능력이 자라지 않는다. 낯가림이 심하고, 성가신 일을 꺼리고, 학교에 가는 것을 귀찮아하는 데다, 친한 지인하고만 이야기를 나눈다. 니아가 변하지 않는 한, 이 사이클은 계속될 것이다.
 그리고 세계는 한 명의 미숙한 개인을 기다려주지 않는다. 이렇게 학교에 다니다 보면 싫어도 다른 사람과 교류하는 자리가 생기고, 사회에 나가면 관심도 없고 이름도 모르는 상대와도 잘 지내야 한다. 지금보다 조금 더 노력하고, 자기 힘만으로 문제를 해결해야 하는 상황에도 처할 것이다.

 버튜버에게도, 현실이 있다.

 ……니아의 장래를 생각하면, 지금 이대로도 괜찮다고 말해줄 수 없다.

 "어째서……."

 "응?"

 "어째서 아토리가 그렇게까지 해서 챙겨 주는 거야? 아토리한테 사이자 양은 그 정도로 해줘야 할 상대야? ……나는, 잘 모르겠어."

 왠지 슬픈 분위기인 탓에 이상한 기분에 사로잡힌 나는 우미가세가 방금 한 말의 진의를 살피려고 했다.

 우미가세는, 내 본심을 듣고 싶은 걸까? 그렇다면…….

 "말 안 했는데, 니아네 아빠한테 쟤를 돌봐달라는 부탁을 받았어. 집세를 싸게 해주는 조건으로 말이지. 뭐, 그런 속사정도 있긴 해."

 귀찮다는 생각이 들거나, 내가 왜 이런 짓을 해야 하냐는 생각을 한 적도 물론 있다.

 "미오를 푸시할 때 시리우스의 이름을 빌릴 수 있다면 큰 도움이 될 거잖아. 즉, 우리의 이득을 위해서 이러는 것이기도 해. 그것도 엄연한 사실이야."

 이해득실에 따라 움직이고 있는 것도 사실이다.

 하지만 그것만이 아니다. 그리고 그것만이면 얼마나 편할까,

하고도 생각한다.

"그저…… 니아는 게으름뱅이이고 나쁜 쪽으로 눈에 띄는 애지만…… 나쁜 애는 아니야. 남보다 내향적인 일에 더 적성이 있고, 그저 순수할 뿐이거든. 그래서 나중에 곤란해지지 않도록 계도하고 싶다고 할까, 아무튼, 그래……."

"걱정, 하는 거야? 구해주고 싶다……고, 생각하는 거야?"

"구해주고 싶다, 같은 거창한 이야기가 아니야. 뭐랄까, 저기…… 이건 내 고집이야."

간단한 말로 정리하자면, 나는 니아가 조금이라도 즐거운 나날을 보내길 바란다. 니아는 내게도 남이 아니니까. 아무래도 상관없다고 넘어갈 타인으로 치기에는 개를 너무 알고 말았다. 그래서 나와 키리사 말고도 친구를 사귀길 바란다. 딱히 완벽하지 않아도 된다. 지금보다 조금 더, 힘든 일을 극복하기 위해 노력할 수 있는 인간이 되면 좋겠다.

……이렇게 정리해 보니, 나란 인간은 참 오지랖이 넘치는걸.

"뭘 그렇게 잘난 척하냐고 하면, 찍소리도 못 하지만 말이야."

마지막에 그런 변명 같은 말을 입에 담은 나는 우미가세가 어떤 표정일지 문득 궁금해졌다. 황당해할까? 아니면, 알 바 아니라는 듯한 표정을 짓고 있을까? 으음, 말이 좀 많았나…….

"더 일찍 만났다면 좋았을 텐데 말이야."

어느 쪽도 아니었다. 우미가세는 두 눈을 감더니, 고개를 숙인 채 뭔가를 회상하듯 두 손으로 깍지를 끼고 있었다. 마치 막연한 무언가에 기도하는 것처럼 보였다.

"나한테 그런 말을 해도 곤란해. 근본적으로 니아가 변하지 않는 한, 주위에서 조금 지적해도 언젠가 한계가 올 거니까."

우미가세는 침묵하다가, 이윽고 눈을 떠서 나를 쳐다봤다.

눈은 입만큼 많은 말을 한다지만, 이때의 우미가세는 뭔가 말하고 싶은 눈치였다.

"아토리는 다정하구나."

"뭐?"

"사이자 양도 그렇고, 오우기야 양도 데생 때 조언해 줬다며? 그리고 나도 그래. 느닷없이 일을 부탁했는데, 야마시로 양과 사이자 양까지 동료로 끌어들여서 이렇게까지 해주고 있잖아. 크리에이터로서 자기 작품에 집착하는 마음은 이해하지만, 그래도 너무 애쓰는걸."

……순수하게 칭찬받고 있지만, 쑥스러워하거나 자랑스럽게 여길 마음은 들지 않았다.

다정하다. 싫지는 않지만, 거북한 말이다.

왜냐하면…… 지금 나는 니아에게, 내 주장과 생각을 강요할 뿐이니까.

——옛날 아토리에가 생방송에서 하던 짓과 매한가지니까.

"저기."

침묵을 누비듯 목소리가 들려왔다.

어느새 니아가, 그리고 키리사도 나와 우미가세가 있는 곳으로 와 있었다.

"왜?"

"저기. 아까 제안 말인데…… 친구가 되도록 시킨다는 건 좀 아니란 생각이 들어요."

내가 이야기를 시작하기도 전에, 니아가 먼저 그렇게 말했다. ……역시 안 되나.

"그래. 미안해. 네 농담을 진심으로 받아들였어."

"아, 아뇨. 그런 게, 아니에요."

거절당했다고 생각한 나는 우미가세에게 오늘 일을 비밀로 해 달라고 말하자는 생각도 했다. 아토리에의 정체가 드러난 사건을 통해 남의 비밀을 함부로 퍼뜨리지 않는 인간인 것은 알지만. 일단 보험은 필요하니 말이다. 구두 약속이라도, 어느 정도의 구속력은 있을 것이다.

"카미."

"어."

"카미오, 죠? 그러니까, 카미."

하지만. 니아는 무슨 생각인지 우미가세를 갑자기 애칭으로 부르기 시작했다. 치카에 이어서, 두 명째다. 키리사는 그냥 이름으로 부르는 만큼, 무척 드문 일인데…… 이건 대체?

"저기…… 니아는 게임과 야구와 별을 보는 것, 그리고 뒹굴뒹굴하는 걸 좋아해요."

"그러고 보니 시리우스의 비공식 사이트에 그런 내용이 있었어."

"네. 그리고 싫은 일에 애쓰는 걸 싫어해요. 가능하면 게임이나 하면서, 평생 살고 싶어요."

"게, 게으름뱅이네."

"네. 그러니까…… 어쩌면, 치카가 신뢰하는 카미 같은 사람한테는 어울리지 않을지도 몰라요……. 하지만……."

머뭇거리면서도, 니아는 확실하게 말을 이어 나갔다.

"그런 인간이라도…… 우선 지인부터, 부탁해도 될까요?"

마지막에는 그렇게 말했다.

"놀랍네."

"그러게."

나는 물론이고, 키리사도 감동했을 것이다. 그렇게 잔소리해도 우리 말고 다른 사람과는 교류하지 않던 니아가, 한 걸음을 내디뎠다. 나와 키리사가 징검다리 역할을 했으니 완전히 자기 힘으로 해냈다고는 할 수 없겠지만, 그래도 우리의 제안을 받아들여 줬다.

단순한 변덕일지도 모르지만, 그래도 잘된 일이다.

사람이 성장하려면 사람이 있어야 한다. 부족한 부분을 보완하고, 장점을 인정해야 한다. 그런 흐름이 이어지는 나날이 무척 중요하다.

그래서 니아가 그런 선택을 한 것이 나는 무척 기뻤고——.

"응. 잘 부탁해……. 그렇다면 저기, 사이자 양. 나도 부탁해도 될까?"

"아, 네. 뭔데요……?"

승낙한 우미가세는 몸을 약간 숙이면서 중심을 뒤로 잡더니, 니아와 눈높이를 맞췄다.
 "지각, 하면 안 돼."
 그리고 나와 키리사가 몇 번이나 했던 말을, 우미가세도 입에 담았다.
 "학교에 잘 다니고, 많은 사람과 이야기해야지."
 "으…… 음, 그건, 어떻게 할까요……."
 "괜찮아. 사이자 양의 주위에는 진짜 사이자 양을 봐주는 사람이 있어. 만약 힘들거나 슬픈 일이 있어도, 아토리와 야마시로 양이 도와줄 거야. 그러니까……."
 이제까지 들은 적 없을 만큼 상냥한 우미가세의 목소리가, 한낮의 하늘에 녹아들어 간다.

 "소중히 여겨 주는 사람들의 말을…… 사이자 양도 소중히 여기면 좋겠어."

 니아는 고개를 끄덕였다. 그걸 보더니 "응." 하고 만족스럽게 웃는 우미가세.
 아까 우미가세는 내게 다정하다고 했지만…… 말도 안 된다.
 진정으로 타인을 배려하는 인간은, 내가 아니라 너잖아. 처음 보는 상대를 정면에서, 상대의 마음에 다가가며, 할 말을 전부 했어…….
 너무 눈부신 광경에서, 나는 무심코 고개를 돌렸다.

【#5】게으름뱅이 뱀파이어에게 친구를・147

──그건 옛날 아토리에가 한 일과 완전 정반대였으니까.

"그, 그런데 카미는 게임을 하나요? 어떤 장르를 좋아해요? 가장 좋아하는 게임은 뭐예요? 아니, FPS는 해요?"
"너, 너무 거침없이 다가오는 것 아닐까?"
"그리고 니아는 콜라보 PC 같은 것도 내놨는데, 살 생각 없어요? 버튜버를 하기에도, FPS를 하기에도, 완벽한 세팅이거든요. 가장 싼 게 20만 엔대부터인데……."
"어어, 그 이야기는 좀 자세히 듣고 싶네."

아무튼. 이렇게 우미가세를 위한 버튜버 제작 그룹에, 새로운 멤버가 추가됐다.

참고로 우미가세는 최종적으로 시리우스가 모델을 맡은 게이밍 PC를 사기로 했다. 영업에 성공한 니아가 흐뭇한 얼굴로 기뻐한 것은 말할 나위도 없다.

【#6】그녀가 태어난 날
<small>시즈나기 미오</small>

 버튜버의 2D 모델링에 시간이 얼마나 걸리는지는 과거에 직접 조사해 본 적도 있고, 그쪽 업계에서 먹고사는 사람에게 들은 적도 있다.

 개인의 경우에는 천차만별이다. 빠르면 일주일 만에 완성되기도 하고, 세세한 부분까지 극한으로 추구한다면 한 달 혹은 그 이상이 걸리기도 한다.

 한편, 모체가 개인이 아니라 기업이라면 한 명의 버튜버에 긴 기간을 두고 제작 스케줄을 짜며, 여러 명으로 구성된 팀으로 제작 진행을 한다. 그리고 데뷔 전에 선전 광고를 비롯해 완전한 상태를 갖춘 후, 버튜버를 세상에 내놓는 것이다.

 ……그런 배경을 생각하면, 개인 버튜버보다 기업 버튜버가 인기인 것도 어쩔 수 없다는 생각이 든다. 역시 사람이 많을수록 큰 비전을 그릴 수 있는 법이다. 개인 버튜버가 그들 사이에서 파묻히지 않으며 맞서기 위해서는 남들 이상의 노력, 그리고 운이 필요할 것이다. 나도 이번 일은 기존의 버튜버 업계에 쳐들어가는 심정으로 임하고 있지만, 과연 이 주먹은 인터넷 바다에 먹힐 것인가——.

뭐, 아무튼, 이래저래 해서. 골든위크 직후의 첫 토요일에 키리사로부터 '하룻밤 묵을 준비를 해서, 지금 바로 우리 집에 모여.'라는 연락이 왔다.

너무 빠른 거 아니야?

시각은 오후 6시를 조금 지난 언저리. 초봄의 쌀쌀한 밤바람이, 지금은 아주 약간 따스하다.

맨션 건물의 현관 앞에 심어진 나무들의 잎도, 밤의 어둠이 섞인 듯한 연두색을 띠고 있었다.

"니아도 가능하면 이런 곳에서 살고 싶었어요……. 아니면 타워맨션이라든가요."

"배부른 소리 하지 마."

너희 아빠는 너를 엄청 애지중지하거든?

"고등학생이 혼자 사는데, 여기? 용케 허가가 나왔네."

몇 번 와본 적이 있는 나나 니아와 달리, 우미가세는 얼이 나간 표정으로 건물을 올려다봤다.

"키리히메는 업계에서도 손꼽힐 만큼 성실한 일꾼이거든. 집세라면 충분히 낼 수 있을 거야. 허가는…… 본가가 오래된 전통 여관이니까 어떻게 됐겠지."

"그래……. 그런데 아토리는 야마시로 양의 집에 몇 번 와본 적 있구나?"

"응, 맞아. 그런데, 왜 그렇게 생각한 거야?"

"아니, 여자애 집에서 묵기로 했는데 허둥대기는커녕, 당당하게 걷고 있으니까…… 저기, 내가 방해되는 거 아니야?"

 "모르는 사람 집이라면 몰라도, 키리사네 집이라면 비즈니스 호텔과 별반 다르지 않아. 게다가 우미가세를 위해 모이는 건데, 본인이 방해될 리가 없잖아."

 "니아도 카미와 함께 집에 갈까요…… 방해될지도 모르니까요. 야한 의미에서요."

 "이 바보들, 빨리 들어가."

 깨끗한 홀을 지난 후, 셋이 함께 엘리베이터를 타고 7층 버튼을 눌렀다.

 ……우미가세의 품에 있는 선물 봉투 안에는 풀빵과 옥로차 티백이 있다고 한다. 엘리베이터 안에서 그것을 보며, 키리사에 대해 생각했다.

 힘들었을 것이다. 나와 마찬가지로 현재진행형인 키리히메의 일을 병행해야만 할 테고, 또한 현재 본인은 모델링으로 먹고살 생각이 없으니까, 그쪽으로 명성을 얻어도 불확실한 미래를 위한 투자밖에 되지 않는다. 이미 늦었지만, 제법 미안하다.

 그러고 보니 키리사는 이번 일의 보수를 어떻게 할지도 아직 답을 주지 않았다. 이대로 어영부영 넘어가는 것은 내 신조가 용납하지 않으니까, 차분해진 타이밍에 제대로 물어봐야지.

 "어서 와……."

 701호실의 인터폰을 누르자, 벚꽃 색깔 작업복을 입은 키리사가 문을 열고 우리를 맞이했다──. 잠옷 대용치고는 고풍스럽지만, 그런 것을 선호하는 키리사인 만큼 아끼는 옷이리라.

"고, 고생이 많나 보네."

"응……."

 콘택트렌즈를 끼는 것도 귀찮아할 정도로 만신창이 느낌이다. 보스턴 뿔테 안경 너머로 보이는 눈 밑의 다크서클은 딱 봐도 수면 부족임을 알 수 있을 만큼 진했고, 오른손에는 나와 마찬가지로 건조염 테이핑을 하고 있었다.

"고, 고생했어, 야마시로 양. 차와 화과자를 좋아한다고 아토리한테 들어서, 이걸 가져왔어. 오방떡이라도 같이…… 아. 집에서는 안경을 끼는구나."

 우미가세는 오방떡이라고 부르는 것 같다. 뭐, 풀빵과 쌍벽을 이루는, 대중적인 명칭이니까.

"흐음. 홍두병을 가지고 왔구나. 센스 좋네."

 어이, 홍두병이 뭐야. 이 녀석의 고향에서는 그렇게 부르나? 들은 적도 없다고.

"크흐흐. 피곤해서 그런지, 키리사가 나이를 왕창 먹은 것처럼 보이네요."

"……."

"으갸."

 과자의 이름에 주목하는 나를 슬쩍 무시하고, 키리사는 무표정한 얼굴로 말없이 니아를 확 끌어안았다. 키 차이 탓에 니아의 얼굴이 키리사의 가슴에 파묻힌 것 같았다. 니아는 괴로운지 버둥거렸다.

 약 30초 동안 고문이 이어진 후, 눈을 부라리고 있던 키리사가 니아를 풀어줬다.

"헉헉…… 찌, 찌찌에 질식해서 죽을 뻔했어요……."

"다음에 또 같은 소리를 하면, 장난으로 안 끝날 거야……."

"게다가 온몸에서 파스 냄새가 진동을…… 이렇게 됐으니, 카미로 중화할래요. 킁킁."

"나, 남이 이렇게 내 냄새를 맡는 건, 처음인데……."

니아는 도움을 청하듯이 우미가세에게 들러붙었다. 이런 행위가 허락되는 니아의 캐릭터성에 조금 감탄했다. 내가 저랬다간 바로 두들겨 맞을 테니까.

"그러고 보니, 못 본 사이에 우미가세와 니아는 꽤 친해진 것 같은걸."

"네! 카미는 상냥하고, 골든위크 때 게임하자고 연락하면 같이 해주고, 같이 놀러 나가 주기도 하고, 무엇보다…… 동질감이 들거든요!"

"그렇구나. 고마워."

내가 고맙다고 말하자, 우미가세는 그저 쓴웃음만 지었다.

동질감은 니아만 느끼는 게 아닐까? 응석을 받아주는 사람이 늘어난 거 아닐까? 그런 생각이 조금은 들기도 했다. 하지만 니아는 우미가세와 약속한 후로 지각 없이 학교에 다니는 것 같았다. 학교에서는 여전히 마스크를 하고 기본적으로 조용히 있지만, 한 걸음이라도 전진한 건 대단하다.

……그리고 니아의 마음을 움직인 우미가세에게도 고마움만 느꼈다.

"같이 어디 갔는데?"

"아키하바라예요. 전자상가에 가서 로스트비프를 먹고, 마지막에는 코스프레 가게에 들렀다가 돌아왔어요. 즐거웠다니까요, 후후……."

흠. 우미가세는 코스튬 플레이어에도 관심이 있는 걸까? 그러고 보니 나를 옥상으로 불렀을 때도 코스프레 공부를 한다고 했었지. 아바타를 입는다는 점에서 본다면 버튜버도 마찬가지이기는 한데…… 하지만 사실은 전혀 다른 것이란 느낌이 들었다.

"자, 들어와."

키리사는 우미가세에게서 과자와 차를 받더니, 비틀거리면서 우리를 안내했다.

그러고 보니 여기는 문 앞이다. 칭찬하든 뭘 하든, 안에 들어가서 해야지.

내가 사는 아파트의 두 배는 될 듯한 거실 안쪽이, 키리히메의 작업 공간이다.

그리고 복도 너머의 방에는 1평이 채 안 되는 방음실이 있어서, 방송할 때는 그 작은 공간 안에 들어가서 하는 것 같았다. 니아의 방에도 같은 브랜드의 시설이 있어서, 그 모습을 쉬이 상상할 수 있었다. ——부르주아 같으니라고. 저축은 하고 사는 거야?

"최근의 고생이 반영된 듯한 공간인걸."

"그냥 더럽다고 대놓고 말해도 되거든?"

 모던한 느낌의 검은 책상 주위에는 작업용 PC와 액정 태블릿 말고도 빈 컵라면 용기와 마시다 만 페트병, 립크림, 동전 지갑 등, 대량의 물건이 방치되어 있었다──. 건강하고 문화적인 생활에 중점을 두는 키리사가 방을 이만큼 난장판으로 만든 것을 보면, 얼마나 궁지에 몰렸던 건지 짐작할 수 있었다. 정말 고생했다는 말밖에 나오지 않는다.

"아, 내가 청소할게. 그 정도는 하게 해줘."

"우미가세는 할 일이 있잖아? 청소는 내가 나중에 할 테니까, 그쪽을 우선하라고."

 오늘의 메인이 2D 모델의 동작 확인이라면, 아마 우미가세와 키리사는 그 작업에 계속 매달려야 할 것이다. 그렇다면 청소 같은 걸 할 때가 아니다.

 그 생각이 옳은 건지, 키리사는 내게 "미안해."라고 짤막하게 말했다.

"자, 오늘 이렇게 너희를 모은 이유는, 다름이 아니라…… 다음 주말에 첫 방송을 할 수 있을 만큼 작업을 진행하자는 거야."

 묵을 준비를 하라는 말을 미리 들은 만큼, 이해가 되는 이유다. 동아리 활동의 합숙 같은 거라고 생각하면 될 것이다……. 뭐, 동아리 활동을 해본 적이 없어서 잘은 모르겠지만 말이죠.

"미리 말하겠는데, 치카게는 일러스트를 그리고 싶으면 우리 집에 있는 도구를 마음대로 써도 돼. 액정 태블릿은 널렸고, 웬만한 툴이 다 깔린 노트북 PC도 있거든."

"아, 전에 왔을 때도 빌렸으니까 그건 알아……. 그런데 하나만 묻자. 이 자리에 니아가 있을 필요가 있어? ……그러고 보니 니아도 용케 방송 안 하고 따라왔네. 오늘은 방송을 쉴 거야?"

시리우스의 기본적인 방송 코어 타임은 밤 9시부터 다음 날 오전 3시까지다.

시간상 오늘은 방송을 못할 것 같은데…….

"아뇨, 방송은 할 거예요. 키리사의 방음실에 있는 키리히메 선생님의 방송용 PC에는 시리우스의 2D 모델이 있으니까, 그걸로 방송을 해도 된댔어요. 그러니, 오늘은 여기서 일회성 게임 방송을 하고 싶은데……."

"아, 맞다. 우리 집에서 방송하게 해주겠단 건 거짓말이야."

"거짓말? 즉, Lie?"

니아는 어리둥절한 표정을 지으며 현실을 받아들이지 못했다.

"조금만 차분하게 생각해 봐. 네 게임의 패스워드를 내 단말에 입력했다가 문제라도 발생하면 성가셔지잖아? 그런 리스크를 생각하면, 방송하게 할 순 없어."

"키, 키리사는 퍼킹 O 자식!"

속였다는 사실을 순순히 밝힌 키리사는 본격적으로 소란을 피우기 직전인 니아를 향해 쌀쌀맞게 말했다.

"게다가, 다음 주에 뭐가 있는지 말해봐."

"뭔가 있었나요?"

"중간고사야. 알았으면, 잠자코 공부나 해. 고등학교 첫 시험에서 낙제점을 받았다간, 이번만이 아니라 장기간 방송을 못하게 될지도 모르거든?"

"끄, 끄으응…… 도와줘요, 카미! 치카와 키리사가 현실적인 소리만 늘어놓고……."

"사이자 양. 나도 낙제점을 안 받을 정도로는 공부하는 게 좋다고 봐."

"흐엥……."

만장일치 지적에, 최종적으로 니아는 완전히 풀이 죽고 말았다. 보아하니 우미가세의 말은 잘 듣는 것 같다. 앞으로 니아에게 잔소리할 때는 우미가세에게 맡길까…….

"자, 카미오는 여기 앉아."

니아의 설득을 마친 키리사는 안경테를 슥 올리고 본론에 들어갔다.

"오케이."

"그리고 이것과 이것을 열고……. 방음실에 있는 방송용 PC가 아니라서 영 어색하네."

그 후, 키리사는 투덜대면서 『VTube Salon』과 『Free Broadcaster Software』, 통칭 『FBS』 같은 소프트를 켰다. 처음 게 2D 일러스트를 움직이게 하기 위한 앱이며, 다음 건 방송 및 녹화 앱이던가── 흑역사도 때때로 도움이 되는걸. FBS는 나도 검색해서 다운로드 했던 기억이 있다.

"트래킹은 이 스마트폰으로 할 테니까, 이쪽을 봐."

"응……. 아, 맞다. 웹캠도 일단 샀는데, 그건 안 쓰는 거야?"

"아니, 있는 게 낫긴 해. 하지만 스마트폰 앱의 VTube Salon

과 카메라로 트래킹을 하는 것이 PC의 부담도 적고, 미오의 표정 재현도 깔끔해서 자연스러운 느낌이 될 거야. 그러니 기본적으로는 스마트폰을 이용하는 게 낫다는 걸 알아둬."

"흠흠, 그렇구나."

──이 트래킹의 의미를 대략적으로 설명하자면, '카메라에 비친 인물의 표정 추적'일까. 우미가세의 표정과 미오가 링크하기 위해, 카메라로 우미가세를 비출 필요가 있다. 어떻게 버튜버의 아바타가 움직이는지, 그 메커니즘을 간단히 설명하면 이렇다.

"스마트폰의 얼굴 인식만으로 트래킹을 하면, 사고도 발생하지 않거든."

"사고?"

"방송이 꺼졌다고 착각해서 이것저것 조작하다가, 웹캠에 영혼인 사람의 얼굴이 비치는 일도 있을 수 있잖아? 그렇게 되면 진짜 난리가 나지 않겠어?"

"하긴, 그랬다간 방송을 보면서도 영혼 쪽을 계속 의식하게 될 거야."

"응. 사람이 하는 일에는 실수가 뒤따르기 마련이라지만, 조심하는 편이 좋잖아."

리스크 관리와 모델링의 퀄리티. 두 측면에서 설명을 마친 후, 키리사는 마우스에서 손을 뗐다.

"준비를 끝냈으니까, 바로 시작하자. 자, 카미오. 뭐든 말 좀 해봐."

키리사가 그렇게 말하자, 내가 그린 잡담 방송용 배경 왼쪽 아래쪽에 미오가 출현했다.

대다수 스트리머와 마찬가지다. 흔히 볼 수 있는, 전형적인 방송 스타일이다.

"아~ 아~……『아~ 처음 뵙겠습니다. 시즈나기 미오예요. 하로와~』."

"우와……. 왠지, 성우 같네요."

우미가세의 평소 목소리──보다, 아주 약간 톤이 높고, 맑고 고운 목소리가 울려 퍼졌다.

품질이 뛰어난 마이크에 좋은 오디오 인터페이스를 썼기 때문이겠지만, 그보다는 목소리의 질 자체가 뛰어나서 그럴 것이다. 우미가세와 실컷 이야기해 본 나와 니아조차도 빨려드는 느낌을 받을 만큼 좋은 목소리였다.

"하로와…… 그 인사는 어떤 의미야?"

"'헬로 월드'를 줄인 거야. 어때? 괜찮을까?"

"본인이 마음에 들었으면, 됐어. 그리고 하이미오, 같은 걸 쓰면 기존의『미오』란 이름의 버튜버와 겹칠 수도 있거든."

"고마워.『그렇다면 오늘은 첫 방송인 만큼 힘차게……』."

우미가세는 테스트 삼아서 마이크를 향해 자신이 생각한 대사를 말했다. 그러는 와중에, 눈을 깜빡였다.

그러자 미오도 마찬가지로 입을 움직였으며, 눈을 깜빡였다.

자연스러운 표정을 짓고 있으며, 우미가세가 고개를 돌리면 미오도 같은 방향으로 고개를 돌렸다. 우미가세가 웃으면 미오도 미소를 지었으며, 약간 슬픈 표정을 지으면 미오도 눈을 내리깔았다.

언뜻 보기에는 어색함이 전혀 없었다.

멋진 모델링이다. 키리히메에게 부탁하기 잘했다고, 나는 진심으로 생각했다—— 키리사는 일러스트가 아니라, 이쪽으로도 충분히 먹고살겠어.

"리얼타임으로 생명을 불어 넣는, 그런 느낌이 들어요."

『응. 진짜 대단해. 내가 생각한 것보다 훨씬 퀄리티가 좋아.』

"그래. 살짝 감동할 레벨인걸."

화면상의 미오가 그렇게 말하자, 나 또한 감개무량했다.

……완성도는 물론이고, 이제까지의 고생을 생각하니 한층 더 기뻤다. 나와 키리사는 물론이고, 우미가세도 마찬가지였다. 니아도, 협력해 줬다.

다들 애썼어.

"배율이 이상하지 않아……. 가동 영역도 예상대로야……. 눈에 띄게 이상한 거동도 없어……. 카미오의 PC와 스펙이 다소 다르다고는 해도, PC 한 대로 FBS와 함께 게임을 돌려도 버벅이지 않아……. 이제 미오의 거동이 카미오와 완전히 맞물리도록 미세 조정을 하면……."

"어라."

동작 테스트 삼아 이리저리 만져보던 우미가세가 놀란 목소리를 냈다.

"왠지, 미오의 눈에서 빛이 사라졌는데……. 이건 의도하지

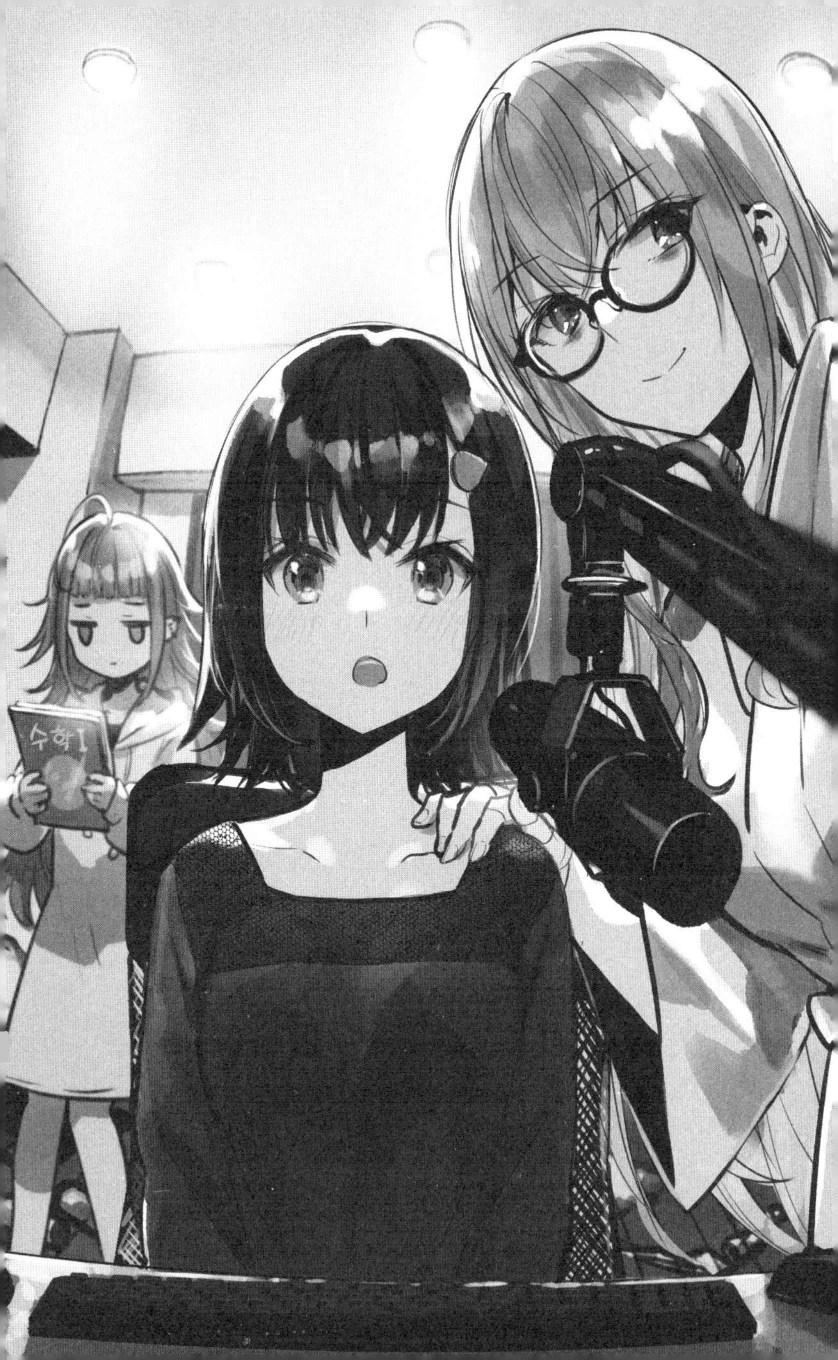
수학 I

않은 거야? 아니면 사양이야?"

"아, 그건 사양이야. 있으면 편리할 것 같아서, 그런 세트업도 만들어 봤어. 그 밖에도 뺨을 붉히는 패턴이나, 울상을 짓는 얼굴도 있어."

 화면을 보니, 미오가 정신이 병든 눈빛을 띠고 있었다. 눈에서 빛이 사라지고, 눈가에도 그림자가 졌다──. 이렇게 간단히 변경할 수 있는 건, 엄청난 기술력 아니야?

"그건 편리할 것 같고, 엄청나다고도 생각하지만…… 예를 들어서 이 표정은 언제 쓰면 돼?"

"그야, 뭐…… 누군가를 주방칼로 확 찌르고 싶어질 때라든가, 딱일 거야."

"완전 레어 케이스잖아. 솔직히 무서워! 그런 상황, 절대로 안 올 거잖아!"

"레어하기 이전에, 엣지할걸."

"후후. 좀 재미있는 조크네요, 치카."

"재미없으니까 아토리는 입 다물고, 사이자 양은 웃지 마!"

 웬일로 우미가세가 딴지를 날리는 상황이 벌어졌다. 하지만 진짜로 질색하는 것 같지는 않다고나 할까, 오히려 기뻐하는 표정인 게 괜히 인상적이었다.

§

 우미가세와 키리사는 모델링과 트래킹을 실제로 맞춰 보며 조정 작업을 했다.

　청소를 마친 나는 미오가 방송용으로 쓸 각종 일러스트를 그리는 작업을 했다.

　니아는 UborEATS(우보 이츠)라는 배달 앱으로 저녁밥 삼아 시킨 햄버거를 먹고, 하품을 하면서 시험 공부를 한다는 작업을 했다.

　각자가 각자의 작업을 하다 보니 어느새 심야 2시가 됐고, 키리사가 목욕하고 싶다는 타이밍에 잠시 휴식을 취하기로 했다.

"잠깐 실례해도 돼?"

　널찍한 베란다에 나가서 한밤의 마을을 관찰하고 있을 때, 뒤에서 목소리가 들려왔다.

　고개를 돌려서 보니, 우미가세였다. 어느새 옷을 갈아입은 것 같았다. 잠옷 대용인 흰색 스웨트를 입은 우미가세가 내 옆으로 오더니, 호주머니에서 뭔가를 꺼냈다.

"그냥 바깥바람을 쐬고 있었을 뿐이야. 너는?"

"그게 말이야……. 자, 받아."

　우미가세는 스마트폰과 함께 유선 이어폰을 꺼내더니, 그것을 일전에 구미를 줄 때처럼 한꺼번에 내게 넘겨줬다.

"'노래해 봤다' 영상, 완성했으니까 들어줬으면 해."

"오, 진짜야? 수고했어……. 공유 클라우드에는 올린 거야?"

"아니. 가장 먼저 아토리에게 들려주고 싶었거든."

"그랬구나. 그렇다면 키리사와 니아가 확인할 수 있게, 나중에 올려놔."

혹시 우미가세도 긴장한 걸까? 잘 생각해 보니, 남에게 자기가 부른 노래를 들려줄 기회는 같이 노래방에 갈 때밖에 없겠지. 게다가 이번에는 믹스 같은 것도 최대한 쓰라고 했다. 최소한의 객관적 의견을 얻기 위해, 내게만 들려주는 걸지도 모른다.
 아무튼 내게는 적당한 기분 전환이 될 것 같았다. 받은 이어폰을 귀에 꽂고, 기획의 리더가 아니라 일개 유저로서. 그런 느슨한 태도로. 나는 우미가세의 노래를 들어보기로 했다.
 "………………."
 "어때?"
 ──처음에 고막을 스친 건, 어쿠스틱 기타의 선율이었다.
 이윽고 우미가세의 노랫소리가 섞이기 시작하더니, 순식간에 3분가량의 재생 시간이 지났다.
 이 세상의 밤에는 나와 이 노래만이 존재한다.
 그런 기분에 사로잡혔다.
 "나는 처음 듣는 곡인데. 이건 누구 곡이야?"
 "나야."
 "설마, 직접 작곡한 거야?"
 "응. 기왕이면 애써 보려고 했거든. 어쿠스틱 기타를 연주하면서 노래한다면 과도한 믹스도 필요 없으니까, 작사 작곡에 집중할 수도 있었어."
 "………………."
 말문이 막혔다.
 너무 대단하니까.

넋이 나갈 정도로 끝내주는 가창력이었다. 투명한 느낌으로 흔들리며 포개지는 노랫소리에는, 섬세함 속에 강렬함도 있었다. 어쿠스틱 기타만으로 자아낸 소박한 멜로디도 더해지더니, 후렴을 들은 순간에는 소름이 돋았다. 다 듣자마자 또 노래를 재생시켰고, 세 번을 들으니 최종적으로 '아아, 이건 명곡이구나.' 하는 일종의 확신이 들었다.

 여기에 제대로 된 섬네일을 달고, 첫 방송 전에 투고하면──.

 충분한 선전이 될 것이며, 수많은 버튜버 사이에 섞이더라도 스타트 대시에 성공할 듯한 느낌이 들었다. 아무런 확증도 없지만, 내 주관이 그런 결론을 내렸다.

 "곡의 제목은 정했어?"

 "응.『52헤르츠 고래』야."

 "흐음, 혹시 원본이 되는 소재나, 모델이 있는 거야?"

 낯선 단어였기에, 반사적으로 그렇게 물었다.

 "있기도 하고 없기도 하지만, 그 곡에는 있어. 그런 고래가 있거든."

 부스럭거리는 소리가 옆에서 들려왔다. 우미가세가 호주머니에서 구미 봉지를 꺼내는 소리였다.

 오늘 꺼낸 것은 처음 보는 패키지였다. 시판되는 레모네이드 맛 구미다. 그 구미를 나한테 두세 개 주더니── 난간에 기댄 우미가세는 설명을 시작했다.

 "고래는 같은 주파수로 소리를 내서 다른 개체와 의사소통해."

"하지만 52헤르츠로 우는 고래는 세상에 한 마리밖에 없어."
"돌연변이인지 어떤지도 아직 모르나 봐."
"아무튼, 그 고래의 소리는 다른 고래에게 전해지지 않아. 그래서 그 고래는 '세상에서 가장 외로운 고래'라고 불린대."
"그런 고래가 있다는 이야기야."

 아무리 애타게 불러도, 목소리는 전해지지 않아.
 하지만 그거면 돼. 푸른 주파수는, 이윽고 투명한 바다에 사라졌다──.

 우미가세의 말과 이어지는 이 곡의 후렴 부분을, 나는 무심코 떠올렸다.
"어릴 적에 자장가 대신 엄마가 해준 이야기인데…… 딱히 대단한 이야기도 아닌데도, 인상에 엄청 남아서. 신기하지?"
 어머니는── 배우라고 했던가?
 유명인이든 아니든. 부모라면 자기 딸에게 그런 걸 해주고 싶어지는 걸지도 모른다. 아직 아이인 나는 잘 모르겠지만.
"아직 기억한다면, 우미가세한테 소중한 추억이 아닐까?"
"글쎄. 모르겠어. 잊지 않은 것을 보면 기억에는 남은 것 같은데, 딱히 아무래도 상관없는 일이라고도 생각해. 그게 다야."
 어느새 우미가세는 먼 곳을 보고 있었다.
 문득 한밤중의 축축한 공기만이 우리 사이를 지나쳤다.
"그렇다면 이번에는 내가 화제를 꺼낼 차례네."

난간에 기댄 자세에서 몸을 빙 돌리고, 우미가세가 나를 쳐다봤다.
 "문제를 내겠습니다. 나는 어째서, 아토리에 선생의 팬이 된 걸까요?"
 어렵네……. 무슨 바다거북 수프 문제냐. 정보가 너무 적어서, 힌트를 좀 줬으면 싶다.
 "그거 아니야? 야한 일러스트를 각별히 좋아한다거나?"
 "땡. 애초에 옛날에는 그런 걸 별로 안 그렸잖아?"
 "좋아하는 건 부정하지 않는다 이거군."
 "저, 저기, 그건 약간 성희롱 아니야?"
 "옥상 수영복 사건 때를 떠올려 주면 좋겠는걸."
 "사건 취급하지 마."
 뚱한 얼굴을 하고, 급기야 입을 다무는 우미가세. 더 추궁하는 것도, 내게 생각할 시간을 주는 것도 전부 부질없는 짓이라고 판단한 것 같다. 우미가세는 그대로 정답을 발표했다.
 "계기는 역시 생방송이었어."
 "뭐야. 또 그 이야기를 하는 거야?"
 노골적으로 질색하는 나와 달리, 우미가세는 여전히 열띠게 말했다.
 "애니 일러스트를 그리는 걸 별생각 없이 계속 보다 보니, 점점 관심이 생겼어. 그리고…… 순식간에, 팬이 된 거야."
 ……한 명이라도 팬을 늘렸다면, 그 하루하루는 의미가 있었을지도 모른다.

그런 식으로 멋들어지게 매듭을 지으려고 했지만, 흑역사의 쓴맛이 훨씬 강렬했다. 풍문에 따르면, 인터넷의 아토리에 스레드(게시판)에서는 때때로 그 시절 이야기를 파헤칠 때가 있다고 한다──. 정말, 하지 말 걸 그랬다. 그 책임은 나한테 있으니, 그저 후회하는 감정밖에 안 생긴다.

"그리고 나는, 아토리에 선생이 딱 한 번 코멘트를 읽어 준 적이 있어."

 나는 무심코 귀를 막고 싶어졌다. 하지만 우미가세는 용납하지 않았다. 자꾸 그 이야기를 한다. 이쯤 되면 집요하다거나 시끄럽다는 생각보다, 이 정도로 내 팬이 되어 줬다는 사실에 감탄할 것 같았다. 그래, 고마워. 그 정도는 말해줄 의향이 있다.

"그래서 뭐라고 했어? 당시의 아토리에 선생님은."

"원하는 것은……."

 그 말을 듣자마자, 우미가세는 답했다.

 마치, 오래전부터 이 말을 내게 전하고 싶었던 것처럼.

"원하는 것은, 그저 원한다고 생각하기만 해선 안 돼. 그것을 얻기 위한 고통이 따르고, 무언가를 희생한 끝에, 쟁취해야 하는 거야……라고, 말했어."

 아아.

 듣고, 곱씹고, 재확인했다.

 옛날 아토리에의 이런 부분이, 나는 정말 싫었고, 용서할 수 없었다.

 떠올리기 싫고, 다시는 생방송을 할 수 없다고 생각할 정도로.

"미안해……."

"어, 왜 사과해?"

"그야…… 무책임하잖아. 남이 어떤 상황인지도 모르면서 일방적으로 가치관만 들이대고, 잘난 척 말하고. 지금의 나는, 도저히 할 수 없는 짓이야."

 중학생 시절── 내가 방송하던 시절에는 한 20, 30명 정도의 시청자가 아토리에의 방송을 보러 와 줬는데, 그 정도 숫자면 코멘트도 많지 않기에, 못 보고 놓치는 일이 적었다.

 그리고 금지하지 않아서인지, 코멘트란에는 때때로 답이 없는 질문이나 개인적인 고민 같은 게 올라오기도 했다.

 그런 코멘트에 내가 한 대응이…… 그것이 흑역사가 된 진짜 이유다.

"전에, 내가 방송을 접은 이유를 물어본 적이 있지?"

"아, 응……. 고등학교 수험이라든가, 장래를 생각해서 관뒀다고 했잖아."

 말없이 고개를 끄덕였다. 하지만 그때는 말할 수 없었던, 말하고 싶지 않았던 이유가 있다.

 하지만 지금의 우미가세에게는 말해주고 싶어졌기에, 나는 느릿느릿 이야기하기 시작했다.

"나 말이야. 내 방송을 보러 오는 사람들을 소중히 여기고 싶었어. 그래서 잡담 방송 중에 가끔 올라오는 질문이나 고민에도 당시의 나는 나름대로 솔직하게 답했지."

『좋아하는 일을 직업으로 삼고 싶어서, 지금 다니는 회사를 그만둘지 고민하고 있어요.』

──일은 돈을 버는 수단이니까, 좋아하는 일을 하며 살아.

『재수할지 고민 중인데, 어쩌면 좋을까?』

──인생의 분수령이니까, 되도록 목표를 높게 잡는 편이 좋아. 도쿄대에 가라고, 도쿄대.

『인간관계로 고민하고 있어요. 사는 게 뜻대로 안 되어서, 힘들어요.』

──힘들겠네. 하지만…….

방송 중에 달린 코멘트 너머에는 하나하나의 사람이 있고, 때로는 고민이 있고, 그 고민에 대한 내 발언을 지금도 단편적으로 기억하고 있다.

"하지만…… 그래선 안 됐어. 시청자를 소중히 여긴다면, 적어도 내 억지 주장을 해서는 안 된다는 것을 깨달은 거야."

방송을 하면서, 아토리에서 점점 일을 받게 됐다.

그에 따라 주위 또래보다 빨리, 사회를 알게 됐다. 싫어하는 일, 뜻대로 안 되는 일, 참아야 하는 일이 잔뜩 있다는 것을 이해하고──.

그렇다. 말하긴 쉽다. 결국엔 남 일이니까. 나와는 상관없다. 내가 자기도취에 빠질 말을 골라서, 그냥 내뱉어도 문제없다.

……그런 자신의 어리석음과 무책임함을, 어느 순간 문득 깨닫고 말았다.

"최악의 경우, 나 혼자만 쪽팔리면 그나마 나아. 하지만 남의 인생과 직결되는 상담에서 내가 대충 한 말이, 조금이라도 상대에게 영향을 끼친다면…… 책임을 질 수 없잖아."

그걸 일찍 깨달은 걸까, 늦게 깨달은 걸까. 아무튼…….

"그래서 나는, 방송을 접은 거야."

"……."

"또한, 자신이 한 행동을 돌이켜보게 됐어. 내 발언이 상대에게 어떤 의미가 되는지도 생각하게 됐고, 간섭할지 말지를 구별하게 된 거야."

기준은 단순하다. 상대방을 잘 아는가, 모르는가.

자신에게 있어 그 상대가 소중한가, 아닌가.

"그래서 잘 모르는 남이 상의하더라도 내 주관을 강요하지 않으려 하고…… 협력관계도 아닌 니아를 이번 프로젝트에 끌어들이자고 키리사가 말했을 때도 주저했어. 특히 니아는 아무래도 상관없는 인간이 아니거든."

결국 니아에게 내 고집을 강요하고 말았지만, 그래도 직접적인 친분이 있으니 알지도 못하는 인간에게 지론을 늘어놓는 것보다는 그나마 낫다. 그리고 여차하면 내가 행동해서 책임을 질 수도 있다.

……옛날에 아토리에가 한 발언을 책임질 순 없지만.

"아토리에가 자신의 생방송을 흑역사라고 생각하는 이유는 이거야……. 이 이야기는 이걸로 끝!"

분위기를 환기하기 위해, 나는 결론을 힘차게 말했다.

……하지만 이야기를 들은 사람은 어떨까? 특히 아토리에의 당시 방송을 봤고, 당시에 아토리에가 한 말을 기억하는 사람에게는, 시시한 이야기가 아닐까?

"역시……."

"응?"

"아토리는, 다정해."

"넌 내가 한 말을 듣긴 한 거야?"

　대체 왜 그런 감상이 나오냐고 내가 말하기도 전에, 우미가세가 먼저 입을 열었다.

"분명, 다들 별로 심각하게 생각하진 않을 거야. 다들 자기 앞가림이 급급할 거잖아. 상대에 대해 생각하는 것만큼, 자기 자신도 소중히 여길 거잖아."

"그건 사람마다 다를 테고, 내 발언이 정당해질 이유도 안 돼."

"후후. 아토리는 자학적인 사람이구나……. 하지만, 아토리에 선생이 해준 말에 구원받은 사람이 한 명 정도는 있지 않을까?"

　그건…….

　나로선 인식할 수 없는 시점이다. 내가 가져선 안 되는 시점이라고 인식하고 있다.

　고작 한 명을 구원한 정도로, 내 흑역사는 청산할 수 없으니까.

"아토리에 선생 본인은 옛날의 자신을 인정하지 못할지도 몰라. 진짜로 이 세상에 단 한 명뿐일지도 몰라. 무책임한 발언이었던 것 또한, 사실일지도 몰라."

밤하늘에 빨려 들어가는 우미가세의 목소리를, 나는 그저 말없이 듣고 있었다.

 "그래도…… 단 한 명뿐일지라도, 아토리에 선생의 말이 누군가의 인생에서 빛이 됐다면, 나는 아토리에 선생의 방송에 의미가 있었다고 생각해."

 "……."
 "애초에, 방송 코멘트만으로 뭐든 정하는 사람에게도 문제가 있잖아. 어디까지나 하나의 의견으로, 자신의 앞날을 생각하기 위한 선택지로써, 시청자는 듣지 않았을까?"
 니아와 처음으로 대면했을 때와 마찬가지로, 상대를 배려하는 말을 고르며…….
 그때와 마찬가지로 온화한 미소를, 우미가세는 지금 내게 지어 보였다.
 "고마워."
 "아니야. 그건 내가 할 말이야."
 여러모로 생각해 보고, 말문이 막혔다. 그래서 결국 그 말만 머릿속에 떠올랐다.
 옛날 아토리에가 한 말이 사라질 일은 없고, 나는 여전히 아토리에의 생방송을 흑역사로 여긴다. 방송을 할 시간에 일러스트에 힘을 쏟았으면 더 실력이 좋아졌을 테고…… 나도 쓰디쓴 추억을 만들지 않아도 됐을 것이다.

하지만 아토리에가 옛날에 한 생방송을 아는 우미가세가, 그렇게 말해준 것이…….

……솔직히 기뻤다.

아주 조금이지만, 구원받은 기분이 들고 말았다.

이렇게 사소한 일로 마음이 풀리는 나 자신에 질색하면서도, 진짜로 싫은 건 아니라는 사실이 부끄러워서, 내가 아직 어린애라는 생각마저 들었다.

"버튜버 데뷔, 꼭 성공시키자."

우미가세의 말로 가슴이 벅찬 나는 겨우겨우 그렇게 말했다.

"뭐? 으, 응……. 물론 그럴 생각이긴 한데, 갑자기 왜 그래?"

"별일 아니야. 갑자기 애쓰고 싶어졌거든. 의욕을 말로 표현해 봤을 뿐이야."

말을 한 나 또한, 나답지 않은 말이었다고 여겼다.

하지만 결의를 다지기에는 충분했다.

앞으로도 시즈나기 미오의 버팀목이 되어 주자.

크리에이터로서 좋은 결과물을 내놓고 싶다는 감정에 버금갈 만큼, 방금 말해 준 우미가세 카미오를 위해 최선을 다하자.

그런 생각이 들 만큼, 우미가세가 방금 한 말은 내 마음을 움직였다.

"기다렸지? 자, 카미오. 목욕 마쳤으니까, 작업을 계속하자."

"들었지? 아토리도 이만 들어가자."

"그래."

방충망 너머의 방 안에서 키리사의 목소리가 들려왔다. 편백

나무 입욕제 향기도 감돌자, 나와 우미가세는 그 목소리에 이끌리듯 방 안으로 들어갔다.

"치카게, 혹시 좋은 일이라도 있었어?"

"뭐? 왜 그렇게 생각하는데?"

"그야 당연하지. 웃고 있는걸."

방에 들어간 나는 키리사의 지적을 듣고서야, 내 입꼬리가 살짝 올라간 것을 눈치챘다. 와, 왠지 무지 부끄러워. 하다못해 실실대는 얼굴을 더 보여주지 않게 조심해야지——. 그렇게 생각한 나는 오른손으로 입가를 가렸다.

하지만 기분 자체는 확실히 나쁘지 않았다.

§

잠시 눈을 붙이고 잡담 등을 중간중간에 나누고…….

아침이 되자, 새가 지저귀는 소리와 차가 지나다니는 소리가 밖에서 들려오더니…….

현재, 시계를 보면 일요일 낮 12시쯤이 됐을 때—— 드디어 키리사가 입을 뗐다.

"이걸로 완성하자."

"납득했어?"

"응."

소파에 앉아서 작업 상황을 지켜보던 우미가세가 키리사에게 다가갔다.

"일단 내 목표였던 '옆에서 보는 얼굴을 예쁘게 표현한다'는 클리어했으니까, 일단 여기까지만 하자. 남은 건 시간이 났을 때 2.0 같은 느낌으로 업데이트하는 방향으로 하고…… 이번에는, 이쯤에서 끝낼래."

상황을 정리하듯 그렇게 말한 키리사는 바닥에 그대로 벌러덩 드러누웠다.

"아아아아, 진짜, 피곤해애애애애애애! 죽겠어어어어어…… 일, 싫어어어어. 놀고 싶어어어어어어어, 라멘 먹으러 가고 싶어, 온천 가고 싶어, 쇼핑 가고 싶어어어어어…………."

그대로 바닥에서 데굴데굴 굴러다니면서, 울부짖듯 고함을 지르기 시작했다.

"푸핫."

"치카게, 지금 웃었어? 웃었지? 뭐야, 웃겨? 내가 우스꽝스러워?"

"아, 아니야. 안 웃었어. 뭔가 괴상망측해 보인다고는 전혀 생각하지 않았어."

"생각했잖아!"

"저기, 있잖아."

말리는 것치고는 너무 들뜬 목소리로, 한창 다투고 있는 나와 키리사에게 우미가세가 이렇게 말했다.

"트미터에 올려도 돼? 실은 첫 방송 날짜 같은 게 담긴 문장을 이미 짜놨거든."

들뜬 우미가세에게서 더는 못 참겠다는 느낌이 노골적으로 느꺼졌다.

"본격적인 트렌드 입성은 나중에 노리면 될 거야. 징 올리고 싶으면, 그렇게 해."

키리사가 허락하자, 우미가세는 스마트폰을 꺼내서 화면을 몇 번 터치했다.

아직 팔로우는 안 했지만, 시즈나기 미오의 트미터 계정 자체는 알고 있다. 그래서 나와 키리사도 자기 스마트폰으로 내용을 확인했다.

【시즈나기 미오@Sizunagi_Mio】
하로와~.
버츄얼 등대지기, 시즈나기 미오야.
5월 15일 18시에 첫 방송을 할 거니까, 다들 보러 와~.
방송 장소는, 이 글에 URL 달아뒀어(^^)
#시즈나기_미오_첫방송 #버튜버_준비중 #첫투고

미오의 첫 투고에는, 내가 그린 그림이 달려 있다.

1920픽셀×1080픽셀로 그린 세계 안에서, 미오는 투명한 바다와 새하얀 등대를 배경 삼아 해맑은 표정을 짓고 있다.

우미가세 카미오의 분위기를 남기면서, 캐릭터인 시즈나기 미오를 만든다.

내가 일러스트를 그리기 전에 정한 테마를, 일관되게 유지했다고 생각한다.

"자, 치카게. 나도 반응할 테니까, 아토리에도 빨리 반응해."
"알았어."
나도 선전용 문장을 입력해서 트미터에 올렸다.

【아토리에@4telier】
공지입니다! 이번에 시즈나기 미오의 디자인을 맡았습니다!
첫 방송 날짜도 정해진 듯하니, 여러분도 응원 많이 해주세요!

【키리히메@Kirihime】
시즈나기 미오의 모델링을 담당했습니다. 귀엽고 착할 뿐만 아니라, 노력가인 아이예요. 체크해 주시면 감사하겠습니다.

"두 사람 다, 트미터 말투가 평소와 다르네."
"응. 이게 반응도 더 좋고, 캐릭터를 만드는 편이 객관적이면서 냉정하게 행동할 수 있는 데다, 무엇보다 아이콘도 더해지면서 자기가 미소녀가 된 듯한 느낌을 즐길 수 있거든."
"이, 이제껏 들은 아토리의 말 중에서, 가장 좀 그런 것 같아."
좀 그렇다. 말이라는 것은 참 편리해서, 직접적인 표현을 쓰지 않더라도 뉘앙스만으로 상대에게 의미를 전할 수 있다. 불만이 있으면 어디 말해 보시지. 아앙?
"나 같은, 경우에는, 일거수일투족이 다양한 영향을 끼칠 수, 있으니까……."
"어이, 키리사?"

"…………크으."

아무래도, 키리사는 체력이 이미 한계인 것 같았다.

갑자기 조용해지고 그대로 쓰러지더니, 약 1분 만에 잠들고 말았다.

"고마워. 네 덕분에, 나는 마마가 될 수 있었어."

새근새근 잠든 키리사를 향해, 나는 감사의 말을 건넸다. 사실은 직접 말해줘야겠지만, 나중에 한 번 더 말해주면 된다. 일부러 깨우는 건 민폐일 것이다.

"이대로 내버려두긴 뭐하니까. 침대로 옮기는 게 좋겠어."

그렇게 말한 우미가세는 잠든 공주님을 업었다. 키리사의 머리카락에 걸린 안경을 책상 위에 둔 우미가세는 "나를, 받아줘서 고마워……." 하고 작게 중얼거리며 거실 안쪽에 있는 방으로 향했다. 포개지는 두 사람의 뒷모습. 나는 그걸 보며, 말로 표현할 수 없는 성취감이 들었다.

……진짜 이상한 형태로 시작하기는 했지만, 해본 적이 없는 일에 다 같이 도전한 것은 엄연한 사실이다. 숨김없이 본심을 털어놓자면, 나는 즐거웠다.

우미가세는 어떨까? 내게 부탁하길 잘했다고 생각할까?

키리사와 니아, 두 사람은 어떨까? 원치 않게 휘말린 처지지만, 조금이라도 즐거웠을까? ……그랬으면, 좋겠다.

처음 오기 전보다 깨끗해진 거실을 보면서, 나는 멋대로 그런 생각을 했다.

첫 방송, 기대되는걸——.

"어라…… 하지만, 뭔가 잊은 듯한 기분이…….."

"하암……."

입을 크게 벌리며 하품한 니아가, 거실로 터벅터벅 들어섰다.

"아. 굿모닝, 치카."

"지금은 점심때야……. 너, 저녁 먹고 어디 갔었어?"

"물론 저쪽이에요. 이야, 오래간만에 콘솔 하드의 게임 소프트를 즐겼는데, 나름 재미있네요."

눈을 비비면서 우쭐대듯 감상을 말한 니아는 복도 한편의 방음실 쪽을 손가락으로 가리키더니, 다른 한 손으로 게임기를 쥐고 있었다.

"키리사의 방음실에서, 게임? ……공부는?"

"그게…… 뭐, 안 되면 보충수업을 들으면 돼요. 그렇다면 니아는 밤까지 잘 테니까……."

한 번 심호흡을 하면서 자기 자신을 최대한 진정시킨 후——.

"한 시간이라도 좋으니까 공부해. 안 그러면, 내 방 출입을 금지할 거야."

"어, 지, 지금부터요?! 너무해……. 으엥."

"울고 싶은 건, 너를 감시해야 하는 바로 나라고."

나도 졸리다고. 젠장, 니아는 여전히 요주의 관찰 대상이네.

【#7】5월의 버츄얼 신데렐라

사람이 할 수 있는 일을 다 하고서 하늘의 뜻을 기다린다.
그런 말이 있다.
지금의 우리에게 딱 맞는 말이다.

2D 모델이 완성되고 일주일 후. 날짜로는 5월 15일.
시즈나기 미오의, 고대하던 첫 방송일—— 우미가세를 제외한 우리 세 사람은 공개 관람 대신에 우리 집에 있는 내 작업 공간의 모니터 앞에 모여 있었다.
구체적인 방송 내용에 관해서는…… 전혀 듣지 못했다.
또한 방송 내용에 관해서는 전혀 이야기를 나누지 않았다.
본인이 하고 싶은 것을 한다고 하는 대전제가 존재하고, 우리는 그것을 위한 보좌와 조언만 했다. 방송 이외의 부분을 지원한 만큼, 방송 내용 자체에는 간섭하지 않는다——. 우미가세 또한 간섭이나 참견을 들으면 의욕이 떨어질 것이다. 나조차도 그렇게 생각하는 만큼, 실제 버튜버인 키리사와 니아도 그런 점을 신경 쓰지 않을 리가 없다.
그래서…….

……앞으로 어떻게 될지 전혀 몰라, 우리도 긴장하고 있다.

"곧 있으면 6시예요……. 으윽. 왠지, 심장이 몸 밖으로 튀어나올 것 같아요……."

"아, '시즈나기 미오 첫 방송' 태그가 트렌드 랭킹에 들어갔어. 이 타이밍에 한 번 더 선전이 되도록, 인용 RT를 해야지……. 자, 니아도 빨리 해."

"네……."

기특하게도 니아가 키리사의 말에 순순히 따랐다. 어이어이, 이건 평소 같으면 있을 수 없는 일이잖아.

"왜, 왠지, 순순히 따르는 것 같네. 어째서야?"

"그야, 지금의 키리사는 키리히메 선생으로서 행동하고 있잖아요? 그러니 순순히 따르는 거예요. 키리히메 선생은 니아에게 은인이니까요. 니아가 즐겁게 방송할 수 있는 건, 키리히메 선생 덕분인걸요."

"니아."

"뭐. 평소의 키리사는 시끄럽고 까다로운 데다 입만 벌렸다 하면 잔소리만 늘어놓는, 찌찌와 엉덩이만 자란 스케어리 몬스터지만…… 우우웁…… 우웩."

"잠깐 감동한 시간을 돌려내."

발끈한 키리사는 니아의 두 어깨를 잡고 마구 흔들어댔다. 어이, 여기서 토하지 마. 치우기 귀찮으니까, 하다못해 화장실에 가서 토하라고.

……그렇게 평소처럼 저 두 사람의 노닥거림에 정신이 팔려

있을 때가 아니다. 깔끔하게 무시한 나는 내 작업용 PC로, 사전에 손쓴 포석의 성공을 확인하는 작업을 이어갔다.
 하나같이 반응이 좋았다.

 키리사의 집에 모여서 밤샘 작업한 끝에 시즈나기 미오가 탄생한 바로 그날.
 작업의 열량을 이어가듯, 다음 날부터 우리는 선전 전략을 실시했다.
 『아무리 멋진 것을 창작해도, 사람들 눈에 띄지 않으면 의미가 없어. 번잡한 요즘 세상에서 살아남으려면 퀄리티와 콘텐츠 파워, 흡입력과 운이 필요해. 그 밖에도 커넥션과 자기만 할 수 있는 특기가 있으면 더 좋아.』
 일전에 키리사가 디그코드에 쓴 그 말이, 바로 우리의 원동력이다.
 ……필요한 것이 너무 많다는 점은 넘어가고.
 미오가 가진 카드를 전부 써야 한다는 점에는 완전 동의한다.
 안 그러면 스타트 대시에서 띄울 수 없으니까.

 "하기 전에 띄우고 싶진 않지만, 솔직히 말해 SNS 전략은 완벽했다고 봐. 전략을 실시한 우리가 보기에도, 이렇게까지 잘 풀릴 줄은 몰랐어."
 어떻게 보면 방심한 것 같은 발언.
 하지만 듣고 있는 두 사람이 고개를 끄덕이는 걸 보고, 이 점은 공통된 인식임을 깨달았다.

그로부터 일주일 동안—— 미오의 첫 글에는 『귀여워』, 『얼굴이 끝내줘』, 『첫 방송 꼭 볼게요!』, 『완전 기대』 같은 답글이 300개가 넘게 달렸다.

좋아요는 5만 개가 넘었다.

첫 번째로, 아토리에와 키리히메의 네임밸류가 컸던 거겠지. 나와 키리히메가 올린 트미터 공지에도 미오의 글 못지않거나, 혹은 더 많은 좋아요가 달렸다. 하지만 여기까지는 어디까지나 예상대로 된 셈이다.

【시리우스 러브 베릴포핀 @XxX_SLB_XxX】
어이! 이 몸의 친구가 첫 방송을 한다니까, 한가한 것들은 꼭 봐!
참고로 목소리 되게 귀엽고, 노래도 잘해! 응원할 거면 처음부터 하라고!

추가로 시리우스가 반응을 보인 것도 컸다.

다른 버튜버와 교류가 적고, 나아가 SNS는 방송 공지를 위한 전단지 뒷면 정도로만 여기는 시리우스가 처음으로 순수한 선전 공지 트윗을 올린 것이다.

이게 선전이 안 될 리가 없었다.

그렇게 던져진 확산이란 돌멩이는 트미터상에서 파문처럼 퍼져나가더니, 시리우스를 기점으로 일러스트레이터, FPS의 프로 게이머, 성우…… 급기야 아무 접점도 없는 다른 사무소의 유명 버튜버까지 반응을 보인 결과, 기업 소속이 아닌 개인 세력 버튜버로서는 믿기지 않을 정도의 주목을 받았다.

"그리고…… 역시, 카미의 노래 영상이 먹힌 거겠죠."

"그래. 틀림없을 거야. 아무리 생각해도 초보자로 보이지 않을 만큼 잘 불렀잖아. 그냥 뮤지션이 되는 게 낫지 않을까 싶을 만큼, 좋은 곡이었어……."

그리고 오늘까지 준비한 선전의 마지막이 그거다.

시즈나기 미오의 채널에는 예약이 걸린 첫 방송의 섬네일 말고도, 다른 영상이 하나 더 올라와 있었다.

제목은 52헤르츠 고래. 섬네일은 내가 그린 그림. 미오가 어쿠스틱 기타를 안고 방파제에 앉아서, 동틀 무렵의 바다와 등대를 배경으로 삼고 있는 그림이다.

단순히 유명한 노래를 부른 게 아니라 직접 만든 악곡을 연주하며 부르는 영상이다. 아무리 완성도가 높더라도 이것만으로는 주목을 받지 못하고 인터넷 바다에 잠길지도 모르지만…… 우리가 한 선전과 버튜버라고 하는 콘텐츠 파워가 더해지면 이야기가 달라진다.

미오의 채널에 들어가서 확인해 보니 52헤르츠 고래는 이미 10만 번 넘게 재생됐으며, 영상의 코멘트 란에는 『가수일까』, 『진짜 잘하네』, 『첫 방송도 기대』 같은 코멘트가 달려 있었다.

채널 구독자도 아직 첫 방송도 안 했는데 5만 명이 넘었다.

……5만 명. 웬만한 돔 공연장을 가득 채울 수 있는 숫자다. 물론 시청자도 사람인 만큼, 숫자만으로 판단을 내리는 것은 좋

지 않다. 그건 알지만…….

 규모가 이 정도나 되면 당연히 나도 긴장하고, 커피를 너무 마셔서 화장실을 오가고, 안절부절못할 수밖에 없다. 차라리 빨리 방송이 시작되면 각오가 설 텐데. 시간이 너무 느리게 흐르는 느낌이 들었다.

"아, 방송, 시작한 것 같아요."

 방송 대기 화면으로 넘어가고, 화면 오른쪽 위에 채팅란이 표시됐다.

"우와, 코멘트 되게 빨리 달리네……. 시청자는…… 1만?!"

 이 시점에서 파격적이라고 할 수 있는 시청자 수였다. 하지만, 1만으로 끝이 아니었다.

 2만, 3만, 5만…… 실시간으로 시청자 수 갱신이 이뤄질 때마다 숫자가 커지더니, 최종적으로는…….

"10만 명?! 오 마이 갓! 대박, 대박, 대박! 사람 미치도록 몰렸어요!"

 니아는 앉아 있던 식탁 의자에서 떨어질 뻔했다. 나도 눈으로 확인해 보니 진짜로 10만 명이었으며, 지금도 천 명 단위로 서서히 늘어나고 있었다.

——최근 들어 버튜버 전체의 시청자 수가 증가하면서, 인기 버튜버의 방송 시청자 수가 1만 명이 넘는 일 자체는 적지 않다. 실제로 시리우스는 영어로 이야기할 수 있는 점 덕분인지 평균 2, 3만 명 정도의 시청자가 방송을 봐 준다. 그리고 유명 일러스트레이터인 키리히메도 방송을 하면 1만 명 정도의 시청자가

보러 온다. 그리고 현재 한창 인기를 구가하고 있는 최정상급 버튜버라면, 평균적으로 5만 명 정도의 시청자가 방송을 보러 모인다.

 실제로 버튜버는 이미, 확고부동한 인기를 구가하는 콘텐츠인 것이다.

 ……하지만 무명의 신인, 사무소에 소속되지 않은 개인 세력, 그리고 첫 방송.

 그런 조건에서 이 숫자는…… 솔직히 말해 대단하다는 말로 넘어갈 수 있는 차원이 아니다. 이례적이며, 전례가 없다. 정상이 아니다. 우리가 이렇게 되도록 유도하기는 했지만, 진짜로 실현되자 다리가 풀릴 것만 같다.

 이 압도적인 시청자 수를, 미오가 부담으로 느끼지 않으면 좋겠는데…….

 "드, 드디어 시작하네요……. 파이팅, 카미."

 "말실수를 조심하라고 말해뒀어. 손바닥에 사람 인(人) 자를 써서 삼키란 말도 해뒀어. 그러니…… 응. 이제는, 본인의 능력을 믿어볼 수밖에 없네."

 나는 텀블러에 담긴 커피를 한 모금 마신 다음, 심호흡을 한 번 했다.

 주사위는 한참 전에 던져졌다. 이제 와서 허둥대도 소용없다. 딱히 범죄를 저지르려는 것도 아니고, 애초에 처음부터 완벽한 방송을 하는 사람이 드물 것이다.

 우리는 이 방송이 어떻게 되든, 끝까지 지켜볼 뿐이다.

"힘내, 미오."

 우미가세가 하고 싶은 일을 할 수 있도록, 조력자로서 응원할 뿐이다.

【첫 방송】시즈나기 미오예요. 잘 부탁해~~ (^O^)【그리고 자기소개】

『아~ 아…… 여러분, 들리시나요~. 목소리 볼륨이라든지, 괜찮나요?』
『……그렇다면 시작할게요. 하로와~ 시즈나기 미오예요. 오늘이 버튜버로서 첫 방송이라 엄청나게 긴장했는데, 활기차고 즐겁게 할 수 있도록 노력할게요. 잘 부탁해요.』

"생각보다 차분하게 이야기하는 것 같아."
"네. 카미는 남들 앞에 서는 일에 익숙한 걸까요."
"카미가 아니라, 미오야."
"그, 그랬죠. 무심코……."
 스타트는 합격점일까. 코멘트도 『귀여워』, 『왔다』, 『하로와』 등, 대체적으로 호의적인 코멘트였다. 『노래 들었어요!』 같은 코멘트도 나오는 것을 보면, 예전 영상을 보고 이 첫 방송을 보러 온 시청자도 많을 것이다.
 얼추 가벼운 인사를 마친 후, 이윽고 자기소개로 넘어갔다.

『그렇다면 첫인사는 이쯤 하기로 하고, 다음은 자기소개를 할 게~. ……영차.』

☆이름 : 시즈나기 미오
☆키 : 163센티미터 ☆혈액형 : A형
☆직업 : 버츄얼 등대지기 겸 고등학생
☆사는 곳 : 버츄얼 등대
☆마마 : 아토리에 선생 ☆파파 : 키리히메 선생
☆좋아하는 분야 : 음악, 요리, 운동, 각종 게임, 애니메이션
☆좋아하는 것 : 구미, 일러스트, 악기, 점박이 물범

『물범 좋아해요? 냐고? 응! 특히 갓난아기일 때는 동글동글한 게 아장아장 움직여! 어흠. 미안해. 좀 흥분했네……. 그래도, 진짜 귀엽긴 해.』

"각종 게임을 좋아한다는 말은, FPS에 편견이 없단 거겠죠?"
"미오와 해보고 싶은 거야?"
"네. 항상 이길 생각만 하면서 게임을 하다 보니까요. 친구와 즐겁게 게임을 해보고 싶고, 미오랑 같이 놀고 싶은데…… 괜찮을, 까요?"
"나중에 본인에게 부탁해 봐. 괜찮을지는 미오에게 달렸어."
방송 화면에 비친 슬라이드에는 미오의 퍼스널 데이터가 정리되어서 실려 있었다.

미오의 의상에도 있기 때문일까? 물범에 관심을 보이는 시청사가 많은 느낌이었다. 『이해해』, 『점박이물범, 좋지』, 『점박씨 말이구나?』 같은 코멘트가 눈길을 끌었다── 끼리끼리 모인다고 할 정도는 아니지만, 좋아하는 사람은 코멘트를 달고 싶은 걸지도 모른다.

　아무튼, 자기소개와 관련된 코멘트를 미오가 읽다 보니 어느새 15분이 지났다.

　이윽고, 트미터 등에서 방송 공지를 할 때 필요한 방송 태그를 시청자와 함께 생각하는 단계로 넘어갔다.

『앙케트 경과. 생방송 태그는 「#시즈나기_등대방송」, 팬아트의 태그는 「#미오의_수료표」로 결정됐어. 짝짝짝······. 그래. 다들, 괜찮다면 일러스트를 그려줬으면 해. 삼면도는 트미터에 올려둘 테니까, 참고해줘~.』

"팬아트, 정말 기대되는걸."

"아토리에의 지명도 향상으로 이어지기 때문이야? 전에 그런 말을 했었잖아."

"아······ 뭐, 그것도 있긴 하지만 그냥 기분이 그래. 내가 그린 딸을 남이 창작하고 싶어 하는 건, 역시 기쁜 일이야. 키리히메도, 그렇지 않아?"

"응. 그건, 그래."

"왜, 왜 니아를 쳐다보는 건데요?"

☆이름 : 시즈나기

☆키 : 163센티미터 ☆혈
☆직업 : 버츄얼 등대지
☆사는 곳 : 버츄얼 등[
☆마마 : 아토리에 선성

☆좋아하는 분야 : 음
☆좋아하는 것 : 구미

- RIO2 옷에도 점박
- 미미코 귀여워!
- 알파카악단 물범
- 티레타로 물범

"너무 갭이 커서 멘탈이 무너졌을 뿐이야……."

어느새 방송을 시작하고 50분 정도가 흘렀다.

일단, 첫 방송은 한 시간 정도로 끝내기로 했는데…… 어떻게 될까?

『와. 벌써 한 시간이 지났네. 어쩌지? 실은 사전에 모집한 질문도 읽을 생각이었는데, 이러다간 한 시간을 넘기겠어.』

『……방송을 새로 파라고? 좋아, 그 아이디어 채용할게. 일단 첫 방송은 이쯤에서 끝내고, 한 시간 휴식을 가진 후에 8시부터 질문 답변 방송을 할까 해. 갑작스러운 결정이지만, 혹시 보러 와준다면 기쁠 것 같아.』

『아, 맞다. 아는 사람도 있겠지만, 일단 선전해 둘게.』

『이 채널에 노래 영상이 있으니까, 그걸 봐주면 참 기쁠 것 같아. 가능하면 들어봐 줘~. 그러면 이쯤에서 끝낼게.』

『첫 방송, 보러 와 줘서 고마워. 즐거운 방송이 될 수 있도록 나도 즐길 생각이니까, 앞으로 잘 부탁해. 그렇다면 또 봐~.』

"끝났네."

"끝났네요……. 하아, 피곤해."

시즈나기 미오의 첫 방송, 종료.

완전히 방송이 종료될 때까지, 경쾌한 무료 음원과 함께 여운에 젖은 시청자들의 코멘트가 올라왔다. 『수고했어요』, 『다음 방송 시작되기 전에 씻고 와야지』, 『목소리가 너무 좋아~』. 겨우 눈에 들어온 몇몇 코멘트는 역시 호의적이었다.
 일단은 안심해도 될지도 모른다.
"처음치고는 좋은 방송 같지 않아요?"
"응. 방송 경험이 전혀 없는데도 처음에 이만큼 했으면, 백 점 만점이라고 생각해."
 키리사는 팔짱을 끼며 높이 평가했다. 나도 동감이었다. 시즈나기 미오라는 버튜버가 어떤 분위기의 방송을 하는지, 이번에 본 시청자들에게 충분히 전해졌을 것이다.
 목소리는 아름답고, 발언 내용에 문제는 없다. 즉, 왕도적인 정통파 버튜버다.
 레드 오션에 강림한 대형 신인으로서, 히트할 만하다.
 이제는 처음의 이 기세를 언제까지 유지할 수 있을지가 관건인데······.
"어이, 잠깐만 있어 봐."
"이제야 눈치챘구나."
 화면을 보다 보니, 조그마하게 표시된 숫자가 눈에 들어왔다.
 구독자 20만 명.
 기묘한 존재감을 뿜으며, 그렇게 적혀 있었다.
"10만 명이 보러 왔는데, 구독자 수가 20만 명이 넘다니, 대단해요······. 정말 대단하다고요!"
 기뻐서 소리치는 니아. 반대로 키리사는 팔짱을 끼며 긴장한 표정을 유지했다.
 사실은 키리사도 대놓고 기뻐하고 싶겠지만······ 이제 막 시작한 참이니까. 지금 너무 흥분해서 실수하지 않게끔 자제하는 걸지도 모른다.

"어쩌면 우리는 엄청난 스타를 낳은 걸지도 모르겠는걸."

"그것도 그렇지만, 앞으로도 큰일일 거야. 이렇게 인기를 얻은 만큼, 우리가 서포트해줄 수 있는 일은 협력해 주고, 멘탈 면에서도 버팀목이 되어줘야 해……. 그렇다면 우선……."

"뭔가 할 일이 있나요?"

니아의 질문을 받고서야…….

키리사는, 환한 미소를 머금었다.

"10만 명 목표 달성 기념으로, 케이크라도 주문하자."

§

이렇게 미오는 화려하게 데뷔했지만, 시즈나기 미오가 후원이 없는 개인 세력 버튜버란 사실에는 변함이 없다.

오히려 크게 각광을 받았기에 원래라면 혼자서 소화할 수 있는 일을 소화할 수 없게 되고, 예상했던 것보다 훨씬 큰 규모 탓에 쩔쩔매는 상황이 벌어질 가능성도 있다.

그렇기에. 첫 방송을 했으니, 뒷일은 알아서…… 하고 내팽개치는 게 아니라, 초반에는 우리도 할 수 있는 범위에서 협력하기로 했다.

그리고 이 아래에 실린 건, 그 비망록 및 매 상황에서 미오가 한 코멘트다——.

§

◆5월 18일(수요일)

"일단 확인해두겠는데……『클라운 나이트메어』는 제작사 측에서 동영상 사이트에서의 방송을 허락했어. 잘됐네, 카미오. 다음 방송은 문제없이 할 수 있겠어."

"………………."

"입 다물어도 소용없어. 이미 결정된 일이야. 그리고 룰렛을 돌린 건 카미오잖아?"

"게다가 호러 게임을 빼면 치사하다는 이유로 넣은 거잖아. 그러니 이제 와서 '역시 RPG할래요'라고 말할 수도 없다고."

"하지만…… 진짜로, 무리란 말이야……. 어쩌지……."

【Clown Nightmare】피에로한테서 도망칠게요!【시즈나기 미오】

『잠깐만, 진짜 무서워! 뭐야, 제대로 숨었는데! ……꺄앗!』

첫 방송 및 질의응답 다음의 방송에서, 미오는 호러 게임 방송을 했다. 게임 타이틀은 『클라운 나이트메어』. 피에로한테서 도망치며 서양식 저택을 탈출하려고 하는 단순한 게임이며, 최근에 버튜버 사이에서 화제인 타이틀이다.

그리고 왜 이렇게 겁을 잔뜩 먹으며 질색하면서 첫 게임 방송에서 호러 게임을 하는지, 그 이유를 설명하자면…….

 미오 자신의 운이 나빴다, 고 말할 수밖에 없다. 첫 게임 방송에서 어떤 장르를 할지를 지난 생방송 중에 룰렛 앱을 이용해서 정한 결과, 호러 게임을 뽑고 말았다──. 호러 게임 구멍에 구슬이 쏙 들어간 순간, 솔직히 웃음을 터뜨릴 뻔했다.

 그렇게 호러 게임이 질색이면 호러 게임 장르를 룰렛에서 빼면 됐을 텐데. 쓸데없이 정정당당하다고 할까, 바보같이 솔직하달까…….

 ……하지만 불쌍할수록 귀엽다, 라는 말도 있다.

 이 호러 게임 방송의 아카이브는 이미 100만 번 재생됐으며, 그 방송을 계기로 채널 구독자 수는 30만 명을 돌파했다.

【시즈나기 미오@Sizunagi_Mio】
 호러 게임 방송 수고……. 소리를 너무 질러서 목이 아파.
 그리고 섬네일용 그림과 팬아트를 그려준 사람, 정말 고마워. 모두의 일러스트를 보기만 해도, 참 행복한 기분이 들어!
 괜찮다면, 앞으로도 내 방송을 계속 봐줬으면 해.

 ◆5월 22일(일요일)
 "이번에 노래를 부를 생각인데, 단독주택에 살면 방음실을 안 사도 될까?"
 "방음실은 얼마나 하더라?"
 "니아와 키리사가 쓰는 회사의 제품은 양쪽 다 100만 엔이 넘어요."

"비싸~."

"아. 하지만 렌탈도 가능하고, 니아가 흥정을 하면 좀 싸질지도 몰라요."

"단독주택에 살면 그렇게까지 안 해도 돼. 그것보다, 방송에 주위 환경음이 들어가는 걸 신경 쓰는 편이 좋을 거야."

"알았어~."

【노래&연주】30만 명 돌파 기념! 추천곡도 모집 중!【시즈나기 미오】

『세 번째 곡은 2인조 밴드 「나나요루」 씨의 「가연성 소녀」였습니다. 역시 이 곡은 후렴부에서 텐션이 확 솟구친다니깐~.』

채널 구독자 수 30만 명 돌파를 기념해, 미오는 노래&연주 방송을 했다.

이 방송을 통해, 미오는 버튜버로서만이 아니라, 한 명의 음악가로서도 스타트한 듯한 느낌이 든다. 그것을 뒷받침하듯, 52헤르츠 고래의 재생 횟수는 100만 재생을 돌파했고, 노래 영상의 코멘트에는 『초견(처음 보러 옴)』 코멘트가 많았다.

……역시 미오의 음악 센스는 비범한 것 같았다. 왜냐면 프로 싱어송라이터와 애니송 가수 등도 52헤르츠 고래라는 악곡에 반응을 보였으니까. 칭찬 코멘트를 자기들 트미터에 올렸으니까. 프로가 봐도 멋진 곡이라고, 평가를 받았으니까.

【#7】5월의 비츄얼 신데렐라

그렇게 미오는 자기 자신의 화제성에 탁월한 음악 센스를 더해서, 이제까지 버튜버를 본 적 없는 층으로부터도 지지를 받는 데 성공했고—— 채널 구독자는 그것을 통해 가속도적으로 늘어났다.

【시즈나기 미오 @Sizunagi_Mio】
노래&연주 방송 수고했어요! 오래간만에 노래했더니, 기분 전환도 됐어요(^O^)

방송을 해보고 느낀 건데, 코멘트를 주는 분들에게는 진심으로 감사하고 있어. 방송을 봐주는 것만으로도 기쁘지만, 코멘트를 받으면 누군가가 봐주고 있다는 걸 실감하게 돼.

요즘은, 하루하루가 즐거워!

◆5월 29일(일요일)
"FPS가 어떤 건지, 카미도 아나요?"
"응. 총을 쏴서 적을 죽이는 게임이지?"
"그, 그렇긴 한데, 참 무시무시한 발언처럼 들리네."
"오케이예요. 그 정도만 알고 있으면, 이제 실제로 해보면서 익히도록 하죠. 아, 맞다. 『AA』는 셋이서 한 팀이 되는데, 키리사도 같이 안 할래요?"
"나는…… 됐어. 다음 기회에 같이 할게."
"니아한테는 당당하게 잔소리를 할 수 있으면서, 최애 상대로는 거리를 둔다 이거군……."

"느, 느닷없이 대화에 끼어들지 마."

【Artificial Army】 시리우스에게 배우자! 【시즈나기 미오】
『굿이브닝……. 어, 들리나요?』
『드, 들려. 괜찮아…… 괜찮다.』
『아, 다행이야. 안녕하세요, 시즈나기 미오예요. 오늘은 잘 부탁드려요~.』
『음. 그렇다면 인사를—— 어둠의 장막이 드리울 때—— 전뇌가 피로 가득 찼을 때—— Welcome to my Galaxy. 짐이 바로 별을 보는 흡혈공주, 시리우스 러브 베릴포핀이다! ——좋아, 바로 시작하자!』
『오케이……. 하지만, 정말 괜찮을까. 나, FPS를 처음 해보니까 엄청 서툴 거야.』
『처음은 누구나 서툰 법이니 신경 쓰지 마. 그리고 짐이 하자고 한 만큼, 어이없어 하거나 화내는 일은 절대로 없어. 그건 안심해.』
『……저기, 다들. 이런 느낌으로, 시리우스는 진짜 귀여워.』
『자, 잠깐만, 그건 영업 방해예요…… 방해다!』

 그날, 미오는 첫 콜라보 방송을 시리우스와 했다.
 ……서서히 알려진 사실이지만, 미오는 타고난 게임 센스가 있다. 첫 호러 게임 때는 너무 무서워서 같은 장소에서 빙글빙글 도는 얼간이 플레이를 선보였지만, 그다음에 도전한 어드벤

처 게임과 액션 게임은 한 번의 방송으로 게임을 깔끔히 클리어했을 뿐만 아니라, 게임 진행도 순조로웠다.

시리우스와 한 FPS에서도 처음에는 움직임이 어색했지만, 조작에 익숙해지면서 자기가 쓰는 캐릭터의 스킬을 이해하기 시작하자, 금방 킬수를 쌓기 시작했다. 참고로 미오가 좋아하는 캐릭터는 주위에 적이 몇 명 있는지 파악할 수 있는, 스캔 타입의 캐릭터인 것 같았다.

그 덕분일까.

시리우스를 경유해서 미오의 방송을 보러 온 시청자도 많은 건지, 이 방송을 하고 얼마 후에 미오의 채널 구독자 수는 드디어 80만 명을 돌파했다.

【시즈나기 미오 @Sizunagi_Mio】

첫 FPS, 봐줬어? 시리우스가 잘 가르쳐준 덕분이지만, 생각보다 킬을 많이 해서 참 즐거웠다니깐(*^^*)

이제까지 게임은 혼자서 했는데, 다른 누군가와 같이 노는 건 참 즐거워.

이 즐거움을 알았으니, 혼자서 하면 좀 쓸쓸할 것 같아.

◆6월 12일(일요일)

"곧 한 달이 되네."

"이렇게 사람들을 즐겁게 해주다니, 카미는 정말 대단해요!"

"아니야. 내가 아니라, 주위 사람들 덕분이야. 오늘까지 내 버팀목이 되어줬고, 방송도 봐줬잖아. 고맙다는 말만으로는 역시 부족할 거야."

 "그렇게 생각한다면, 앞으로도 버튜버로서 힘내. 그러면 아토리에도, 키리히메도, 시리우스도, 물론 미오도, 모두 대단한 게 되니까 해피해질 거야."

【1개월 기념& 수익화 기념】감사 잡담 방송【시즈나기 미오】
『좀 물어볼 게 있어. 다들 어째서 내 방송을 보게 된 거야? ……잠이 잘 오니까? 후후. 저기, 그게 칭찬이야?』
『……코멘트를 다뤄주니까? 응, 그건 꽤 기뻐. 난 달리는 코멘트를 보는 걸 참 좋아해. 지금 같은 시간에 살고 있는 사람이 있다는 생각이 들거든. 혼자가 아니라는, 기분이…… 왠지, 부끄러운 소리를 하고 있네.』
『슈퍼챗은 어디 쓸 거냐고? 음…… 저축할 거야. 언젠가 뭔가 큰일이 하고 싶어졌을 때 할 수 있게, 지금부터 모아야…… 아, 미안해. 역시 거짓말이야. 구미만은, 조금 살래. 그게, 내 삶의 보람이거든!』
『그렇다면 슬슬 너희가 미리 보내준 질문을 읽어 볼까──.』

 그날, 미오는 1개월 기념 잡담 방송을 했다.
 나우튜브의 심사도 통과한 건지, 그날부터 슈퍼챗── 이른바 도네이션(후원)이 개방됐다. 채팅란은 소액부터 만 단위의 금액까지, 폭넓은 금액의 슈퍼챗이 올라오고 있었으며, 그 밖에도 순수하게 방송을 보러 온 시청자도 많아서 동시 시청자 수는 첫 방송 때의 10만 명을 넘어 15만 명에 도달했다. 코멘트 달리는 속도가 너무 빨라서 읽지 못할 지경이었다.

오늘까지 쌓아온 것이, 전부 형태를 이뤘다는 생각이 들었다.

방송이 끝난 다음 날에는 미오의 채널 구독자 수가 드디어 100만 명을 넘었고, 방송 아카이브에는 5천 건 이상의 코멘트가 남으면서──.

처음에 목표로 잡은, 사회 현상이라고 할 수 있는 인기를 실현했다.

미오는 정말로, 시대를 주름잡는 대인기 버튜버가 됐다.

【시즈나기 미오 @Sizunagi_Mio】
이 활동을 시작하고 한 달이 됐어요.
다양한 방송을 했고, 전부 저한테 있어 소중한 추억이에요.
오늘까지 봐준 여러분, 고마워요.
이 세상에서 진정한 저를 봐줘서, 고마워요.
여러분이 지켜봐 주는 한, 저는── 이 세상에서 살아갈 수 있어요.

§

"이렇게 순조로울 수도 있구나……."

한밤중. 자신의 작업용 PC 앞에서, 나는 무심코 혼잣말을 중얼거렸다.

우미가세가 제시한 처음 목표는 채널 구독자 10만 명이었다.

하지만 실제로는 한 달 만에 100만 명을 달성했다. 10만 명 기념 은방패는 물론이고 100만 명 기념 금방패도 나우튜브 운영에서 받을 수 있을 만큼 압도적인 존재가 됐고, 그런 미오의 활약은 아토리에게도 영향을 끼쳤다.

내 팔로위는 시즈나기 미오 탄생 이후로 쑥쑥 늘더니, 지금은 120만 명에 도달했다. 안 그래도 많았던 일러스트에 대한 반응은 날이 갈수록 늘어나더니, 지금은 10만 좋아요가 기본이 되는 수준의 거대 계정으로 성장했다.

예전처럼 야한 일러스트를 올리는 게 약간 주저될 만큼, 많은 사람이 미오의 마마인 아토리에를 알아주기 시작했다. 비즈니스용 메일 계정에는 이제까지의 일러스트레이터 인생에서 가장 많은 업무 의뢰 메일이 쌓여 있다.

……뭐랄까, 지금의 내 마음을 표현하긴 어렵다.

그래도 기쁜 것만은 틀림없다.

나는 미오의 날갯짓을 도울 수 있었던 것을, 정말 기쁘게 생각하고 있다.

그건 자신이 득을 봤고, 거물 일러스트레이터가 됐기 때문이기도 하지만, 무엇보다…….

내 일러스트를 좋아한다고 말해 준, 내게 집착해 준…….

그런 인간을, 내 일러스트로 저 높은 데로 데려갔다.

단순히 한 번의 성공 체험치고는 너무나도 거대한 그 사실에 나는 더할 나위 없이 고양됐고, 지금은 자기도 모르게 미오의 방송을 켜놓고 트미터에 올라온 미오의 팬아트에 좋아요를 달고 다닐 정도로 빠져 있었다. 앞으로도 응원하자고, 당연한 듯이 생각했다.

『기분전환 삼아, 내일 방과 후에 어디 안 갈래?』

……그럴 때, 우미가세에게 그런 연락이 왔다.

§

다음 날.
수업이 끝난 후, 나는 시나가와에 있는 수족관에 끌려갔다.
"아아아아~. 귀여워, 귀여워, 귀여워……. 확 집에 가져가고 싶을 만큼, 귀여워~……."
점박이물범을 좋아한다는 말은 들었지만, 설마 이럴 때 수족관에 가자고 할 만큼 집착할 줄이야…….
"이런 말은 좀 그렇지만, 물범이 그렇게 귀여워?"
터널 수조 안에서 느긋하게 헤엄치고 있는 해양 포유류를 보다 보니, 무심코 본심이 입에서 튀어나왔다.
"뭐? 아토리, 방금 뭐라고 했어?"
우미가세가 내 말을 듣고 말았다. 마치 정신이 병든 모드 미오

같은 표정을 지은 우미가세가 성큼성큼 나를 향해 걸어왔다. 칼로 나를 확 찌르는 게 아닐까 싶을 정도의 기세다. 무섭네.

"아, 아니, 그게, 딱 봐도 귀여운 동물도 있잖아? 개라든가, 고양이 같은 거 말이야. 그런데 물범을 보고 귀엽다고 느끼는 게 잘 이해가 안 된달까……."

"평범한 물범이 아니라, 점박이물범이야. 그 점만 봐도 이해를 못 하는 것 같네."

그래서 이해가 안 된다고 말했잖아…….

"그리고 나도 개나 고양이는 좋아해. 좋아하지만, 점박이물범을 더 좋아하는 거야. 이 크지도 작지도 않은 적당한 사이즈감의 인상적인 반점 좀 봐. 그리고 동글동글하고 귀여운 눈도 끝내주잖아. 아, 우와, 아아……."

눈이 풀리더니, 최종적으로는 어휘마저 사라졌다. 아무튼, 얼마나 좋아하는지는 이해했다. 좋아. 네가 그렇게까지 말하니, 어디 다시 살펴보도록 할까.

……유리 너머로, 점박이물범과 눈이 마주친 느낌이 들었다.

안녕—— 통통한 아이가, 남자일지 여자일지는 모르겠지만, 아무튼 상대가 텔레파시로 말을 건 느낌마저 들었다.

그래. 확실히 독특한 익살스러움에 매료……될지도 모른다.

"흔히 일러스트로 표현되는 새하얀 점박이물범은 전부 갓 난아기거든? 솜털은 하얀데, 어른이 될수록 까만 털이 나면서……."

"흐응."

그 뒤로 20분 동안 점박이물범 설명을 들어서, 나는 맞장구만 쳤다.

진한 푸른색으로 꾸며진 수족관 안을 겨우 다시 걷기 시작하자, 우미가세는 냉정을 되찾았다.

"갑작스러웠을 텐데, 이렇게 같이 와줘서 고마워. 사실은 일을 하고 싶었지?"

특별한 목적 및 볼일이 없는 한, 나는 수업이 끝나면 곧장 바로 집에 간다. 내게는 일러스트를 그리는 행위가 놀러 가는 행위나 다름없고, 무엇보다 니아와 저녁을 같이 먹는 것이 거의 습관이니까 말이다.

하지만, 오늘 이렇게 평소와 다른 짓을 한 이유가 있다.

"아, 걱정하지 마. 요즘은 스케줄에 여유가 있기도 하고…… 나도 이런 기회를 만들고 싶었거든."

솔직히 말하자면, 나도 우미가세와 이야기를 나누고 싶었다. 이야깃거리라면 많이 있다. 우선 한 달 동안 수고했어, 광고 수입을 저축하겠다니 대단한걸, 그리고…….

이런 생각이 든 것은 처음이었다. 내가 생각해도 의아했다. 내게 일러스트 그리기는 우선순위에서 항상 1등이었는데, 그것을 미루면서까지 우미가세와 이야기를 나누고 싶었다.

……그 정도로, 미오란 존재는 내게 있어서도 소중한 존재인 걸지도 모르겠는걸.

"이만큼이나 인기를 얻으니, 기분이 어때?"

우선, 그런 것부터 물어봤다.

"정말 기뻐. 충족되는 느낌이야. 하지만, 그만큼 바쁘긴 해. 앞으로 할 기획을 짜야 하고, 플레이할 게임도 골라야 하거든. 그리고 멤버십에서 쓸 스탬프도 만들고 있어."

"그래······. 고생이 많네. 사람들이 보는 만큼, 대충 할 수는 없지?"

나는 위로 삼아 그렇게 말했지만, 우미가세는 고개를 저었다.

"아니야. 사람들을 기쁘게 하기 위해서라면, 나는 뭐든 할 수 있어. 그렇게 많은 사람이, 내 방송을 보러 와주는걸. 거기에 부응해야 해······. 다른 누구도 아닌 바로 나를, 다들 바라고 있는 거잖아."

수족관 안의 조명 탓일까? 왠지, 우미가세의 눈동자가 반짝이는 것처럼 보였다.

그걸 자각하고 있다니, 다행이다.

객관적으로 봐도, 시즈나기 미오는 현재 가장 핫한 버튜버다. 방송이 시작되면 1만 명이 넘는 시청자가 미오의 방송을 보러 모여들며, 채널 구독자도 여전히 늘어나고 있다. 그렇다면, 봐주는 사람들을 생각하며 방송해야 한다고 생각하는 것 또한 당연하며── 어엿한 생각이리라.

"시청자를 소중히 여기는 건, 멋진 자세야."

"그렇게 말해주니 기쁘지만······ 그래도, 이건 전부 나 자신을 위해서야."

자신을 위해서. 노력할수록 즐거워지고, 우미가세 본인이 처음에 말했던 변신 욕구── 캐릭터로서의 자신이 되고 싶다는 소망도 유사적으로 이룰 수 있을 것이다. 그렇게 생각하면, 자신을 위해서라는 말도 틀리지는 않으려나?

"맞다. 방금 스탬프 이야기를 했지?"

"응."

"어떤 느낌을 원하는지 알려주면, 그릴게."

작은 물고기가 들어 있는 수조 에어리어에 들어섰을 때, 나는 그런 제안을 했다.

"이미 한 배를 타기도 했고. 스탬프에 쓰는 SD 캐릭터는 평소 잘 안 그리긴 해. 기회가 생기면 그려보고 싶었어. 보수는…… 내가 말을 꺼냈으니까, 나중에 논의하기로 하고."

일단 일러스트를 언급해서 그런지, 아이디어와 희망이 계속 샘솟았다.

"그 밖에는…… 맞아. 다른 의상은 가지고 싶지 않아? 기업 소속의 사람들이나 시리우스는 여러 의상을 가지고 있잖아? 디폴트 복장 말고 사복이라든가, 양복 같은 의상 말이야. 그래서, 미오도 다른 의상을 준비하는 것도 괜찮다는 생각이 들었어. 참고로 내가 요즘 빠진 건 니트인데……."

"……."

"우미가세?"

니트는 앞으로의 계절에 안 맞잖아, 같은 생각을 하는 걸까? 그건 그래. 그렇다면 다른 것도 괜찮다. 여름옷이니까 하얀 원피스도 괜찮지 않을까.

"아토리는……."

"응?"

"아토리에 선생은…… 앞으로도 내 방송을 봐 줄 거야?"

우미가세는 내 제안에 관한 대답이 아니라, 그런 질문을 했다.

"당연히 볼 거야. 그렇게 인기가 있는 데다, 내가 개인적으로 좋아하거든."

일러스트를 그릴 때의 작업용 BGM 삼아 서브 모니터에 틀어 놨는데, 어느새 방송에 몰입해 있을 때도 있다── 그야말로 본말전도다.

아무튼, 이른바 『최애』라고 형용해도 이상하지 않을 만큼 나는 시즈나기 미오의 방송을 빠짐없이 챙겨본다. 키리사가 시리우스에게 심취한 이유도, 지금은 이해할 수 있다. 분명 노력하는 모습을 곁에서 지켜봐 왔기에, 그렇게 빠져든 것이리라.

"그렇구나. 응, 봐줘서 고마워."

"그래. 하지만 말이야. 이 말은 해두고 싶어."

니아라는 나쁜 전례가 있는 만큼, 말해두고 싶어졌다. 이런 걸 매니저 행세라고 하는 걸까? ……하지만 나는 실질적으로 매니저나 다름없고, 이건 방송자가 아니라 학생으로서의 이야기다. 일단 들어줬으면 한다.

"방송만 하느라 다른 걸 소홀하게 하지는 마. 공부는 뭐 괜찮겠지만 말이야. 그 밖에도 중요한 게 있을 거잖아."

그 말을 한 후, 한동안 침묵이 흘렀다.

"이것보다 더 중요한 게, 있을까?"

"당연히 있지. 우리는 청춘을 구가하고 있는 고등학생인걸."

수업 끝나자마자 집에 바로 돌아가서 일러스트만 그리는 녀석이 용케 그딴 소리를 떠벌린다는 자조 섞인 생각을 하면서, 나는 딴지를 기다렸다. 그러면서, 우미가세의 얼굴을 쳐다봤다.

신기했다.

이제까지 수십 번도 봐온 표정인데, 이 순간만은 다른 사람처럼 보였다.

"아토리에게, 야마시로 양과 사이자 양은 소중한 사람이야?"

"대, 대뜸 무슨 소리야?"

맨정신으로 대답하는 게 주저되는 질문이었다. YES냐 NO냐는 단순한 양자택일이지만, 왜 이 타이밍에 그런 것을 묻는 걸까. 모르겠다······.

"대략적으로 말하자면, 그렇지. 걔들에게 이야기하지는 마. 까불 게 뻔하거든."

특히 니아가 말이다.

"그럼······ 나는 어때?"

이어서 우미가세는 주어를 자신으로 바꿔서 물어봤다. 사람 되게 부끄럽게 만드네.

"아토리는 나를, 그렇게 생각하는 거야?"

······하지만. 왠지 그 말에서는 사람을 대답하게 만드는 중압 같은 것이 느껴졌다.

그 탓에 나는, 진심에서 우러나온 감정을 입에 담을 수밖에 없었다.

"소중해. 미오는 우리에게 있어, 그 무엇과도 바꿀 수 없는 존재거든."

"…………그래."

꽤 긴 침묵이, 우미가세의 보폭이 나보다 커졌다는 사실을 알려줬다.

"그렇다면 아토리…… 너는 앞으로도 나를 지켜봐줘. 내가 하고 싶은 일도, 앞으로 내가 어떤 존재가 되는지도, 전부 다."

1미터 정도 앞서 걷던 우미가세가 나를 돌아보면서, 그렇게 말했다.

"응? 그래. 알았어."

"그리고 그때는……."

이어지는 말이 끊겼다.

"우미가세?"

"나를, 봐줘. 내가 앞으로 하는 일을, 하나도 빠짐없이……."

어째서일까. 승낙도, 의문도, 다른 어떤 말도 하지 못했다.

실제로 우미가세가 아까부터 하는 말은 추상적이며, 결국 무슨 말이 하고 싶은 건지 알 수 없었다. 하지만 이유를 묻기 어려웠다. 왠지 그 말을 했다간, 수조처럼 두껍고 단단한 벽이 우리 사이를 갈라놓을 듯한 느낌이 들었다.

눈앞의 우미가세가, 사라지는 게 아닐까 하는, 생각마저 들었으니까——.

폐관 직전이 되어서야, 우리는 수족관을 나섰다.

오렌지와 퍼플색으로 물든 하늘 아래를, 둘이 함께 걸었다.

"오늘은 즐거웠어. 바이바이."

"그래…… 잘 가. 학교에서 보자."

그리고 환승역에 도착했을 때, 아까 우미가세에게서 한순간 느낀 위화감은 완전히 사라졌다. 그렇기에, 사람들로 북적이는 역 구내에서 작별 인사를 받은 나 또한, 손을 가볍게 들어 보이면서 작별 인사를 건넬 수밖에 없었다.

혼자가 된 나는 자기가 사는 아파트에 가기 위해 전철 플랫폼으로 향했다.

괜찮, 겠지?

말로 형용할 수 없는 불안이 발을 휘감는 듯한 느낌이 들자, 나는 그것을 떨쳐내려는 것처럼 무선 이어폰을 귀에 꽂았다.

이어서, 미오의 30만 명 기념 노래를 듣기 시작했다.

즐거운 듯한 미오의 노랫소리──그것조차도, 내 마음속 응어리를 길어내 주지 못했다.

나중에 생각해 보면, 시즈나기 미오 탄생 프로젝트는 틀림없이 성공을 거뒀다.

그것만을 생각했으니, 당연하리라.

정말, 나는 철두철미하게, 시즈나기 미오만을 생각하며……

──우미가세 카미오를, 전혀 알려고 하지 않았다.

【#8】파도가 잦아들 때

우미가세와 함께 수족관에 간 지난주 금요일부터, 일주일 후의 아침.

"오늘 결석자는 남자 중에는 없고, 여자 중에는, 우미가세 양이 있구나."

교탁에서 머리 뒤편으로 말아 올린 머리카락을 흔들고 있는 2-A 담임── 호즈미 선생님은 출결 확인을 마친 후에 연락 사항을 전달했다. 해안에서 쓰레기 줍기 봉사활동의 참가자는 다음 주까지 모집한다. 주말에는 공조 시설 공사를 하니 학교에 들어올 수 없다 같은 나와 거의 상관없는 이야기를 5분 정도 한 후에 HR이 끝났다.

……무의식적으로, 이유 없이 창가를 쳐다봤다.

오늘도 여전히, 내 왼쪽 자리는 비어 있었다.

"선생님."

그래서 학생들이 1교시 준비를 시작했을 때, 복도로 나간 나는 교무실로 돌아가려 하는 호즈미 선생님에게 말을 걸었다.

"어머, 아토리 군. 혹시 자선사업에 관심 있니?"

"아뇨. 개인적 사정으로 참가할 시간이 없어요. 죄송합니다."

"잘됐네. 다행이야. 참가자가 너무 적어서, 각반에서 한두 명씩 강제로 뽑는 것도 고려하고 있었거든. 잘 부탁해."

"잘 부탁하지 말아주세요."

아무래도 교직원 쪽에서 사정이 있는 건지 억지로 떠넘기려 했지만, 단호히 거부했다. 선생님은 모르겠지만, 나는 일을 해야 한다고. 해안 미화에 열정을 쏟거나, 휴식 시간에 물가에서 첨벙첨벙 노는 것 같은 짓을 할 시간은 내게 없다.

그것 말고도──큰 걱정거리가 있으니까.

"우미가세는 또 결석인가요."

호즈미 선생님은 그 이름을 듣더니, 표정을 굳혔다.

이번 주 월요일부터 금요일인 오늘까지 닷새 연속. 이번 주에는 한 번도 등교하지 않은 것이다. 맹장염이나 독감 같은 이유도 아닌 만큼, 이렇게 결석이 이어지니 걱정되는 게 당연했다.

"몸이 좋지 않은 것 같아."

"같다고요?"

"전화 대응을 한 사무원의 말에 따르면, 부모님이 아니라 본인이 전화로 계속 결석 연락을 하고 있대. 그러니 전화를 걸 수 있을 만큼은 멀쩡하다고 생각해……. 실제로 어제 괜찮냐고 연락해 보니, 우미가세 양의 목소리는 들을 수 있었거든."

내가 자세한 이야기 좀 해보라고 칭얼대기 전에, 선생님이 전부 이야기해 줬다.

"걱정돼?"

"솔직하게 말하자면, 걱정돼요."

"흐음……. 좋네. 청춘이구나."

남자 고등학생+여자 고등학생=청춘, 이라는 방정식을 떠올리고 있는 걸지도 모르지만, 호즈미 선생님은 턱에 손을 대며 만족스러운 표정을 지었다. 교사가 이래도 되는 거냐.

"인생은 한 번뿐이야. 만약 자기 마음에서 불타오르는 듯한 사랑의 술렁임이 느껴진다면, 그 싹튼 감정에 몸을 맡기며 다이빙해보는 것도 재미있을지도 몰라."

"제가 말을 걸긴 했지만, 이러다 1교시 수업에 늦을 거예요."

"적어도, 나처럼 후회를 질질 끌며 사는 건 힘들어……. 아아, 당시에 좋아했던 미하시. 왜 나는 그 애에게 고백하지 않았을까……."

아침부터 이 사람의 이야기는 칼로리가 높네……. 담당이 국어라서 그런지, 툭하면 시인이 돼. 너무 괴짜라니깐. 나한테도 이런 소리를 들을 정도니까, 상당한 수준이야.

"알겠어요. 선생님, 감사합니다."

"아, 참고로 해안 미화 당일에는 버스로 이동하니까, 아침 여섯 시까지 학교로 집합하렴."

"안 한다고 했잖아요."

유감스러운 표정을 짓고 있는 호즈미 선생님에게서 돌아선 나는 교실로 들어갔다.

"그래서, 뭐래?"

자리에 앉자, 오른쪽에 있던 키리사가 내게 성과를 물었다.

내가 호즈미 선생님에게 뭘 물어봤을지, 다 알고 있는 듯한 반응이었다.

"직접 몸이 안 좋다는 연락을 하고, 학교를 쉬고 있나 봐."

"그런데도 미오는, 방송을 계속하고 있는 거구나."

키리사는 1교시 세계사 교과서를 손으로 넘기면서, 담담한 어조로 그렇게 말했다.

하지만 그 마음은 다른 곳에 가 있는 듯한 느낌이 들었다.

그럴 만도 했다── 우리가 각각 채팅으로 연락해도, 답이 없었다.

『감기야? 병원에는 가봤어?』『괜찮아요? 카미..』『어이, 다들 걱정하고 있다고.』

그 어떤 말에도 대답이나 이모티콘은 달리지 않았다. 하지만……

【잡담】추적추적 장마 잡담!【시즈나기 미오】

스마트폰으로 시즈나기 미오의 채널에 들어가보니, 어젯밤에 최신 아카이브가 등록되어 있었다. 어제는 두 시간 동안 잡담 및 게임 방송을 했다.

어제만이 아니다. 우미가세가 학교를 쉬는 동안, 미오는 밤낮을 가리지 않고 매일 방송을 했다. 목소리도 활기찼고, 도저히 병상에 누워 있는 사람으로 보이지 않는 퍼포먼스를 선보였다.

……니아한테 학교에 나오라고 타일렀던 네가, 대체 왜?

우미가세에게 나름의 사정이 있으리라고 생각하려 해도, 그 공허한 자기암시는 허무하게 끝났다.

"우미가세 양, 무슨 일일까?"

"무단결석?"

"에이, 그 성실한 우미가세 양이 그럴 리가."

"애초에 성실하긴 한 거야?"

"아니, 그건…… 잘 모르겠네."

"이미지가 그런 느낌이긴 해."

"남들 몰래 모델 일 같은 걸 하지는 않을까?"

"부모를 생각하면 그럴지도 모르겠네."

"어쩌면 사건에 휘말린 걸지도 몰라."

"그건 큰일 아니야?"

우미가세에 관해 떠들어대는 학생들의 목소리가, 다른 세상의 일처럼 들려왔다. 현실미가 없다.

우미가세를 마지막으로 만난 사람은, 아마 나일 것이다.

하지만 점박이물범을 보며 즐거워하던 순간까지는, 이런 일이 벌어질 줄 몰랐다. 안색도 나쁘지 않았다. 사생활 또한, 미오가 궤도에 올라서 충실해졌다고 말했으니 문제없을 것이다.

……그래서일까.

마지막으로 만났을 때, 우미가세가 보인 태도가 너무나도 신경 쓰였다.

"다음 주까지는 기다려보기로 하고, 그래도 학교에 안 오다면 만나러 가보자."

내 불안이 전해진 것일지도 모른다. 키리사는 구체적인 안을 제시했다.
"키리사도 걱정돼?"
"당연하잖아. 카미오는 나의, 우리의…… 친구인걸."
내가 대화를 이어가려고 던진 어리석은 질문에, 키리사는 진실한 해답을 내놨다.
모르는 것 천지인 상황이지만, 그것만은 틀림없겠지.

§

하지만── 우리가 그렇게 여유 부릴 상황이 아니라는 것을, 방과 후에 집에 돌아가서 알게 됐다.
"치카."
수업을 마치고 바로 집에 돌아가보니, 시리우스 굿즈인 티셔츠와 반바지 차림인 니아가 애용하는 비즈 소파 위에 앉아 있었다.
"무슨 일 있어?"
왠지 표정이 안 좋아 보였다. 어둡고, 상심한 것처럼 보이는 니아는 내가 말을 걸자, 들고 있던 태블릿을 내밀었다.
화면에는 어떤 정리 사이트의 어떤 인터넷 기사가 표시되어 있었다.
"트미터를 보다 보니, 우연히 발견했어요."

【버튜버】화제의 시즈나기 미오의 영혼, 진짜 레알 여고생일지도【희소식】

『잔말 말고 증거부터 내놔』『1은 희대의 대무능』『주말에만 메인 방송을 하니, 가능성이 있을지도 몰라』『목소리도 젊은 느낌이니까, 좀 믿음이 가네.』

『멍청아, 목소리는 당연히 변조했겠지』『진짜라면 찐사랑 하는 놈 많겠네ㅋ』

『전생 파는데도 아직 안 밝혀졌잖아. 방송 경험 없는 초보자인 건 확실해.』

『일러스트 담당인 아토리에도, 고등학생이었지?』『사귀는 사이로 판명되면 난리 나겠네』『미오…… 아니지?』

다 읽지도 않았는데 한계에 도달하고만 나는 니아에게 태블릿을 돌려줬다.

……일단 심호흡하면서, 흐트러진 감정을 수습했다.

뭐, 어쩔 수 없다. 그렇게 폭발적인 인기를 얻었으니, 인터넷 곳곳에서 소란이 일어날 것이다. 그리고 그것이 호의적이든 부정적이든 간에, 화제의 당사자는 어찌할 수 없다. 일희일비하고 싶지 않다면, 내가 평소에 하듯 정보의 취사선택이란 이름의 자기방어에 임할 수밖에 없는 것이다.

……설령 아무 근거 없이 퍼져나간 소문이 사실일지라도.

미오의 영혼이, 진짜로 고등학생일지라도.

그것을 남이 확인할 방법은 없다. 신경 쓸 필요는, 전혀 없다.

"걱정될지도 모르지만, 이런 기사는 여기저기서 밤낮 안 가리고 쏟아져 나와. 미오만이 아니라 아토리에도 키리히메도 시리우스도, 우리는 모르지만 여기저기서 이런저런 소리를 듣고 있어. 기분이 좋지는 않겠지만, 그냥 무시하며 넘어갈 수밖에 없을 거야."

"그건 알아요. 니아가 말하고 싶은 건, 그게 아니라고요."

"그렇다면 저 기사에 아토리에가 언급되고 있는 점이야? 그거야말로 아무 문제 없어. 저명한 인간이 이런저런 소리를 듣는 것도 어제오늘 일이 아니라고."

"그러니까, 그런 게 아니란 말이에요."

니아는 고개를 크게 저었다. 저 반응은 내가 강한 인간이라 믿는 거라고 여기면 될까? 조, 조금은 걱정해 줘도 되거든요?

니아는 내가 아무것도 모른다는 듯한 반응을 보이며 다가오더니, 아까 기사의 아랫부분으로 내려갔다.

최종적으로 Instant Photogram—— 인스타의 어느 계정에 도달했다.

"기사 후반부에 이 계정이 실려 있거든요? 기사 안에서는 이게 미오의 영혼인 사람의 계정이란 의혹을 받고 있는데……."

인스타는 주로 사진을 올리는 것에 중점을 둔 SNS라 그런지, 설명이 전혀 없었다.

그 계정이 과거에 올린 사진을 살펴보니, 이렇다 할 것 없는 사진만 계속 나왔다. 시부야 거리. 아키하바라의 길모퉁이. 마루노우치의 시계탑.

이것만이라면, 딱히 이상할 점은 없다. 개인을 특정할 요소는 없다.

하지만…….

최근에 올라온 사진을 볼수록, 불온해지기 시작했다.

직접 만든 듯한 저녁 식사. PC 디바이스. 대량의 구미. 수족관의 점박이물범.

하얗고 가녀린 손가락과 함께, 점박이물범 봉제 인형이 촬영된 사진.

이건 분명…… 일전에 우미가세와 간 수족관의, 마스코트 봉제인형이다.

사진이 올라온 날짜는, 수족관에 갔던 당일이었다.

『이거, 진짜로 시즈나기 미오의 영혼 아니야?』『투고한 사진의 내용을 보니 진짜 같네.』『팔로워, 엄청 늘었어.』『야, 너희는 팔로우하지 말라고ㅋ』『일단 도쿄에 사는 여고생이라는 것까지 알아냈으니까, 곧 찾겠네.』『여기는 시나가와의 수족관이지? 잠복하며 그럴듯한 애를 찾으면 될 것 같아.』『본인이 알면 계삭할 테니까, 사진 저장해둬.』『계정을 지우면, 딩동댕인 게 될 거 아니야.』『계정을 비공개도 안 걸고 쓰다니, 미오는 완전 바보네.』『고등학생은 원래 그런 거 아니겠어?』『이런 계정이 버젓이 있는 거 보면, 지인한테 배신당한 거 아니야?』『조사반 허리업.』『영혼의 얼굴, 빨리 보고 싶어.』

"니아. 키리사에게 연락해서 빨리 와달라고 해줄래? 긴급한 상황이야."

"아, 네."

 익명이라는 상황에서, 수많은 인간은 버튜버의 금기를 건드리는 것에 거리낌이 없는 것 같았다. 트미터에서 시즈나기 미오로 검색해보니, 이미 『시즈나기 미오 도쿄』, 『시즈나기 미오 고등학생』, 『시즈나기 미오 전생』 같은 단어가 뜨기 시작했다.
 정리 기사가 올라온 게 오늘 아침 일이다. 어젯밤에 처음 관련 글이 올라왔는데 벌써 이렇게 화제가 된 것을 보면, 이 열기가 가라앉는 데는 시간이 걸릴 것이다.
 ……아직은 우미가세 카미오를 아는 우리만이 위기감을 느끼고 있다. 어쩌면 이 계정은 우미가세가 아니라, 다른 사람의 것일지도 모른다. 전부 우연이며, 범죄자의 악질적인 장난일 가능성도 충분히 있다.
 하지만, 사실이라면 어떨까?
 이 사소한 정보를 가지고, 인터넷의 조사반이 우미가세 카미오라는 개인에게 도달한다면? 과연 그때, 미오는 여유롭게 방송을 할 수 있을까?
 ……잔말 말고, 한시라도 빨리 손을 써야 한다.
"자, 어떻게 할까?"
 긴급한 상황이란 말을 들은 키리사가 교복 차림으로 내 아파트에 찾아왔다.

……학교에서 아무 말을 하지 않은 것을 보면, 키리사도 집에 돌아가서야 이 상황을 알았으리라.

"이런 문제를 전혀 경계하지 않은 건 아니지만, 그래도 이건 너무 갑작스러워."

　겉보기에는 차분한 것 같지만, 동요했다는 사실을 숨기지는 못했다. 의자에 앉은 그녀는 아까부터 식탁을 손톱 끝으로 계속 두드리고 있었다. 반대편에 앉은 니아 또한, 풀이 죽은 표정으로 입을 다물고 있었다.

　내 방은 심각하기 그지없는 분위기에 휩싸여 있었다.

　……이렇게 되면, 프로젝트 리더인 내가 이야기를 진행해야 하려나.

"키리사에게 연락을 하면서, 니아에게 이 계정이 우미가세의 것이 맞는지 본인에게 물어봐달라고 했어. 지금은 대답을 기다리고 있는 상황이야."

"솔직히 말해, 본인인지 가짜인지 아직 단정할 순 없어. 미오를 연상케 하는 사진을 올려서 그럴듯한 느낌을 내긴 했지만, 집 근처의 역처럼 핵심적인 사진은 없으니까……. 아무튼, 카미오의 대답을 들어봐야겠어."

"다른 SNS를 하고 있는지, 치카와 키리사가 사전에 확인했었잖아요."

　금방이라도 울음을 터뜨릴 것 같을 정도로, 니아의 목소리는 애처롭게 가라앉아 있었다.

"정체가 들통날 수도 있으니까 관두는 편이 좋을 거라고, 만

【#8】파도가 잦아들 때 · 223

약 하고 있다면 파악은 해두고 싶으니 솔직하게 가르쳐달라고, 말했었는데……."

"아직 이게 우미가세의 계정이 맞는지는 모르잖아? ……그리고 설령 맞더라도 이미 일은 터졌어. 우미가세로서는 숨기고 싶은 것이었겠지."

"그 정도는 알고 있어요. 니아가 하고 싶은 말은 그런 게 아니라…… 미안해요."

니아의 격한 감정이 갈 곳을 잃은 채 허공에서 흩어졌.

아마 니아는 이 상황에 대해 느끼는 불안보다도, 가르쳐주지 않았다는 사실 그 자체가 마음에 걸리는 것이리라.

그 둘은 같은 것 같으면서도, 전혀 다르다. 극단적으로 말하자면, 중요한 점을 숨겨온 것이니까……. 친구 사이이기에, 숨기고 싶은 비밀도 있겠지만 말이다.

"이야기를 계속하자. 만약 이게 우미가세의 계정이라면…… 어디서 유출된 걸까?"

"나도 그 점이 신경 쓰여."

키리사는 한숨을 쉬며 팔짱을 꼈다. 키리사의 버릇 같은 그 행동이, 왠지 갑갑하게 느껴졌.

"카미오 의혹 계정에서 가장 오래된 사진은 올해 2월쯤에 올라온 거야. 그러니 그사이에 올린 사진만 가지고 특정을 지었다는 게 돼."

"솔직히 말해, 그건 어려울 것 같은데 말이지."

"응. 그래서 이 문제의 뿌리는 깊다고도 할 수 있어."

인스타에 투고된 사진은 시즈나기 미오라는 요소를 뺀다면 평범했다. 누군가의 얼굴이 올라온 사진도 없고, 팔로우되어 있는 계정도 유명인의 계정이나 어딘가의 공식 계정뿐이다. 개인사와 연관될 부분은 없다. 그저 우직하게, 사진만이 기록되어 있다.

　"여기서 얻을 수 있는 정보는 도쿄에 산다는 것, 정도…… 하지만 익명 게시판에 이 계정을 올린 ID의 인간은, 마치 이게 미오의…… 카미오의 계정이라고 확신하는 것처럼 보여."

　확인해 보니, 정리 사이트의 관련 스레드 게시판에 이 계정에 관해 적은 ID와, 그 스레드를 만든 ID는 동일했다.

　『←이게, 시즈나기 미오의 영혼의 계정.』

　……확신을 가진 것처럼, 단정짓고 있다. 어째서 이렇게 자신만만한 걸까?

　"만약…… 현실에서 카미오와 면식이 있는 사람이 우연히 미오의 영혼에 관한 정보를 얻고, 그걸 미끼로 카미오를 협박한다고 쳐. 영혼의 계정은 협박의 일환으로 공개됐다…… 같은 패턴이라면 어때?"

　"그렇게 본다면 확신에 차 있는 것도 설명이 되지만, 미오가 아무렇지 않게 방송하는 건 이상하지 않아? 폭로당하기 싫으면 방송을 접고 내가 시키는 대로 해라. 이런 게 보통이잖아. 그렇지 않더라도 평범하게 방송할 정신 상태는 아닐 거야."

　최근 일주일 동안 미오가 한 방송은 물론 전부 봤다.

　……하지만 목소리가 떨리거나, 방송 도중에 갑자기 중단하

는 일은 없었다. 협박을 받고 있지만 숨기고 있다고 하기에는 너무나도 프로다웠다.

"그렇긴 한데, 그런 의문을 일일이 따져도 소용없어. 차라리 최악의 패턴을 생각해 보는 편이 마음의 준비도 될 테니 오히려 나을 거야."

생각하고 싶지 않은 미래다. 하지만 딱 맞아들어가는 부분이 있는 탓에 부정할 수도 없다.

"그렇다면 니아는, 우리는 어떻게 하면 좋을까요……."

니아가 무력감에 사로잡힌―― 바로 그때였다.

띠링, 하는 소리가 니아의 스마트폰에서 흘러나왔다.

"아! 카, 카미한테서, 연락이 왔어요!"

식탁 의자에 앉아 있던 니아를 둘러싸듯, 나와 키리사가 그녀에게 다가갔다.

알림음이, 짧은 주기에 세 번 울렸다.

『그 인스타 계정, 내 계정이 맞아.』

『하지만 걱정할 필요 없어.』

『괜찮아.』

――괜찮아.

뭐가? 이런 말은 좀 그렇지만, 너는 지금 위기에 처했다고. 정리 사이트의 신빙성 없는 정보일지라도, 화제인 건 사실이야. 이대로 버튜버로서의 입지가 바람 앞의 촛불처럼 흔들려도 괜찮은 거야? 어떻게든 하고 싶단 생각은 안 들어?

"답장한 걸 보면, 우리 메시지를 보긴 한 거네. 그렇다면……."

키리사는 자기 스마트폰을 손에 쥐더니, 우미가세에게 전화를 걸었다. 그리고 우리에게도 우미가세의 목소리를 들려주려고 스피커폰으로 설정한 건지, 폰 스피커에서 디그코드의 음성 통화 호출음이 한동안 들려왔다.

이윽고, 접속음이 들렸다.

……뜻밖이었다. 전화를 받는 건가. 채팅에도 대답하지 않고, 읽음 표시도 안 떴는데? 왜, 이 타이밍에 갑자기 전화를 받는 걸까?

"여보세요, 카미오? ……전화를 받았다는 건, 내 목소리를 듣고 있는 건지?"

다급한 마음을 억지로 누르고 있는 듯한 키리사의 목소리가 방 안에 울려 퍼졌다.

그로부터 15초 정도가 흐른 후에야, 상대방은 대답했다.

『……무슨 일이야?』

거의 일주일 만에 듣는, 우미가세의 목소리였다.

평소와 다름없는 것처럼도, 그리고 억양이 없는 것처럼도 들렸다.

"그건 내가 할 말이야. 일주일 가까이 학교를 빼먹었으면서, 방송은 계속하고 있잖아. 니아에게 학교에 가라고 말한 카미오가, 왜 니아와 같은 짓을 하는 건데?"

정론에 따른 키리사의 질책에서는 힘이 느껴지지 않았다. 걱정이 앞서고 있어서리라.

"게다가, 나도 인터넷에서 미오한테 생긴 일을 알고 있거든?"

『아…… 봤구나?』

"그래. 특히 미오의 영혼에 대한 거나, 영혼 의혹을 받는 인스타가 적힌 정리 기사는 꼼꼼히 말이야. 솔직히 물어볼게. 개인 정보를 미끼로 누군가에게 협박당하고 있는 거야?"

가식 없는 발언이었기에, 나와 니아는 마른침을 삼키며 옆에서 듣고 있을 수밖에 없었다.

"그래서 학교에도 안 나오고, 우리에게 연락도 하지 않은 거야? 그렇다면 혼자서 끌어안지 말고, 우리와 상의해 줬으면 해. 왜냐하면 우리는……."

『걱정할 필요 없어.』

친구잖아. 키리사의 그 말을, 우미가세가 끊었다.

『나는 누구에게도 협박받고 있지 않고, 이 상황 또한 받아들이고 있어.』

"그게…… 어? 무, 무슨 의미야?"

의도를 알 수 없는 말 속에, 명확하게 이상한 부분이 있었다.

……받아들이고 있다?

그 말은 이 상황을 우미가세 본인이 바라고 있는 것처럼 들리는데——.

『왜냐하면 그건, 내가 한 짓인걸.』

"………………무슨 소리를, 하는, 거야?"

『마침 잘됐네. 야마시로 양에게는 보여줄게. 영상 통화로 바뀌주겠어?』

 키리사는 당황했으면서도 디그코드의 통화를 변경했다. 그리고…….

 책상 위에 놓인 갑 티슈에, 자신의 스마트폰을 걸쳤다.
 화면에는 시즈나기 미오가 나오고 있었다.
 일러스트가 아니다. 현실에서 실체를 지닌 본인. 즉――.
 시즈나기 미오의 의상을 입은, 우미가세 카미오였다.

『그러면, 나는 이렇게―― 시즈나기 미오가 될 수 있어.』

『처음부터, 이럴 작정이었어. 버튜버로서 존재를 알려서 많은 사람이 나를 봐주면…… 나 자신이 시즈나기 미오라고 밝히면서 화면에 모습을 드러내는 거야. 그러면 자연스럽게, 나는 이 세상에서 단 한 명뿐인, 시즈나기 미오로 인지돼.』
『즉, 시즈나기 미오 그 자체가 될 수 있어. 2차원과 3차원의 경계를 허물고, 이제까지 보여준 시즈나기 미오라는 존재를 내가 이어받을 거야. 일러스트일 필요도 없어져.』
『우미가세 카미오란 개인을, 드디어 버릴 수 있어.』
『수많은 사람에게, 있는 그대로의 나를 보여줄 수 있어. 인지될 수 있어.』
『만족해. 기분이 좋아. 이것만 있으면 나는 살아갈 수 있어.』
『인터넷 게시판에 스레드를 만들고, 인스타 계정을 적은 것도 나야. 어느 정도는 시청자가 마음의 준비를 해줬으면 했고, 더욱 주목받을 방법으로 가장 효과적이었거든. 아하하……. 이런 걸, 어그로 장사라고 하는 걸까?』

 서큐버스 분장을 한 우미가세에게, 나는 몇 점이라고 했더라?
 아니, 몇 점이든 상관없다.
 틀림없는 건, 지금 화면에 비친 시즈나기 미오는 백 점 만점이란 것이다.
 상냥하게, 발랄하게, 잡담 방송을 하며 웃는 미오와 똑같은 표정을, 화면 앞의 우미가세는 짓고 있었다. 코스프레라고 단정 짓기에는 너무나도 리얼했다.
 진짜로 시즈나기 미오라는 것을, 받아들일 것만 같았다.
『……실은, 아직 보여줄 예정이 아니었어. 하지만 완성해서 사이즈를 맞춰보고 있을 때, 전화가 왔으니까…… 기왕이면 야마시로 양한테도 보여줄게. 대단하지? 거의 다, 내가 직접 만든 거야.』
 기쁜 목소리 또한, 우미가세의 목소리가 아니라 미오의 목소리처럼 들렸다.
 우미가세의 목소리보다 아주 약간 톤이 높지만, 여전히 맑고 곱다.
 ……아무도, 말을 하지 못했다. 내 방은 명백한 침묵으로 가득 차 있었으며, 우미가세에게 찬사를 요구받은 키리사 또한 상황을 받아들이지 못하고 있었다. 니아는 아예 고개를 숙이고 있어서, 어떤 표정을 짓고 있는지 알 수 없었다. 늘어뜨려진 회색

머리카락만이 내 시야 가장자리에 비쳤다.

 나는 과거의 우미가세와 현재의 언동을 통해, 어떻게든 이 일에 가치를 부여해 보려 했다. 어떻게든 호의적으로 받아들여 보려고도 했으며, 농담으로 치부하며 웃어넘길 준비 또한 했다.

 ……가능할 리가 없는데.

 하지만, 그렇다고 우미가세의 말을 이해할 수도 없었다. 거짓말을 하고 있다거나, 몰래카메라라고 말하면서 부정해 줬으면 했다. 갑자기 오늘까지 우리 네 사람이 한 노력이 머릿속을 스치면서, 가슴이 아프기도 했다.

 모습을 보였다.

 그렇다면…… 내 일러스트를, 버리는 거야? 그게 네가 바라는 거야?

 『그렇게 된 거야. 뭐, 이제 신경 안 써도…….』

 "저기, 우미가세."

 더는, 입을 다물고 있을 수 없었다.

 『……아토리도, 있었구나. 혹시 모두 다 거기에 있는 거야?』

 내 목소리를 들은 우미가세는 한순간 얼어붙는 듯한 반응을 보였다. 하지만, 곧 청초하고 노력가인 미오의 표정이 그녀의 얼굴에 어렸다.

 "그래, 총집합했어. 너를 걱정해서 다들 모인 거야……. 뭐하면 지금 바로 너를 찾아가자는 생각도 하고 있었어."

 『절대로, 오지 마.』

 순도 100퍼센트의 거절에 무심코 자신의 볼살을 입안에서 깨물었다. 우와, 딱 잘라 말하네.

『……아토리가 있는 줄 알았으면, 전화를 안 받았을 거야.』

어떤 의미인지는 묻지 않았다. 사소한 일이며, 대답도 듣고 싶지 않았다.

그 대신 나는, 거품처럼 샘솟은 의문을 토했다.

"얼굴을 드러내서, 미오가 되겠다니…… 시즈나기 미오는 버튜버잖아? 게다가 그런 말, 이제까지 한 번도 안 했으면서…… 일단 그건 넘어가더라도, 나는 찬성할 수 없어. 갑자기 얼굴을 드러냈다가, 네가 누구인지 들키면 어쩔 거야? 어디 사는지 들키면 어쩔 건데? 정리 사이트에서는 그런 민감한 화제로 발전하고 있단 말이야."

우미가세는 반론하지 않았다. 그래서, 일방적으로 내 말만 떠들어대고 말았다.

"우리 걱정 같은 건 일단 제쳐놓자. 그건 무대 뒤에서의 일로 치부할 수 있으니까……. 하지만, 미오를 순수하게 버튜버로서 응원하고 있는 시청자는 어쩔 건데? 트미터에서 도는 소문 탓에 시청자가 충격을 받을 거란 생각은 안 한 거야? 자기가 좋아하는 버튜버가 팬도 아닌 놈들에게 씹히는걸, 보통은 싫어하지 않겠어?"

……적어도, 나는 싫다.

"게다가 느닷없이 얼굴을 드러내고 코스프레 방송을 하는 것도 이상해. 그럴 거면 처음부터 그러라고. 키리사가 말했던 것처럼, 버튜버라는 수단을 선택하지 않았어도 됐을 거잖아."

이렇게까지 비난하면서도, 내가 정말 듣고 싶은 말은 단 하나뿐이다.

"네가 지금 이런 짓을 하는 건, 옛날에 아토리에가 한 발언이 원인인 거야?"

진짜 원하는 것은, 무언가를 희생해야 얻을 수 있다.

희생이 뭔지도 모르는, 꼬맹이의 헛소리다.

그 말을 철석같이 믿으며, 무언가를 희생하는 거라면…… 그렇게까지 하면서 우미가세가 손에 넣으려는 건 대체 뭐야. 행동원리. 우미가세의 욕망이 어디로 귀결되는 것인지, 그것을 알 수 없었다.

"미오가 되어서 우미가세 카미오를 버리겠다는 게, 무슨 소리인데. 그렇다면 뭐야. 우미가세는 이제까지 어울려온 우리도 버리는 거야? 그럴 수, 있는 거냐고."

『응, 할 수 있어.』

겨우 돌아온 대답은, 가장 듣고 싶지 않은 말이었다.

『내가 오늘까지 해온 일은 전부 그걸 위해서였어. 아토리에게 다가간 것도 순수한 팬이라서란 이유보다, 아토리에 선생의 일러스트와 네임밸류를 원해서야. 그러면, 인기를 얻을 수 있을 거잖아. 평범한 신인 버튜버보다 더 많은 사람의 눈에 띄어서, 만족할 수 있을 거라고 생각했으니까…… 이른바 승인욕구, 라는 거야.』

승인욕구. 타인에게 인정받고 싶다고 하는, 사람이라면 누구나 가지고 있는 욕망. 근본적인 동기가, 그것이야? ……정말?

【#8】파도가 잦아들 때 · 233

그것도 있겠지만, 그게 최우선은 아닌 듯한 느낌이 들었다.

『그래서 아토리에게 집착했고, 버튜버로서 태어나는 과정에서 원치 않은 인간관계를 강요당해도, 때때로 하찮은 이벤트까지 열려도 참고 참고 또 참았어……. 정말 고통스러웠어. 견디기 힘든 나날이었다니깐.』

갑자기, 주위의 공기가 얼어붙는 듯한 느낌에 사로잡혔다.

고통, 이라고 말한 건가?

『왜냐하면 나는…… 너희를 싫어하거든.』

『사이자 양처럼, 응석만 부리는 나태한 인간이 싫어.』

『야마시로 양처럼, 자기 자신에게 확고한 자신감을 지닌 인간도 싫어.』

『그리고 그런 사람들을 멋대로 끌어들인 아토리가, 가장 싫었어.』

『그러니까, 버릴 수 있어. 버리지 않으면, 나는 시즈나기 미오가 될 수 없어. 시즈나기 미오의 세상에는 아토리도, 야마시로 양도, 사이자 양도, 아무도 필요 없으니까…… 없으니까.』

싫어. 단순하게 거절과 혐오를 가리키는 그 말은, 화면 너머로도 강한 의미를 지닌다.

"훌쩍."

그 말을 들은 니아가, 오열을 흘릴 정도로.

『마지막이니까, 전부 답해줄게. 맞아. 내가 이런 짓을 하는건, 아토리에 선생의 말을 소중히 여겨서야. 무언가를 얻기 위해서, 무언가를 희생한다. 나는 대다수의 불특정 다수에게 있는 그대로의 나를 보여주기 위해, 다른 모든 것을 희생할 거야. 발판으로 삼고, 이용한 후에 버려서, 내가 바라는 세상을 만들겠어.』

 저 독선적인 말을 듣고도 화가 나지 않는 건, 그 등을 민 사람이 바로 나이기 때문일까.

『버튜버를 해야만 했던 건, 내가 방송해 봤자 아무도 나 자신을 봐주지 않을 거니까. 결국 우미가세 카미오로 보일 테니까, 현실과 다를 게 없어.』

 ……확실히 버튜버라면, 내면만이 비친다. 우미가세 카미오로 여겨지는 일 없이, 우미가세 카미오의 퍼스널리티만을 봐줬으면 했다면 그런 방식을 취한 것도 이해는 된다.

『게다가 무엇보다 나는 우미가세 카미오란 인간에게 질렸으니까…… 다른 인간이 되고 싶었어. 내게 있어 우미가세 카미오야말로 암세포인 거야. 이딴 아바타, 빨리 버리고 싶었어.』

 아이러니하게도, 화면 앞의 미오는 이때 처음으로 우미가세의 면모를 보였다.

 ……어째서, 이렇게 궁지에 몰린 표정을 짓는 걸까.

『우미가세 카미오를 버리고 다른 사람이 된 나를, 봐줬으면 했어. 안 그러면 내 마음의 갈증은 사라지지 않아. 그래서 버튜버라는 아바타를 걸친 거야. 그리고 시즈나기 미오라는 아바타로 숨김없는 나를 표현한 지금, 아바타를 버릴 거야. 우미가세 카미오와 영원히 작별할 거야.』

 그렇게 해서, 우미가세 카미오와의 연결점도 버리겠다……

【#8】파도가 잦아들 때 · 235

라는 말인 것 같았다.

『……이 계획을 완수하면, 이제 누구와도 얽힐 필요가 없어. 나는 시즈나기 미오인걸. 인터넷에서 미오를 아는 사람들이, 있는 그대로의 나를 봐줄 거야. 그걸로 충분하니까…… 알았으면, 더는, 나를 신경쓰지 마.』

"카미오, 잠깐만……."

『…………뭔데?』

"카미오는, 오늘까지 쭉 괴롭기만 한 거야? 어떤 순간에도, 어떤 장소에서도…… 방송할 때도?"

"……."

키리사의 질문에, 우미가세는 답하지 않았다. 그리고 그대로 통화는 끊겼다.

더는, 연락할 수 없다. 실제로 전화를 걸어 봐도 그랬고, 그 이상으로…….

우리는, 우미가세와의 사이에 존재하는 거대한 벽을 실감하고 있었다.

통화가 끝난 후, 나는 작업 공간으로 돌아갔다.

모든 체중을 실 듯이 의자에 거칠게 앉자, 난폭한 소리가 방 안에 울려 퍼졌다.

"대체 어떻게 해야 카미를 설득할 수 있을까요?"

우미가세에게 싫어한다는 말을 듣고, 상처 입었을 텐데도.

모처럼 사귄 친구의 그런 잔인한 태도에, 슬픔을 느끼고 있을 텐데도.

 그런데도. 니아는 우미가세를 걱정하고 있었다. 새빨개진 눈으로 나를 보면서, 이 상황을 어떻게든 해결해달라며 애원하고 있었다.

 "설득할 필요 없어. 본인이 그러고 싶다니까, 하고 싶은 대로 하게 둬."

 "네? 그랬다간, 카미는……."

 "네 예상대로, 난리가 나겠지. 하지만, 그것도 우미가세의 선택이야."

 나는 책상 위에 놓인 안약을 넣으면서 그렇게 말했다.

 "우미가세가 말했잖아? 미오가 되고 싶다고, 그게 자신의 소망이라고 말이야. 일러스트를 버리겠단 말에는 화가 났지만, 그래도 어쩔 수 없어. 우리가 할 수 있는 일은, 이제 없는 거야."

 "하지만, 하지만, 그건, 아니에요……."

 니아는 떨리는 목소리로, 어떻게든 내 말에 반박하려 했다.

 나도 싫다. 이런 형태로 막을 내릴 거라고는 생각도 못 했고, 현실로 만들고 싶지도 않다.

 하지만…… 무슨 일에든 물러설 때가 존재하며, 그 선은 사람마다 다르다.

 "키리사와 니아를 끌어들인 건, 따지고 보면 나야. 그러니, 두 사람에게 이 말은 해두겠어. 우미가세와 더 얽혔다가, 두 사람한테까지 불똥이 튀어선 안 돼."

 "그 말은…… 이제, 카미와 얽히지 말라는, 건가요?"

"그래."

"……."

매몰차게 들릴 수도 있는 내 말에, 니아는 반론하지 못했다. 하지만 이 자리에서 사라지는 게 싫은지, 바닥에 털썩 주저앉아서 훌쩍훌쩍 울었다.

"그렇게 협력해 줬는데 말이야."

그 모습을 더는 볼 수 없었던 나는 아까부터 침묵을 지키고 있는 키리사를 향해 시선을 돌렸다.

"그래도 키리사라면, 내가 하는 말을 이해……."

"말하지 마."

하지만 키리사는 내가 입에 담지 않은 무언가를 말렸다.

"어차피 우리가 돌아간 후에, 카미오를 찾아갈 생각이지? 바보 같은 짓은 관두라고 말하며, 억지로라도 막을 생각이잖아. 미리 말하겠는데, 그건 안 돼. 지금의 카미오를 자극하는 건, 좋은 생각이 아니야."

……제장. 키리사의 저 빠른 눈치가 이번만큼은 원망스럽다.

"하지만, 지금 바로 막지 않았다간 돌이킬 수 없는 상황이 벌어질지도 몰라."

버튜버로서 활동하면서 영혼의 실제 얼굴도 공개한 방송자가 있다는 건 나도 알고 있으며, 우미가세 또한 활동 방식을 바꿀 뿐이라고 말했다면 받아들일 수 있을지도 모른다.

……하지만, 이런 형태로는 아니다.

선악이 뒤죽박죽인 무질서 상태에서 얼굴을 공개했다간——

나쁜 쪽으로만 계속 상상이 됐다.

"내 생각에, 카미오가 최대한 빨리 미오가 될 생각이었다면 이런 번거로운 수단을 쓰지 않아도 됐어. 그러니, 아직 시간적으로 유예가 있을 거야. 인스타 건도 사람들의 눈길을 끌려고 한 거랬으니까 좀 더 주목받으려고 할 테고, 게다가……."

"게다가?"

"치카게는…… 나도 마찬가지지만, 우리는 카미오를 찾아가기 전에 그 애에 대해 알아야 한다고 생각해……. 나도, 아직, 잘은, 모르겠지만……."

"우미가세 몰래, 그 애에 관해서 조사해 보자는 거야? 이 다급한 상황에서, 탐정 짓거리를 하자고? 그건 너무 느긋한 소리 아니야?"

……그 말을 하고서야, 깨달았다. 아무리 불안에 휩싸여 있다고 해도, 키리사에게 화를 내는 건 옳지 않다.

"…………미안해."

"아니야, 괜찮아. 신경 쓰지 마."

키리사가 상냥한 어조로 말했기에, 나는 반성하는 마음이 샘솟았다. 이 멍청이. 진정해, 나…….

하지만, 영문을 모르겠다. 항상 논리적인 키리사가, 지금은 불확실한 예감에 따라 그 무엇보다 서둘러야 하는 일을 말렸다. 게다가…….

내 마음속에 존재하는 섬뜩한 불안이, 키리사의 말에 따르라고 말하는 것만 같았다.

우미가세 카미오에 관해, 네가 알아둬야 하는 일이 있다고 말하는 것만 같았다.

이건—— 대체 어떤 감정일까.

"저기, 잘 생각해 봐. 우리는 곤란한 일이 있으면 협력하기로 했잖아?"

내 막연한 생각은, 그 말을 듣고 중단됐다.

"하지만…… 미오의 영혼에 대한 정보가 다 드러나서, 그 여파가 너한테까지 미친다면 어쩔 건데? 일러스트레이터와 버튜버 같은, 너희가 하고 싶은 일을 못 하게 되면? ……너희의 재능과 노력을 아니까, 나는 그게 무조건 싫어."

"그 마음은 이해해. 하지만 니아와 나는 이제 와서 카미오를 모른 척할 수 없고, 나는 카미오에게 해주고 싶은 말도 잔뜩 있어. 인터넷 문해력이라고는 눈곱만큼도 없는 짓을 벌이고, 멋대로 떠들어댔잖아. 그리고……."

이어지는 키리사의 말이, 무엇보다도 내 마음을 흔들었다.

"그런 걸 전부 제쳐두더라도, 반드시 막아야만 해. 이대로 뒀다간 카미오는 우리 곁으로 돌아오지 않을 테니까……. 이런 식으로 헤어지는 건, 싫어……."

극단적으로 말하자면, 그렇다. 우미가세가 제멋대로 행동하고 있다거나 버튜버로서 올바르지 않은 행동을 하고 있다는 건 넘어가더라도, 우리는 우미가세를 모른 척할 수 없다. 친구가 사라지게 되리라는 것을 알면서도 못 본 척할 순 없다.

"게다가 카미오는 우리를 싫어한다고 말했지만, 나는 그렇게 생각하지 않아. 그저 자신을 위해 버튜버라는 아바타가 필요할 뿐이라면, 카미오가 오늘까지 취한 행동은 이상해. 카미오는 우리를 진심으로 대했는걸……. 그렇잖아?"

 그렇다. 그리고 그 점은 확신할 수 있다. 우미가세는 틀림없이, 거짓말을 하고 있다.

 설령 우리를 단순히 버튜버 제작을 위한 발판이나 도구로 여기고, 오늘까지 해온 일이 전부 고통스러웠다고 생각한다면…… 그 애는 어째서 그렇게 성실했던 걸까? 내게 100만 엔을 주고, 수영복 차림을 보여주면서까지 일러스트를 부탁했다. 키리사의 조언을 진지하게 음미하며 받아들였고, 니아와 어울려줬을 뿐만 아니라 시리우스와 콜라보 방송까지 했다. 따지고 보면 그런 것은 전부 안 해도 되는 일이다.

 오늘까지 우리에게 보여준 우미가세야말로, 진정한 우미가세 카미오였던 것은 아닐까? 고통스럽기만 한 것이 아니라, 진심으로 즐겁다고 여긴 순간도 있었던 것이 아닐까?

 "자, 니아도 울기만 하지 말고, 차분하게 생각해 봐. 아까 통화 때 들은 말, 그게 전부 진담이라고 생각해? 니아 생각은 어때?"

 정신 바짝 차리라는 듯이, 키리사는 니아에게 그렇게 말했다.

 "지금까지 우리 곁에 있었던 카미오는, 그런 사람이었어?"

 "아, 뇨……."

 아닐, 것이다. 나도 말없이 그 말에 동의했다.

 우리가 본 우미가세는, 모르는 사람이 생각하는 것처럼 천상의 존재가 아니다. 대화 중에 농담하거나 딴지를 날리기도 하고, 아토리에의 팬이며, 영향을 받은 건지 좀 요망한 구석도 있는 데다, 중요한 순간에는 부끄러워하기도 했다. 그리고 구미와 점박이물범 같은 걸 좋아하는 어린애 같은 구석도 있으며, 무엇보다······.

다정한 사람이었다.

내가 억지로 시키다시피 했는데도 니아와 친하게 지내줬고, 아토리에가 흑역사로 여기며 인정하지 않는 과거조차도 헤아려 주는 듯한 발언을 했다.

이제 와서 우미가세가 무슨 말을 하더라도, 오늘까지 이어진 나날과 본인의 모습은 사라지지 않는다. 그때 해준 말은 분명, 진심이었으리라.

"설득, 해야 해요."

손목으로 눈가를 훔친 니아는 벌게진 눈으로 우리를 봤다.

그 눈에는 결의가 어려 있었다.

"어떻게든 해야 해요······. 가미는, 우리 친구니까요······."

"응. 그래. 네 말이 옳아."

평소에는 툭하면 다투기만 하지만, 키리사는 니아의 머리를 쓰다듬어주며 그 말에 동의했다.

두 사람 다, 결의를 다진 것 같았다. 이제 와서 내가 연기를 해 봤자, 그 결의를 꺾을 수는 없으리라.

······그렇다면, 리더인 내가 해야 할 말은 정해져 있다.

"오케이. 그렇다면 무슨 일이 있어도 우미가세를 설득해서,

이 사태를 수습하자—— 100만 명 기념도, 아직 안 했잖아. 전부 무사히 끝나면, 파티라도 여는 거야. 꼭, 그러자고."

"응, 그러자."

"아자아자~인 거네요!"

§

 다음 날, 토요일. 카미오의 주소를 호즈미 선생님에게 물어보기 위해 학교에 가보니, 정문이 잠겨 있었다.

 안쪽을 힐끔 보니, 작업복을 입은 어른들이 바쁘게 뭔가를 하는 모습이 보였다.

 발돋움을 하면서 살펴봤지만…… 선생님은 한 명도 보이지 않았다.

"그러고 보니, 공조 정비를 한댔지."

"Fuck! 이 타이밍에 에어컨 정비 같은 건 하지 말라고요!"

【#9】 사랑받지 않았다는 건

 본인이 자발적으로 개인 정보를 유출한다는 상황은 너무나도 특이해서, 공적 기관에 도움을 청하기도 어려운 안건이었다. 그야 자작극이니까. 경찰에 어떻게 좀 해달라고 해본들, 해결될 리가 없다.

 유일하고 최선의 해결책은, 가까운 인간이 막는 것이다.

 그렇다면 지금 바로 본인을 찾아가야 할까? 집에 쳐들어가서, 창문이라도 깨고 침입한 후, 금속 배트로 PC를 부숴야 할까?

 그건 안 된다. 근본적인 해결책이 아니다. 이번 일이 정신적인 이유로 일어난 거라면, 우리는 구체적인 행동만이 아니라 말로 우미가세를 납득시켜야 한다.

 "카미오가 어째서 이런 짓을 하려는 건지, 조사해 보는 건 어떨까?"

 그런 의미에서 보자면, 키리사의 제안은 충분히 이해된다.

 우미가세 카미오란 개인의 정보를 모아서, 우미가세의 지금 행동으로 이어지는 요소를 찾는다. 본인 이외의 인물을 통해, 본인을 알려고 하는 것이다.

 최종적으로 우미가세와 직면했을 때, 그런 정보가 있느냐 없느냐에 따라 이야기가 명백하게 달라질 것이다──설득을 위한 수단 또한, 될지도 모른다.

 다음 날. 토요일 오전.
 학교 출입이 다음 주부터 가능하다는 것을 안 우리 세 사람은 커피 체인점의 테이블 석에서 누군가를 기다리고 있었다.
 키리사와 여학생들의 사이의 교류 네트워크를 통해 카미오가 이런 행동을 저지른 이유를 분석해 보자. 그 명목으로 이곳에 온 것인데…… 자, 이제부터 어떻게 될까.
 "면식도 없는데, 용케 우미가세와 같은 중학교였던 애와 약속을 잡았구나. 그것도 당일에 말이야."
 "약속 안 잡았어."
 "뭐? 그렇다면 왜 여기에 온 거야?"
 "카미오와 같은 중학교에서 친하게 지냈다는 애가 여기서 아르바이트를 하나 봐. 그래서, 그 애가 출근하면 접촉해 볼 속셈이야. 여기 점장님한테는 전화로 미리 이야기를 해뒀으니까, 그 애가 온다면 이쪽으로 보낼 거야."
 ……억지스럽다는 것은 일종의 장점일지도 모른다. 일단, 지금은 키리사 덕분에 정보를 얻을 수 있을지도 모른다.
 "예상했던 것보다 카미오에 관한 정보를 알아낼 수가 없었거든. 게다가…… 이렇게라도 안 하면, 늦을지도 몰라."
 키리사는 우리와 다른 테이블에 앉아서 노트북 PC로 SNS와 인터넷을 살피고 있는 니아에게 시선을 보냈다.

어제부터 지금까지, 우리가 잠든 사이에도 시즈나기 미오의 인스타 정보와 영혼에 관한 억측이 인터넷에서 광범위하게 퍼져나가고 있었다── 그것도, 우미가세 본인에 의해서.
　도쿄에 사는 고등학생. 방송 경험이 없는 완전한 신인.
　주목받고 있어서일까. 그 정보는 급속도로 퍼져 나가고 있었으며, 나쁜 짓은 하지 않았는데도 지금은 일종의 스캔들로 발전하고 있었다. 그 영향인지, 아이러니하게도 미오의 채널 구독자는 늘어나고 있지만…… 그건 우리한테 아무런 위로가 되지 않는다.
　……어제와 오늘, 미오는 트미터에 글을 올리거나 방송을 하지 않았다.
　순수하게 미오의 방송을 고대하는 시청자는, 안절부절못하고 있겠지…….
　"저기, 점장님 말을 듣고 온 건데…… 당신이, 야마시로 양이에요?"
　"아, 네, 맞아요. 당신이 카야노 양 맞죠?"
　15분 정도 흐른 후, 흰색 와이셔츠를 입은 우리와 동갑으로 보이는 여자애── 카야노란 이름의 그녀가 우리 테이블석으로 찾아왔다.
　"갑자기 찾아와서 미안해요. 하지만, 꼭 물어봐야만 할 일이 있어서요."
　"아뇨. 그런 거라면 괜찮아요."
　키리사가 맞은편 자리에 앉을 것을 권하자, 카야노는 내게 시선을 보냈다. 너는 누구냐고 묻는 눈치지만, 곧 가르쳐줄 거니 안심해 줬으면 한다.

"그런데, 물어볼 게 뭔가요?"

"우미가세 카미오 양에 관해서, 예요."

"으."

우미가세의 이름을 들은 순간, 카야노는 노골적으로 동요했다는 사실을 드러냈다.

"이유가, 뭐죠?"

역시 물어보는 건가. 키리사는 그 말을 듣더니, 미리 준비해둔 이유를 입에 담았다.

"저희는 카미오 양이 다니는 고등학교의 학생회예요. 실은, 요즘 들어 카미오 양에 관해 나쁜 소문을 퍼뜨리는 사람이 있는 것 같거든요. 이런 사소한 일이 집단 괴롭힘으로 발전하기도 하니까, 저희가 자발적으로 범인을 조사하고 있어요."

"그, 그런 일, 인가요."

"무슨 일 있어?"

어딘가 안 좋아 보이는 표정이 신경 쓰인 나는 무심코 그렇게 물었다. 적당히 짠 것 치고는 꽤 그럴듯한 이유라고 생각하는데, 의심받고 있는 걸까.

"아무것도 아니에요······. 그런데, 뭐가 알고 싶은 건데요?"

내가 갑자기 입을 열어서 놀란 건지, 카야노는 흠칫했다. 본인은 아무것도 아니라고 말하지만, 그래 보이지 않는데—— 그래도 지금은 우미가세의 정보를 얻어내는 게 우선이다.

【#9】사랑받지 않았다는 건 · 247

"당신은 같은 중학교에 다니는 카미오 양과 친했다죠?"
"그게…… 네."
"그렇다면, 카미오 양을 원망하거나 혹은 특별시 하는 인간을 알고 있나요? 물론 중학생 때 이야기라도 괜찮아요. 사소한 일이라도 괜찮으니, 들려주세요."

그렇게 묻자, 카야노는 테이블 위에 놓인 물을 지그시 쳐다보며 대답했다.

"아마 없을 거예요. 우미가세 양은 보통 혼자 있었거든요."

친한 친구는 없는 건가. 아무래도 옛날에도 교실에서는 지금처럼 지낸 것 같았다.

"반대로, 그 아이가 원망하는 사람은 있을지도 모르지만요."

그리고 다음 말을 들은 순간, 나는 몸을 앞으로 쓱 내밀었다.

"그게, 무슨 말인가요?"

키리사가 묻자, 카야노는 잠시 뜸을 들인 후에 대답했다.

"그 아이는………… 괴롭힘을, 당했거든요."

……………………………………뭐?

옆을 쳐다봤다.

키리사는 아무 말 없이 팔짱을 끼더니, 시선을 살짝 숙이고 있었다.

"그게, 그러니까……."

괴롭힘을 당했다. 카야노는 그렇게 똑똑히 말했다.

중학생 시절의 우미가세는 조용하다기보다, 얌전하고 심약한 성격이었던 것 같다.

 그러면서도, 능력은 지금과 마찬가지로 뛰어난 탓에—— 정신적으로 미숙한 동급생에게 질투받았고, 그 탓에 심한 괴롭힘을 당하게 됐다고 한다.

 그럴 때, 같은 농구부 소속의 여자애가 도와줬다고 한다.

 "우미가세 양은 중학교에 들어와서 농구를 시작했다는데, 금방 능숙해졌어요. 실력이 쑥쑥 늘었대요. 도와줬단 애는 농구부 부주장이었는데, 너만 있으면 전국대회에도 갈 수 있을 거라며 마음에 들어 했어요. 한때는 그 애와 우미가세 양이 농구부의 중심이었어요."

 ……중심이었다.

 과거형. 그것이 무엇을 의미하는지, 상상하는 것은 어렵지 않았다.

 "2학년이 되고 새로운 팀으로 움직이게 됐을 때, 주장 투표 같은 걸 하게 됐대요. 그때, 부주장이었던 애보다 우미가세 양이 표를 더 많이 받았다고 해요. 그때부터 서서히 두 사람의 사이가 나빠졌죠. 가을 대회에서 그 애가 주전에서 빠졌을 때는, 이미……."

 멀찍이 떨어진 테이블에 앉은 니아의 모습이, 왠지 흐릿하게 보였다.

 ……명치에 철구가 박힌 듯한, 그런 묵직한 느낌 탓에 나는 감각이 흐트러졌다.

 "그 후로는 또 집단 괴롭힘으로 발전하면서 이 자리에서는 말

【#9】사랑받지 않았다는 건 · 249

할 수도 없는 일이 잔뜩 벌어졌고, 우미가세 양은 학교에 안 나오게 됐는데……. 하, 하지만 말이에요."

바로 그때, 카야노는 근본적인 공포에 시달리는 듯한 표정을 지었다.

"한 달쯤 학교를 쉬고, 다시 학교에 왔을 때…… 우미가세 양이 농구부를 찾아왔어요. 그리고 자기를 괴롭힌 애의 치명적인 개인 정보나, 어떻게 알아낸 건가 싶은 정보를 전부 말했죠. 당시에 그 애들이 가지고 있던 비밀 계정 같은 것도 전부 알고 있었어요. 그리고……."

『남들에게 전부 알려져서 인생이 엉망진창이 되고 싶지 않으면, 이쯤에서 끝내.』

잔혹한 미소를 지으면서, 그렇게 말했다고 한다.

"제가 우미가세 양에 대해 알고 있는 것과, 농구부에 관한 것은 이게 전부예요."

카야노가 이렇게 떨고 있는 건 두려움 탓일까, 아니면 후회 탓일까. 나는 알 수 없었다.

"제, 제가 이야기했다는 건 꼭 비밀로 해주세요……. 그리고 더는, 저한테 우미가세 양에 관해 묻지 말아주세요. 저는 소문을 퍼뜨릴 생각이 없고, 지금 일어난 일과도 상관이 없어요. 그 어떤 짓도 할 생각이 없고요……."

"이제 와서 그 일이 알려져서, 진로나 인생에 영향이 갈까 무서운 거야?"

"그, 래요. 우미가세 양이라면, 마음만 먹으면 얼마든지 터뜨릴 수 있을 테니까요……."

그렇게 말하며 도망치듯 이 자리를 벗어나려 하는 카야노를, 키리사는 날카로운 안광으로 노려봤다.

"저기 말이야. 너, 어째서 그렇게 잘 알고 있는 건데?"

바로 그때, 카야노는 처음으로 차분한 표정을 지었다.

고해실에 죄를 고백하러 온 죄인은 지금의 카야노 같은 표정을 지를 것이다.

"그야, 제가…… 그 일의 당사자, 니까요."

"어, 어이, 키리사!"

나는 입으로 말렸지만, 자리에서 일어난 키리사가 카야노의 따귀를 날린 탓에 더는 이야기를 듣지 못하게 됐다. 하지만, 이만큼만 이야기를 들으면 충분했다.

아무래도 우미가세 카미오의 학교생활은, 바람에 돛 단 것처럼 순조롭지는 않았던 것 같았다.

§

커피숍을 나온 후.

일단 자기 집으로 가고 싶다는 키리사를 따라간 나와 니아는 맨션 홈에 있는 휴식 공간에서 키리사가 돌아오기를 기다렸다.

"카미도 고생이 많았군요."

니아의 목소리가 홀에 울려 퍼졌다. 커피숍에서 우미가세의 지인을 때리는 키리사를 보고 당황했던 니아는 내 설명을 듣고 쭉 풀이 죽어 있었다. 마치 자기 일처럼 여기는 것만 같았다.

"키리사가 진짜로 남을 때리는 건, 처음 봤어요."

"심정은 이해해. 옳은 행동은 아니지만 말이야."

"네……. 하지만 니아도 직접 들었다면 때렸을지도 모르겠어요……. 카미는 아무 잘못도 없으니까요……."

니아는 두 손을 꼭 말아쥐었다──. 결국 제삼자인 우리는 우미가세에게 정말 잘못이 없는지는 알 수 없다. 그렇기에 방금 말에 함부로 동의할 수는 없었다.

……하지만 한쪽 편을 드는 것은 자유다. 나도 왜 우미가세가 그런 일을 당해야 하냐는 생각만 계속하고 있었다.

"니아는 아무것도 몰랐어요. 카미가 그렇게 힘든 일을 겪은 줄은……."

그리고 겨우겨우 할 말을 찾아낸 것처럼, 니아는 입을 열었다.

"그야 어쩔 수 없을 거야. 우미가세가 박해를 받았다니, 이야기를 듣지 않았다면 알 수 없었을 거잖아……. 게다가, 본인도 이런 이야기는 하고 싶지 않을 거야."

"그것도 그렇지만…… 니아가 말하고 싶은 건…… 가족 일, 이에요."

……가족, 일?

"학교에서도 그런 일이 있었는데, 가족 일로도…… 훌쩍."

"가족 일이라는 게, 무슨 소리야?"

니아가 훌쩍거리면서 한 말에…….

나는 척수 반사적으로 바로 반응을 보였다.

"유명인 일가라는 건 알지만…… 가족 관련으로도, 무슨 일이 있었던 거야?"

"치카도, 몰랐던 거예요?"

내 무지함을 비난하는 게 아니라 어디까지나 의문에 찬 어조인 것이, 괜히 불온했다.

"그게…… 뭐, 관심이 없었거든."

입에 담은 말이 변명조에 가깝다는 것은, 나 자신도 눈치채고 있었다.

하지만, 이 타이밍에 물어봐야 한다. 직감이, 그렇게 외치고 있었다.

"시오미 토코. 전에 키리사가 말했던 사람에 대해, 검색해 보세요."

◆시오미 토코는 일본의 전 배우. 전 배우자는 도쿄 지렉스 소속의 프로 야구 선수 우미가세 아키후미. 자신의 불륜을 계기로, 2016년 5월에 연예계에서 은퇴했다.

그렇게 적힌 인터넷 기사가 제일 먼저 떴다.

……시오미 토코라는 존재에 관해서는 나도 알고 있다.

프로 야구선수인 남편에게 버금가거나 혹은 그 이상의 지명도를 자랑하는 여성, 시오미 토코.

【#9】사랑받지 않았다는 건 · 253

진짜로 아름다워서, 전 세계에서 가장 예쁜 얼굴 베스트 100이라는 랭킹에서 한 자릿수 순위에 들어갔다는 일화를 들은 적이 있다. 성격도 겸허한 노력가였다고 하며, 배우로서 뛰어난 실력을 겸비했기에 대중의 호감도도 매우 높았다.
　한때는 국민 여배우라 불릴 정도의 존재였던 시오미 토코.
　하지만—— 일방적인 불륜에서 이어지는 막장 이혼이라는 연이은 스캔들을 일으킨 결과, 배우를 은퇴하며 대중 앞에서 사라졌다. 온갖 매체로부터 비난을 받으며 억측의 대상이 됐고, 웬만한 구설수는 귀엽게 보일 정도로 난리가 난 끝에 아무것도 남지 않았다.
　특히 은퇴 기자회견에서 한 발언은 거센 비판을 받았던 것으로 기억한다.
　기자는 아직 어린 자식의 친권에 관해 질문했다.
　그 질문에, 시오미 토코는——.
　『필요 없어요. 저한테 그 애는, 필요 없는 존재니까요.』
　인형처럼 감정이 없는 태도로, 영어를 직역한 것처럼 말했다.
　그 이상은 아무 말도 하지 않았다.
　우미가세 카미오는, 그런 시오미 토코의 딸이었다.

　"카미에 대해 조사하다보니, 그제야 알게 됐어요……. 우미가세 선수에 대해서는 니아도 야구광이라서 알고 있었지만, 거기까지는 몰랐거든요……."
　"……."

말문이 막혔다. 내 무지함만이 아니라, 오늘까지 우미가세에 대해 알려고 하지 않았다는 사실이 사고회로를 지연시켰다.

일이 일인 만큼, 우미가세의 부모 이야기는 '본인 앞에서 해선 안 되는 이야기'로 분류될 것이다. 주위 사람도 적극적으로 언급하지 않을 것이며, 일부러 대충 넘어가거나 화제를 돌리는 게 정상——. 그러고 보니 니아와 우미가세를 만나게 했을 때, 부모 이야기가 나오자 키리사가 화제를 돌렸다.

……키리사 나름대로 우미가세를 배려한 행동이리라.

"모르는 사이에, 니아는 카미에게 상처를 줬을지도 몰라요. 실은 대디의 이야기도, 우미가세 선수에 관한 이야기도, 하고 싶지 않았을지도 몰라요. 그러니, 니아는……."

조그마한 몸을 부들부들 떨기 시작했다.

"어쩌면 니아는, 미움받아 마땅할지도, 몰라요……."

——싫어.

전화 너머로 우미가세에게 들은 말을 마음속으로 정리하는 데는, 하룻밤만으로 부족할 것이다. 슬픔에 휩싸였을 니아의 심정은, 뼈저리게 느껴졌다.

나는, 머릿속에서 퍼즐이 맞춰지는 느낌이 들었다.

우미가세의 변신 욕구는, 우리가 상상조차 못 할 만큼 거대했을지도 모른다.

우미가세 카미오의 인생은 어마어마한 어둠에 잠식되어 있어서, 거기서 도망치기 위해서라면 뭐든 할 수 있는 걸지도 모른다—— 적어도, 우리는 희생할 수 있는 걸지도 모른다.

내가 니아를 언급했을 때, 우미가세는 어떤 생각을 했을까.

우미가세는 니아에게 타인과의 유대가 얼마나 소중한 것인지 이야기하면서, 어떤 생각을 했을까.

……정말 구해주길 바라는 건 자신이란 말이 하고 싶지는 않았을까.

"으으…… 훌쩍…… 흑……."

오열하는 니아에게 아무 말도 못 해주며, 나는 묵묵히 천장만 올려다봤다.

새하얀 홀의 천장은, 자기혐오에 물든 내 마음과 정반대 색깔을 띠고 있는 것처럼 보였다.

§

셋이 함께 내 아파트로 돌아온 후, 우리는 아무것도 하지 않으며 그저 입만 다물고 있었다. 그렇게 아무 말도 하지 않는 사이에 그날 저녁이 됐지만, 나는 작업용 책상 앞에서 꼼짝도 하지 않았다.

"정말, 피곤해……."

주방에서 다 죽어가는 키리사의 목소리가 들려와서 고개를 돌리자, 사복 차림으로 의자에 앉아 식탁에 엎드려 있었다──. 키리사는 오늘 집에 가지 않을 것이다. 어제도 우리 집 소파에서 밤을 보냈고, 맨션에 돌아갔던 것도 숙박을 위한 짐을 조달하기 위해서였다.

일은 괜찮은지 걱정되지만…… 키리사도 프로다. 진짜로 마감이 위험하다면 돌아갈 것이다. 그리고 나도 남 말을 할 자격이 없다. 1일 1일러스트를 그린다는 개인적으로 세운 목표를, 어제 어긴 것이다. 존잘 일러스트레이터 실격인걸…….

"일본풍 카페에서 처음으로 미오 이야기를 했을 때, 나는 카미오와 단둘이 돌아갔잖아?"

키리사는 엎드린 채, 이야기를 이어갔다.

"그때 말이지……. 카미오는 거의 말을 하지 않았어. 둘이 같이 있는데 나만 계속 떠들어대니까, '이 애는 원래 조용한 성격이구나.' 하고 생각했다니깐. 그래서 나는 반드시 친해지겠다며 괜히 의욕을 불태웠어."

나는 아무 말 없이 작업용 PC 앞에 앉아서 마우스만 조작했다.

"하지만 미오에 대해 같이 아이디어를 짜면서 점점 말수가 많아지고, 웃어도 주는 게 나는 너무 기뻤는데…… 그런 것도 전부, 민폐였던 걸까……."

나는 역시, 아무 말도 하지 않았다.

"카미오는 현실이 너무 힘들어서 미오가 되고 싶은 걸까……."

그저 자기 HDD에서 찾아낸 동영상 파일을, 천천히 재생시켰을 뿐이다.

【그림쟁이 잡담】리퀘스트 그림 소화 겸, 시청자의 고민을 해결해 주는 코너【아토리에】

『으음~ 어디 보자…… '집에 있고 싶지 않아요. 하지만, 학교에도 가고 싶지 않아요. 부모한테도 친구한테도, 누구한테도 사랑받지 못해요. 사는 게 뜻대로 안 되어서 괴로워요. 어쩌면 좋을까요.' ……흠, 그래. 그거참 괴롭겠네.』

『……하지만 말이지. 매정하게 들릴지도 모르지만, 나는 네가 바라는 말이나 너를 구원해 줄 말을 해줄 수 없어. 나는 너를 모르거든.』

『그러니 내가 해줄 수 있는 유일한, 그리고 누구에게도 통하는 말을 해주겠어. 원하는 것은, 원하는 것은, 그저 원한다고 생각하기만 해선 안 돼. 그것을 얻기 위한 고통이 따르고, 무언가를 희생한 끝에, 쟁취해야 하는 거야. 일러스트를 그리거나 이런저런 일을 하면서, 나는 매우, 매우! 그렇게 생각하게 됐어.』

『그리고 그런 말을 하는 걸 보면, 너는 사랑받고 싶은 거지? 누군가를 사랑하고, 누군가에게 사랑받으면서 살고 싶은 거잖아? 그렇다면 너는 너 자신을 위해 노력해야만 해. 사람에 따라 환경은 다르고, 쥐고 있는 카드 또한 달라. 지금이 최악인 것처럼 느껴질지 몰라. 그걸 알지만, 그래도 나는 노력해야 한다고 생각해.』

『자신을 구해줄 수 있는 가장 가까운 사람은, 자기 자신이니 말이야.』

『나도, 때때로 생각해. 일러스트 실력이 너무 늘지 않네, 남이 그린 존잘 일러스트를 보며 나 따위가 그릴 필요는 없는 거 아니야, 노력하는 걸 확 때려치워 버릴까, 하고 말이지. 그래도 나 자신을 위해, 내가 그림을 그리고 싶으니까 노력하고 있어. 조금만 더 노력하자를 반복하다 보니, 오늘에 이르렀어. 그러니까…… 함께 노력해 보자. 응?』

거기서, 재생을 멈췄다.

시청자의 코멘트에, 당시의 아토리에는 그렇게 답했다.

"왜, 아토리에의 옛날 방송을……."

내가 갑자기 흑역사를 재생한 게, 키리사의 눈에는 기묘하게 보인 것 같았다. 어느새 내 책상 옆으로 와서, 통명한 표정을 지으며 서 있었다.

"이 코멘트를 쓴 사람은 아마 우미가세일 거야."

"뭐? 말도 안 돼……. 거짓말이지?"

"거짓말이 아니야. 본인이 그렇게 말했어. 그리고 코멘트를 쓴 사람의 아이콘이 점박이물범이잖아?"

설득력 없는 이유지만, 키리사는 더 의심하지 않았다. 농담할 상황이 아니며, 아토리에의 방송을 누구보다도 흑역사라 여기는 내가 한 말이니 말이다.

방송일은—— 아토리에가 중학교 2학년 때다. 겨울 방학에 한 방송이었다.

우미가세는 이 말을 지금도 소중히 여긴다고 말했다.

얼굴도 본명도 모르는 상대가 해준 말인데도, 소중히 지키며 산 것이다…….

나만은, 그런 우미가세를 비웃을 수 없다. 그럴 수밖에 없는 상황에서 등을 밀어준 것이다. 다름 아닌, 내가. 카야노에게 반

【#9】사랑받지 않았다는 건 · 259

격한 것도, 내 발언을 듣고 마음을 굳혔기 때문일지도 모른다.

"나는 말이야. 우미가세를 설득할 수 있으리라고 생각했어. 만나서, 꾸짖고, 이야기를 들어준 후, 최종적으로 올바른 길로 인도할 수 있을 거라고 여긴 거야. 지금부터도 진부한 해피 엔딩을 맞이할 수 있을 거라고 믿었다고."

하지만 현실은 그렇지 않았다. 거기에 있는 것은 후회와 아토리 치카게의 어리석음 뿐이다.

"지금의 우미가세에게 아토리에의 말이 조금이라도 영향을 끼쳤다면, 나만은 막을 수 없어. 그럴 권리는 없어. 내가 그런 말을 한 거니까. 희생을 치르고, 자기 자신을 위해 노력하라고 말이지. 우미가세는 그저, 노력하고 있을 뿐이니까……."

그리고 설령 그 말을 하지 않았더라도, 나는 우미가세 카미오에게 아무 말도 해줄 수 없다.

"게다가 나는 눈치채지 못했을 뿐만 아니라, 알려고도 하지 않았어. 이 방송도, 마음만 먹으면 얼마든지 이렇게 찾아볼 수 있었는데…… 쭉 곁에 있었으면서, 나는……."

처음부터 몰랐던 것과 알면서도 언급하지 않은 것. 어느 쪽이 더 악랄할까?

이번 일만 가지고 본다면, 전자라고 생각한다. 나는 항상 시즈나기 미오만 생각하며, 우미가세 카미오는 뒷전이었다. 어쩌면 우미가세는 자신이 고독하다는 사인을 은연중에 내게 보냈을지도 모르지만, 전부 놓치고 말았다. 눈치채주지 못했다.

"나는 우미가세에게, 아무것도 해주지 않았어. 그러니까, 그런 나는……."
 우미가세를 말릴 수 없다. 그렇게 결론을 내리려던, 바로 그때였다.

"……왜, 왜 그래?"

 내 오른손에, 키리사가 양손을 포개서 얹었다.
 그대로, 그녀는 내 눈을 지그시 응시했다.
 "우리와 마찬가지로, 치카게도 책임을 느끼고 있는 거지?"
 "뭐, 그래."
 "그렇다면 치카게가…… 아니, 치카게야말로, 카미오와 이야기해 봐야 해. 지금 아무것도 하지 않았다간, 진짜로 도망치는 게 되잖아."
 그 말이 옳다. 이런저런 소리를 늘어놓고 있지만, 내가 우미가세와 마주해야 하는 건 틀림없다. 아토리에의 무책임함을 혐오하고, 아토리 치카게의 언동을 후회하고 있기에, 나는 우미가세와 대화를 나눌 필요가 있다. 그래야 한다고도 생각한다.
 ……하지만 내게는 그럴 권리가 없고, 무슨 얼굴로 그녀를 만나러 가느냐는 감정을 씻어내지 못하는 것 또한 사실이다.
 어쩌면, 좋을까…….
 "있잖아. 치카게는 왜 카미오를 데생 모델로 삼은 거야?"
 머릿속으로 제자리걸음만 반복하는 내게, 키리사가 그렇게 물었다.

【#9】사랑받지 않았다는 건 · 261

왜 지금, 그런 소리를 하는 걸까? 의아했지만, 그래도 대답할 수밖에 없다.

"예뻐서야. 옆에서 본 얼굴이 아름다웠어. 옆자리에 온 걔를 처음 본 순간, '세상에는 이런 애도 있구나.' 하고 생각했어. 그래서 아마…… 그리고 싶어진 걸 거야."

시간이 흐르면서 이런저런 일이 있었기에, 당시 기억은 흐릿해졌다.

그런데도 부끄러워하지 않으며 이렇게 말하는 것을 보면, 그렇게 생각한 게 틀림없다.

"그래? 하지만 예쁘고 귀엽기만 한 애라면 얼마든지 있지 않아? 그리고 카미오 말고도 모델의 외모를 거의 그대로 살려서 쓴 사람이 있어?"

"아니, 없어. 우미가세뿐이야."

"그건 어째서야? 왜 카미오만, 그리고 싶다고 생각한 건데?"

추궁을 받고, 두 달 전 우미가세를 처음 봤을 때를 떠올렸다.

그때, 나는 어떤 생각을 했을까…….

"카미오에 대해서…… 치카게가, 이렇게 진지하게 생각하는 건…… 어째서야?"

키리사는 그 마지막 말을 머뭇거리면서 했고, 얼굴을 보니 묻고 싶지만 묻고 싶지 않다고 말하는 듯한 그런 몇 겹의 감정이 뒤섞인 표정으로, 포개진 손을 쳐다보고 있었다.

말문이 막혔다.

"영문 모를 소리처럼 들릴지도 모르지만……."

나는 손으로 더듬듯이, 머릿속의 생각을 있는 그대로 입에 담았다.

"걔는 다른 사람들이 말하는 것처럼 대단한 애일지도 모르지만, 그래도 그것만이 아닌 것처럼 보였어……. 어쩌면, 쓸쓸해 보인 걸지도 몰라."

"그래서?"

"어째서 그렇게 보인 건지, 그려보면 조금은 알 수 있을지도 모른다고 생각해서……."

"그렇다면 서큐버스로 그린 건 어째서야?"

"그건 단순해. 내가, 서큐버스를 좋아해서지."

"정말, 바보라니깐."

"게다가 징그럽지? 나도 알아."

바보에, 징그러우며, 무례한 놈이다.

그래도, 전부 사실이다.

처음 만났을 때, 어렴풋이 느낀 감정.

우미가세 카미오라고 하는 인물상과 실제 우미가세의 미세한 차이.

그녀가 어떤 인간인지 순수하게 신경 쓰였다. 그래서 나는 우미가세를 한동안 관찰하고 말았다. 타인을 통해서 안 우미가세 카미오가 아니라, 진짜 우미가세 카미오는 어디 있는 걸까. 그것이 너무나도 신경 쓰였고, 알고 싶었다.

"왜 우미가세에 대해서 진지하게 생각하느냐, 말인데……."

"……."

키리사는 침묵에 잠긴 채, 내 말만을 기다리고 있었다.

"내가 멋대로 우미가세를, 소중한 친구라고 여기니까. 키리사와 니아처럼, 곤란해지거나 슬퍼하고 있을 때는 함께 해주고 싶다고 생각해. 버팀목 같은 거창한 것은 되어주지 못하더라도, 그 정도라면 해줄 수 있을지도 모르니까……."

그 이상의 이유는 댈 수 없었다.

그러고 싶다는 생각을 해서, 그러자고 생각했다.

그것이 전부이고── 나도, 그거면 됐다. 그것이, 전부였다.

"……"

내리깔고 있던 키리사의 눈동자가, 나를 향했다.

이제 와서 비로소, 나는 의지가 담긴 시선으로 키리사를 바라볼 수 있었다.

"그러고 보니, 아직 치카게한테서 모델링 업무의 대가를 못 받았네."

"뭐? ……아…… 맞네. 어떻게 할래?"

미루고 또 미뤘던 화제를, 키리사는 이제 와서 꺼냈다.

화제를 너무 갑자기 돌린다. 왜 이제 와서 그런 소리를 하는 거냐는 생각이 들기는 했다. 그래도 중요한 이야기인 것은 사실이다.

게다가…… 키리사가 무슨 말을 할지, 왠지 짐작됐다.

"카미오를, 꼭 설득해 줘. 부탁이야."

……그건 이제까지 치른 것 중에서 가장 어려운 대가였다.

또한, 우리가 반드시 해내야 하는 일이기도 했다.

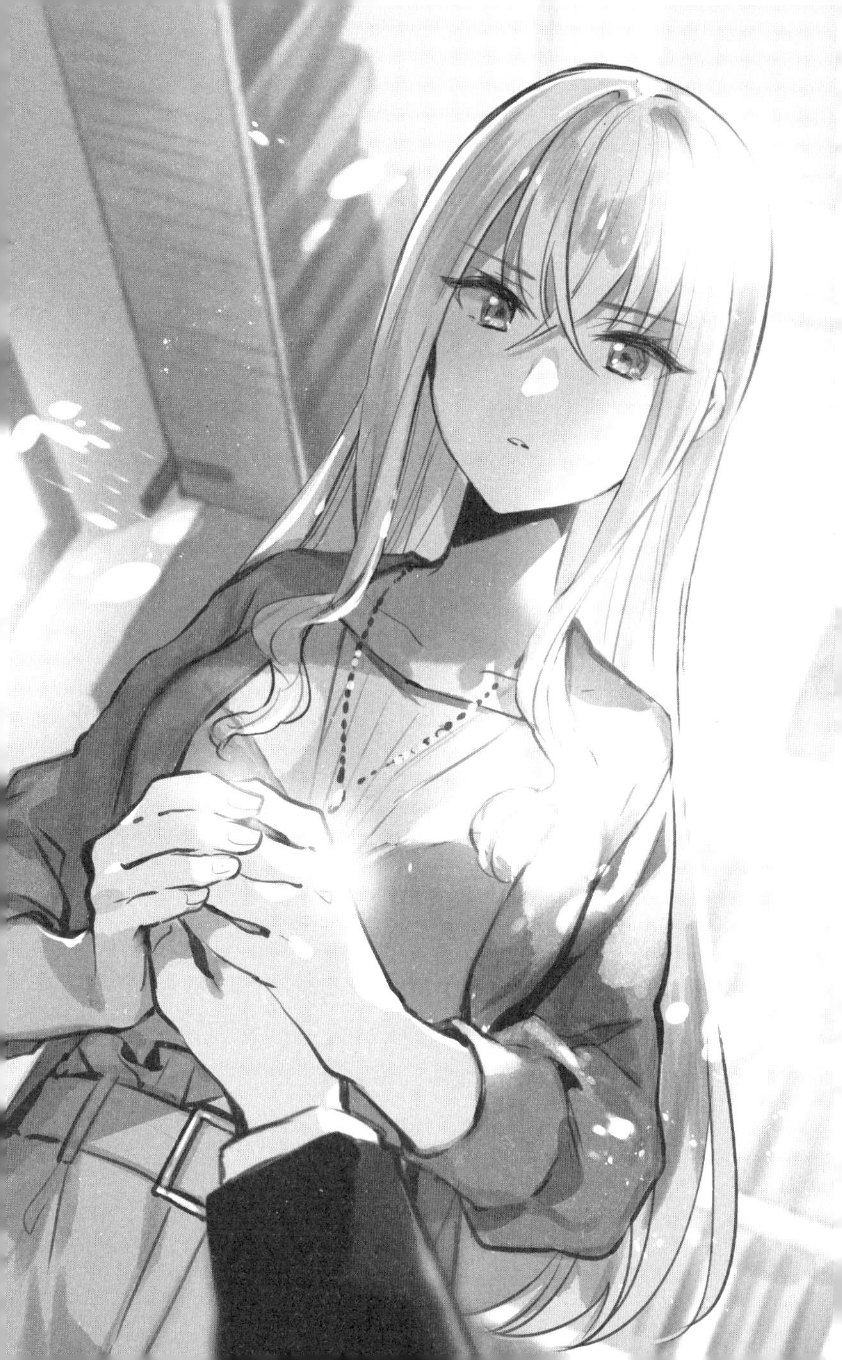

"그래. 나만 믿어."

그리고 이어서, 키리사에게 감사의 말을 건넸다.

"성가신 일에 끌어들이고, 멘탈 케어까지 받다니…… 너한테는 매번 신세만 지네."

"괜찮아. 이러기로 약속했잖아. 신경 쓰지 마."

"왠지 클리셰 같은 말이네."

"나, 나도 말하고 그렇게 생각했으니까, 자꾸 말하지 마."

"그런데, 키리사."

"왜?"

"너…… 언제까지 내 손을 잡고 있을 건데?"

"…………………아."

키리사는 그 적을 듣고서야, 송충이라도 만진 듯 내 손에서 자신의 두 손을 떼어냈다. 자기가 만져놓고, 이 반응은 너무한 거 아닙니까…….

"그런데, 너는 대사 기능이 참 좋구나. 손이 되게 축축해."

"그, 그런 생각을 하더라도 입 밖으로 내뱉지 마!"

"꽁냥대고 있을 때가 아니에요."

갑자기 복도 쪽에서 니아가 조그마한 머리만 쑥 내밀었다.

"혹시 뭔가 움직임 있었어?"

"그래요. 이거 좀 보세요."

【보고】화제가 되고 있는 일과 앞으로에 관해【시즈나기 미오】

니아의 스마트폰 화면에 표시된 미오의 채널에는 오늘 밤 열두 시부터 개시 예정인 방송 예고 알람이 설정되어 있었다.

살펴보니, 채팅란에는 최근의 소동에 관해 언급하는 코멘트가 잔뜩 달려 있었다. 구경 삼아 몰려온 이들이 많은지, 악취미한 연속 코멘트나 선을 넘는 발언도 넘쳐나고 있었다.

……사람이 늘었다는 증거치고는, 꽤 기분 나빴다.

"설마 카미오는 이 방송에서……."

"미오가 되려는 걸지도 몰라."

"그렇다면, 이제 시간이 없어요."

그렇게 말한 니아는 한 손에 쥔 금속 배트를 내게 떠넘겼다.

"뭐, 뭐하는 거야?"

"카미를 찾아갈 거죠?"

그렇다. 가야 한다. 아니, 가고 싶다.

우미가세 카미오의 단편을 주운 지금이야말로, 결의가 다져졌다.

"그래. 지금 바로, 갈 생각이야."

가슴을 펴며 고개를 끄덕이자── 니아 또한, 결의에 찬 표정을 지었다.

"저기, 미움을 받고 있을지도 모르지만, 그래도, 니아는 카미가 좋아요. 그러니까, 하다못해 한 번 더 만날 수 있도록…… 니아도, 데려가 주세요……."

어지로 쥐어짠 듯한 목소리지만, 그 말에 담긴 결의는 충분히 느껴졌다.

……지금 와서 말려도, 소용없겠지.

"그게 네가 바라는 거라면, 그렇게 해. 키리사는 어쩔 거야?"

"나도 가겠어. 여기서 기다리기만 하는 게, 심장에 더 안 좋을 것 같거든……."

좋아. 그러면 셋이 함께, 우미가세를 찾아가도록 할까…….

"그런데, 웬 금속 배트?"

"그야, 이걸로 카미네 집 창문을 깨고 바람처럼 난입하기 위해서죠."

"그딴 짓을 어떻게 해. 잡혀갈 게 뻔하다고."

"평생 일러스트로 먹고살 생각이라면, 전과가 있어도 상관없지 않을까?"

"아하, 플러스가 있으니까, 마이너스가 있어도 괜찮다는 거야……? 헛소리 말라고!"

이런 어이없는 대화가, 지금은 기분 좋게 느껴졌다.

하지만 이 자리에는 한 명 더 있어야 하거든——.

한 번 부러졌던 의지를 다시 다진 후, 나는 택시를 부르기 위해 전화를 걸었다.

"그런데, 우미가세의 집은 어디 있어?"

신호가 가는 가운데, 나는 키리사에게 물었다.

"어. 치카게가 조사한 거 아니야?"

"그런가요? 니아는 키리사가 친분 있는 여자애한테 들은 줄 알았는데요."

"……." "……." "……."

268 · V 아바타의 안쪽 사정 1

……어이. 어이어이어이, 진짜냐? 너무 절박한 바람에, 가장 중요한 조사를 깜빡한 거야? 아무도 조사하지 않은 것이다! 인 거야? 지금 상황에서는 전혀 웃기지 않거든?!

집에 있는 디지털시계는 오후 6시를 가리키고 있었다. 타임 리미트까지, 여섯 시간밖에 남지 않은 것이다. 지금부터 학교에 가서, 어떻게든 주소를—— 아, 학교는 다음 주까지 폐쇄다. 그렇다면 조사할까? 그런다고 시간 안에 알아낼 수 있을까?

어쩌면 좋을까? 우미가세가 있는 곳을 알 만한, 사람이라면 ——.

"아!"

"왜, 왜 그래요?"

문득, 배트가 눈에 들어왔다. 배트. 야구—— 그래. 맞아.

알고 있을 가능성이 가장 큰 인물이라면, 역시 그 사람일 것이다. 키리사의 정보망으로 우미가세의 집이 어디 있는지 조사하면서, 1차 목표인 인물이 있는 곳으로 향하자. 이중 작전을 펼치면서, 양쪽 다 실패했을 때는…….

……틀렸다. 그 상황에 대비할 방법은 생각나지 않았다.

그러니 다소의 무리와 무모는, 감수할 수밖에 없겠지…….

『연락 감사드립니다. 테이코쿠 자동차 교통입니다.』

전화가 연결되는 것과 동시에, 나는 하나의 대답을 내놨다.

"저기…… 도쿄돔까지, 택시로 이동하고 싶은데요."

【#0】그 고래는, 오늘도 울고 있었다

욕조에서 나온 나는, 세면대의 거울에 비치고 있다.
머리카락은 물에 젖어 있었으며, 얼굴은 어렴풋이 보였다.
수천수만 번을 봤을 표정을, 오늘도 짓고 있다.
"괜찮아. 오늘부터 너는, 너를 봐줄 거야."
자기 자신을 향해, 혼잣말했다.
그 순간, 입가가 희미하게 일그러져 있는 듯한 느낌이 들었다.

머리를 말린 후, 거실 소파에 몸을 던졌다.
두 눈을 감고, 멍하니 오늘까지의 일을 생각했다.
——뜻대로 되지 않는 인생이었다.
대충 생각한 보험회사의 광고문구 같은 그 말이, 우미가세 카미오를 가리키는 전부였다.

집에 있는 것이 괴로웠다. 프로 야구선수인 아버지. 유명 배우인 어머니. 정말, 싫었다.
아버지는 좀처럼 집에 돌아오지 않으면서, 집에 왔다 하면 내

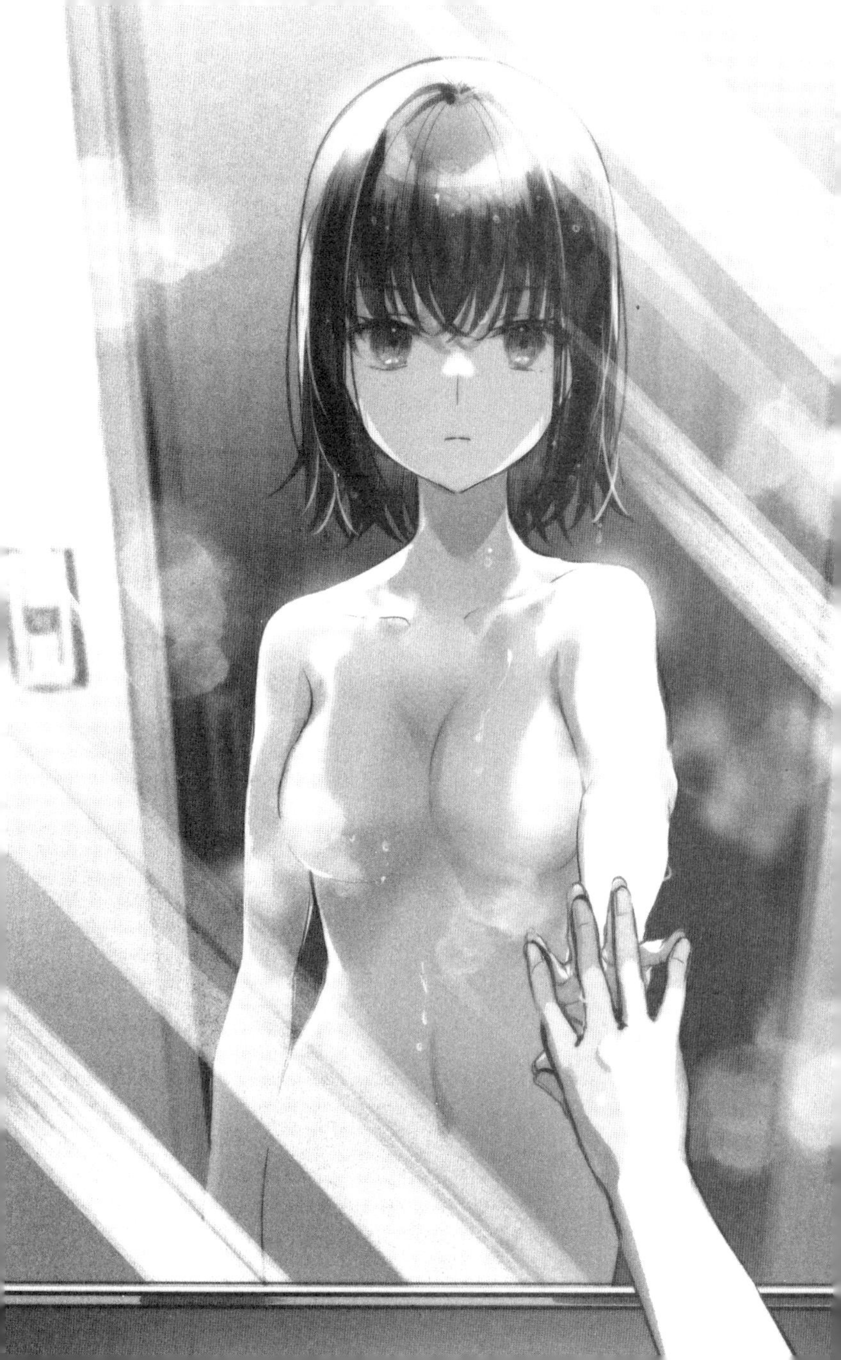

의견은 듣지도 않으며 자기 이상만 강요했다.
 이 학원에 다녀라. 아역 오디션을 받아보지 않겠느냐. 중고교 통합식 사립 학교가 있는데── 그렇게 열을 올리던 아버지도 지금은 다 쓰지도 못할 돈과 신용카드를 준 후, 나와는 최대한 얼굴을 마주치지 않으려고 했다.
 아마 내 얼굴을 보고 어머니가 생각나서, 화가 나거나 슬픈 것이리라. 옛날부터 많이 닮았다고 생각하기도 했다.
 어머니에게는, 아버지보다 더 아무런 감정도 느끼지 않는다.
 저한테 그 애는, 필요 없는 존재니까요.
 마지막에는 인간 취급조차 받지 못하며 버려진 내가 할 수 있는 최소한의 저항은, 나도 당신 같은 인간 따위는 신경 쓰지 않는다며 허세를 부리는 것뿐이다.
 ──그래서 나는, 행복한 가정을 포기했다.
 내가 원해도, 손에 들어오지 않을 테니까.

 학교에 가는 것이 괴로웠다.
 남과의 거리를 재는 법이나 친구를 만드는 방법을 몰라서, 초등학교 때는 항상 혼자였다. 아무 말도 하지 않는 내게 말을 걸어도 재미가 없으니까, 다들 점차 나를 공기처럼 여겼다.
 ……그건 그것대로 편했지만, 너무나도 쓸쓸할 때도 있다.
 하지만 설령 상대가 다가오더라도 그 관계는 오래가지 않았다. 이어지더라도, 언젠가 끝이 찾아온다. 타인과 잘 지내는 법을 모르니까, 내 행동이 상대의 기분을 상하게 만든다.

예를 들자면 중학생 때── 내 인생에서 처음으로 친구가 되어준 상대에게, 미움을 받았다.

같은 반이었던 그 애의 이름은 카야노 양.

2학년 반 배정 후에 말을 걸어와 줬고, 친해졌으며, 자기가 속한 농구부에 들어오란 제안도 받았고, 휴일에 둘이 놀러다닌 적도 있다. 그때 찍은 스티커 사진도, 아직 버리지 못했다.

무엇이 계기였는지는, 아직도 모른다.

아니, 나중에 생각해 보니 너무 많아서 헷갈렸다.

내가 농구부에서 포지션을 빼앗은 탓일까?

그 그룹에서 인기 있던 남자에게, 고백을 받아서일까?

다른 친구가 없어서, 매번 같이 다니고 싶어 해서일까?

아무튼. 마지막에 가서 카야노 양은 내 존재를 용서할 수 없었던 건지 '사실은 옛날부터 너를 싫어했어.' 란 말을 끝으로 관계는 깨졌다. 꿈만 같던 친구 관계는, 너무나도 간단히 내 곁에서 사라지고 말았다.

──그래서 나는, 순수한 우정을 포기했다.

내가 원해도, 내가 가질 수 없는 것이니까.

천천히, 스마트폰을 봤다. 현재 시각은 오후 11시 30분. 좀 있으면 약속한 시간이다.

가야 한다── 나는 소파에서 몸을 일으켜 방으로 갔다.

처음에는 왜 나만 이렇게 힘든 일을 겪어야 하냐고 생각했다.

내가 대체 뭘 잘못한 걸까? 아무 말도 하지 않으며, 그저 살기만 했을 뿐이다. 나도 노력했는데, 왜 험담과 질투의 대상이 되어야 하는 건데? 이 고통을 알지도 못하면서, 나는 남한테 화풀이할 생각이 없는데.

하찮은 사람들. 쓰레기 같은 사람들. 진심으로 경멸했다. 왜 나는 나로서 존재하는 것을 허락받지 못하는 걸까. 너무 분해서 견딜 수가 없었다.

그런 울적한 감정은 눈처럼 쌓였고, 이윽고 눈사태처럼 무너졌을 때, 나는 그제야 겨우 이해했다.

아니다. 내가 괴로운 건 누군가의 탓이 아니라, 다름 아닌 내 탓이다.

아버지가 학원 이야기를 꺼내도 침묵한 건, 바로 나다.

카야노 양과 진심으로 교류하지 않은 건, 바로 나다.

타인이 자신에게 정말 싫은 딱지를 붙였을 때도, 그건 떼지 않은 건, 바로 나다.

저항하지 않았다. 우미가세 카미오라는 인간상을 만든 건, 타인의 눈이 아니라 나 자신의 행동이었다. 나는 내가 해온 잘못에 절망했지만, 이미 늦었다. 전부 멀어지고 말았다. 잃어버린 과거는 이제 되찾을 수 없고, 되찾을 기회는 두 번 다시 찾아오지 않는다.

——그래서 나는, 우미가세 카미오를 버렸다.

계속 가지고 있어도, 망가진 건 고칠 수 없으니까.

다섯 평 정도 되는 내 방. 책상 위에 놓인 모니터만이 빛을 내고 있었다.

PC를 켜는 것과 동시에, 자동으로 디그코드가 실행됐다.

아토리와 야마시로 양, 사이자 양과의 마지막 대화가 떴다.

……그것이 보기 싫었던 나는 채팅창을 닫았다.

아토리가 아토리에 선생이라는 것을 안 것은, 작년 겨울의 일이다.

복도에서 군복 원피스 이야기를 나누는 아토리의 열정적인 목소리를 스쳐 지나가면서 처음 들었을 때, 나는 뒤통수를 얻어맞은 듯한 충격을 받았다.

그 목소리를, 내가 착각할 리 없다.

즐거울 일이 전혀 없는 와중에, 별생각 없이 들었던 생방송. 처음에는 심심풀이 미만의 감정뿐이었지만, 점점 그것이 습관화됐다. 목소리를 들으면서 잠든 적도 있다. 아토리에 선생이 좋아한다는 콘텐츠를 접했고, 좋아한다는 애니송은 악보를 구해서 연주와 노래를 연습한 적도 있다. 첫 화집은, 세 권이나 샀다.

아토리에 선생의 팬인, 이름 없는 누군가.

그런 존재라고 자신을 정의하며 살아오는 동안에는, 다른 생각을 하지 않아도 좋았으니까.

그래서, 나는 확신할 수 있었다. 아토리가, 아토리에 선생이란 것을 말이다. 그러고 보니 이름이 비슷하다거나, 미술실 앞에 그가 그린 풍경화가 붙어 있다거나 하는 사실은 나중에 자신의 심증을 굳히는 데 쓰였을 뿐, 나는 세포 레벨에서 그를 인식했다.

그 후로는 아토리를 볼 때마다 말을 걸 타이밍을 살폈다.

저기, 아토리에 선생 맞죠? 사인해 주세요. 무난한 퍼스트 콘택트다.

……하지만, 그를 관찰하면 할수록, 내가 품고 있던 아토리에 선생의 이미지가 망가졌다.

아토리는 친구도 많아 보였고, 좀 특이한 구석이 있기는 해도 주위로부터 받아들여졌으며, 친한 여자애도 있는 것 같았다.

나와는, 완전히 딴판이었다. 그림을 그리는 것만이 삶의 보람인 사람이 아니라, 평범한 사람이었다.

그리고 그 사실에 실망하는 자기 자신을 발견한 나는, 또 내가 싫어졌다. 자신은 인상과 이상의 강요를 받고 싶지 않으면서, 그것을 무의식적으로 저지른 자신이 너무나도 어리석고 한심하며 구제 불능이란 생각이 들어서 말을 건네지 못했다.

바로 그럴 때, 버튜버라는 것을 알게 됐다.

희망은 있다고, 생각했다. 이거라면 나는 나인 채로, 내가 아닌 누군가가 될 수 있다.

버튜버라는 아바타를 통해 나를 표현하면, 시청자는 있는 그대로의 나를 봐준다.

있는 그대로의 나를 좋아해 주는 사람이라면, 내가 아바타를 벗더라도 나를 봐줄 것이다.

……그런 미래를 위해서라면.

아토리에 선생이 해준 말을 면죄부 삼아, 그를 희생시켜도 괜찮으리라고 나는 생각했다.

"아~ 아~…… 좋아. 평소와 마찬가지네. 준비 오케이."

미오의 목소리를 몇 번 내본 후, 채널을 열었다. 방송 준비는 끝냈다.

이제 평소처럼, 방송을 시작하기만 하면 된다.

딱 하나── 시즈나기 미오의 아바타를 걸치지 않는다는 점이 다르지만 말이다.

평소 쓰는 트래킹용 스마트폰이 아니라, 모니터 위에 놓인 웹캠을 쳐다봤다. 화면상에서 확인해서, 내가 비치고 있다는 것을 확인했다.

……내가 이제부터 하려는 짓을 진짜로 벌이면, 전부 엉망진창이 될 것이다. 긍정적인 말과 비슷하거나 혹은 더 많은 부정적인 말을 들은 것이며, 변변치 못한 구경꾼도 잔뜩 몰려올 것이다. 평범한 사람이라면 싫증을 낼 만큼, 눈에 보이지 않는 시선에 노출되고 만다.

그래도, 나는 그것을 바라고 있다. 나만을 보길 바란다.

시즈나기 미오라는 존재가 되어서, 오늘까지 그들이 본 존재로서, 순도 100퍼센트인 나에 대한 반응을, 의심 없이 감수할 수 있다. 우 미가세 카미오라는 못난 인간의 아바타를 버리기 위해서다. 그것만을 위해, 오늘까지 그 모든 일을 했으니까…….

그러니까 나는, 이제 망설임없이──.

『……더 일찍 만났다면 좋았을 텐데 말이야.』
 언젠가 누군가에게 했던 말이 머릿속을 스쳤다.
 더 일찍 만났다면, 뭔가 달라졌을까?
 그 상냥한 사람들의 곁에 있었다면, 이런 나라도 즐겁게 살 수 있었을까?
 그런 무의미한 if를 떨쳐내기 위해──.

"우미가세."

 뒤에서 목소리가 들려와서 고개를 돌려보니, 방문이 열려 있었다.
 복도에 누군가가 있었다.
 놀라면서도, 아주 약간 기쁨을 느끼고 만 자기 자신이 정말 싫었다.
 아토리에 선생── 아토리.
 내가 가장 이야기를 나누고 싶은 사람이자, 지금 가장 만나고 싶지 않은 사람이, 거기에 서 있었다.

【#10】 우미가세 카미오의 수로표

 데스크톱 PC가 내는 새하얀 빛. 자정 직전의 어둠과 푸른 빛으로 물든 공간.
 그 안쪽, 새하얀 게이밍 체어에 누군가가 앉아 있었다.
 다른 세상의 하늘을 연상케 하는 호라이즌 블루의 롱헤어. 수로표 모양의 머리 장식.
 흰색과 파란색이 조합되듯 디자인된, 귀여운 블레이저. 오른발에 신은 양말.
 그리고── 파란색 두 눈을 크게 뜬 채, 네가 왜 여기 있는 거야, 하고 말하듯 입술을 떨고 있는 그녀.
 시즈나기 미오가, 그 방에 있었다.
 미오의 방송 의상을 걸친 우미가세 카미오가── 거기에 있었다.
 "오지 말라고, 했잖아."
 갑자기 나타난 침입자인 나를 본 우미가세가, 노골적으로 당황했다.
 "어떻게, 들어온 거야? 그리고…… 왜 온 거야?"
 "이 집에 들어온 건, 열쇠가 있어서야."

전자의 질문에는 오른손에 쥔 열쇠 뭉치를 흔들어 보여서 답했다.

"그리고 여기에 온 건, 너를 만나기 위해서야."

후자의 질문에 답하면서, 나는 어둑어둑한 방 안을 둘러봤다. 어디에 무엇이 있는지, 막연하게 확인했다.

세련된 외관을 지닌 우미가세의 집은 고요했다. 무엇보다, 아름답다는 인상이 앞섰다. 부모가 누구인지를 생각하면 지은 지 얼마 안 된 집일 것이다. 집에 들어서자마자 모델 하우스를 견학하러 온 듯한 그런 느낌이 들었다.

그리고—— 그와 동시에, 숨이 막혔다.

신축인 듯한 이 깨끗한 실내가, 청결한 아일랜드 키친이, 쓸쓸하게 느껴질 만큼 넓은 거실이, 무엇보다 사진 하나 없는, 가족의 단란을 위한 이 모순으로 가득 찬 공간이…….

이 집에 존재하는 모든 요소가, 내게 말로 형용할 수 없는 고독을 느끼게 했다.

우미가세는, 여기 있는 건가.

아물지 않는 마음의 상처를 끌어안은 채, 쭉, 쭉…….

"설마, 아빠한테……?"

열쇠 뭉치를 보고 눈치챈 것 같았다.

"그래. 하지만, 그런 건 중요하지 않아."

그렇다. 딱히 별일 아니다. 지렉스의 본거지인 도쿄돔에 가서, 스태프에게 '따님 일로 우미가세 선수와 이야기를 나누고 싶습니다.'라는 말을 녹음기처럼 수도 없이 말했고, 그 탓에 경비원에게 끌려갔다가, 결과적으로 그날 시합을 보러 왔던 구단 사장 같은 높은 분의 귀에 내 이야기가 들어간 바람에, 자초지종을 이야기했을 뿐이다. 정말, 별일 아니다.

…………..

"완전 큰일이잖아!"

멧돼지처럼 무식하게 일을 벌여댄 나 자신에게 무심코 딴지를 날렸다. 나란 놈은 대체 무슨 짓을 한 거야……. 니아가 말한 것처럼 남의 집 창문을 야구 방망이로 깨는 게 낫나? 이거, 자칫하면 경찰서행 플러스 학교 퇴학이라는 지옥 콤보잖아.

……그 정도로 급박한 상황이긴 했지만. 착한 아이는 절대로 흉내 내지 말라는 자막이 달려도 이상하지 않을 짓거리라고.

"아무튼! 시합이 끝난 후에 우미가세 선수를 만나서, 네 집이 어딘지 들은 후에 열쇠를 받고 여기로 온 거야……. 어때? 대단하지?"

내 민폐 행위 때문일까? 아니면 그런 짓을 할 정도의 내 집념 탓일까? 아무튼 우미가세는 말 없이 아랫입술을 깨물었다.

아까 말했다시피 내가 생각해도 정신줄을 놓은 행동을 하긴 했지만── 그래도, 우미가세의 아버지를 만나기만 하면 이야기는 들어줄 테고, 우미가세의 집까지 갈 수는 있을 거라는 계산은 했다.

"나우튜브의 규약상, 미성년자 유저가 수익화를 할 때는 보호자의 허락이 필요해. 그러니 우미가세가 버튜버를 하고 있다는 건 너희 아버지도 알고 있을 테고, 나와 키리사가 아토리에와 키리히메라는 것을 전한다면 이야기를 들어주리라고 생각했어. 적어도 딸을 생각하는 마음이 있다면…… 말이지."

방에 놓인 관엽식물에 눈길을 주면서, 나는 문득 생각난 투로 그 사실을 알려줬다.

"너희 아버지, 너를 걱정하시더라. 바보 같은 짓을 못 하도록 말려달라고도 했어."

"그런 것치고는 본인은 안 왔네? 그냥 괜한 짓만 한 거잖아."

얼음 결정으로 된 검처럼 차가운 목소리였다.

그 검의 끝이 누구를 향하고 있는 걸까. 나일까, 아버지일까, 아니면 다른 누군가일까?

나는 개의치 않으면서 우미가세가 앉아 있는 곳—— PC를 향해 걸어갔다.

"그런 표정 짓지 마. 그 사람도, 그 사람 나름대로 고통과 후회가 있을지도 모르잖아."

"그렇다면 나는 어떻게 되는데? 내 고통은 무시당하는 거야?"

"아니. 네 고통은 우리가 듣고, 공유해 주겠어."

"윽…… 왜, 그런 걸…….."

듣기 좋은 대사와 달리, 내 행동은 퉁명하기 그지없었다.

그렇다. 팔짱이다. 키리사처럼, 나는 팔짱을 끼며 그저 우미가세 앞에서 섰다.

"자정부터의 방송 예약, 일단 없애. 아니면 내일이나 모레로 연기한 후, 일단 내 이야기를 들어봐. 안 그러면, 네 방송에 내 목소리와 얼굴이 나가게 될 거야."

"뭐, 뭐어? 어, 어째서야? 게다가, 그런 짓을 했다간……."

"그래. 안 그래도 너는 화제가 되고 있으니까, 더 심각한 소동이 벌어지겠지. 남친이 들통났다며 난리가 날지도 모르고, 어쩌면 나는 아토리에로서 활동할 수 없게 될지도 몰라."

진짜로 끔찍한 미래 예상도지만, 나는 개의치 않으며 장난스러운 투로 그렇게 말했다.

"그래도 내가 어떻게 되든 상관없지? 얼마든지 희생시킬 수 있잖아."

"…………아토리는 정말 약았어."

내 비아냥거림을 들은 우미가세는 정말 난처해 보였다. 이렇게 험악한 표정을 지를 수도 있구나, 하고 생각한 나는 쓴웃음을 머금을 뻔했다. 미안하지만, 나는 그렇게 성격이 좋은 편이 아니거든.

"그렇다면 관두면 돌아가 줄 거야? 오늘만 안 하고 연기하면, 그걸로 만족해?"

"안 돌아갈 거야. 나는 아직 여기서 할 일이 있거든."

거창한 대사지만, 실제로는 그저 남의 집에 눌러앉겠다고 선언했을 뿐이다. 니아와 마찬가지다. 그리고 우미가세가 입을 다문 탓에 멋쩍은 기분이 들었다.

……이럴 때는 구체적인 제안을 해서 얼버무리는 편이 좋을지도 모른다.

"모델."

"뭐?"

"데생 모델이 되겠다고 약속했잖아? 그 권리를 지금 쓰겠어."

우미가세는 잠시 생각에 잠긴 후에야 그 약속을 떠올린 것 같았다. 인마, 네가 했던 말이잖아.

"지, 지금? 아니, 갑자기 무슨 소리를……."

"거절하고 싶으면 그래도 돼. 그런다면 나는 이 집에 눌러앉을 거야. 내일도, 모레도, 일주일 후에도…… 자, 언제가 되면 너는 미오가 될 수 있으려나?"

"……."

"참고로 내가 그리고 싶은 건, 미오가 아니야. 교복을 입은, 평소와 다름없는 우미가세 카미오지. 다른 누구도 아닌, 바로 너라고."

몸을 꼼짝거리고, 시선을 숙이더니, 눈을 깜빡거렸다.

희미한 빛에 비치면서, 그런 동요한 모습만이 눈에 들어왔다. 이렇게 보고 있으니 미오가 이 세상에 존재하는 듯한 느낌이 들어서, 어떻게든 그 환상을 떨쳐내야만 했다.

뭐, 잠시면 된다. 잠시만, 그림을 그릴 동안만이면 된다.

"알았어. 내가 한 약속이니까, 오늘은 포기할게. 하지만…… 다 그리고 나면, 돌아가."

"응, 알았어."

확인을 위해 스마트폰으로 미오의 채널을 확인해보니, 예약이 내일로 변경됐다.

이것으로 일단 시간은 벌었다── 그와 동시에, 나는 가지고 있던 토트백에서 태블릿과 펜을 꺼냈다. 그러고 보니 아토리에의 일러스트레이터 인생에서 마지막으로 데생 모델을 그리는 게 되겠네. 감개무량하달까. 왜 이런 상황에서…… 같은 생각이 들었다. 정말 복잡한 심정인걸.
"저기."
"어, 왜?"
"아니, 그게…… 옷 갈아입을 거야."
아, 맞다. 나가라는 건가. 일전의 수영복 탓에, 감각이 마비된 것 같다…….

적당한 앉을 곳이 침대밖에 없어서 난처했지만, 우미가세가 앉아도 된다고 말했기에 깊이 생각하지는 않으면서 거기에 걸터앉아 작업을 시작했다.
그건 그렇고…… 조명을 켜지 않아서 오히려 잘 됐다는 생각이 들었다.
어둠 속에서 떠오른 우미가세의 윤곽이, 선명하게 보였다.
"화 안 났어?"
의자에 앉은 우미가세의 목소리는, 살며시 매만지고 있는 것처럼 작았다.
"뭐에 말이야?"
"그야, 지금의 나한테 말이야. 너희도, 시청자도 배신하는 짓을 하려고 하는 데다…… 자기만을 위해 버튜버란 존재를 이용하며 만족하려고 하잖아."
"그래서?"

"그런데, 그런 나를 일부러 찾아와서…… 말리려고 하는 거 잖아?"

당혹감이 투명하게 드러나는 목소리를 듣자, 나는 무심코 안도하고 말았다.

그 말이 입에서 나오는 것을 보면, 역시 우미가세는 철저하게 마음을 정리하지 못한 것이다.

적어도 이 상황에 미안함이나 미련을 품고 있다.

"그래도 그만둘 수는 없어. 처음부터, 이럴 작정이었거든. 아토리가 무슨 말을 해도, 나는 미오가 될 거야. 그러지 않으면……."

"우미가세 카미오란 인간을 따라다니는 성가신 족쇄로부터, 도망칠 수 없다는 거구나."

펜을 쥔 오른손과, 태블릿을 쥔 왼손.

양쪽에 힘이 더 들어갔다. 테이핑을 한 손목이 건초염 탓에 아픈 것도 개의치 않으며 계속 그림을 그렸다.

나는 아직 우미가세의 과거 중 극히 일부만 안다.

당연했다. 한 인간의 인생을, 남에게 전해 들은 것만으로 완전히 이해할 수 있을 리가 없다.

……하지만 학교와 가족. 15년 정도만 산 우리에게 그것이 얼마나 거대한 것인지는 안다.

그 안에서 만족하지 못한다는 것이 얼마나 큰 쓸쓸함과 괴로움을 안겨주는지도 안다.

"쭉, 괴로웠겠지. 눈치채주지 못해서 미안해. 정말 미안해."

"왜, 왜 아토리가 사과하는 거야……."

톡톡 하고 펜이 태블릿 화면에 닿는 소리만이 기묘하게 귀에 남았다.

이런 상황인데, 아니, 이런 상황이라서일지도 모른다. 엄청난 속도로 그림이 완성되어 갔다.

미오 때도 생각했지만…… 나란 놈은 가까운 사람을 위한 일러스트는 금방 그리는걸.

"하지만 말이야. 그렇다고 그런 말은 하면 안 돼. 그런 식의 작별은, 너무하다고."

그림을 그리면서 규탄했다. 그 말을 들은 우미가세는 "윽." 하고 신음을 흘렸다.

"우미가세가 미워할 만큼, 키리사와 니아가 진짜 우미가세를 전혀 봐 주지 않았던 거야? 무신경한 소리만 늘어놨어? 정말 성가시기만 해서, 빨리 나를 위한 아바타나 만들라고만 우미가세도 생각했던 거야? 어제, 통화하면서 했던 말이 전부인 거야?"

"그, 건……."

"내가 직접 한 말에 바로 답하지 못하는 걸 보면, 그렇진 않은 거잖아."

내가 말꼬리를 잡듯 그렇게 말하자, 우미가세는 벌떡 일어섰다. 만약 지금 하는 게 평범한 데생이라면 움직이지 말아 달라고 애원하겠지만, 지금은 참아야 한다.

"어떻게든 키리사와 니아를 밀쳐내려고 하던데 말이야. 그런 싸구려 연기에 속을 만큼, 사람은 단순하지 않아."

"아니야."

"걔네한테 싫어한다고 말한 것도, 나를 수족관으로 데려가서 이제부터 자기가 하는 일을 봐달라고 한 것도, 계획이 노출됐을 때 죄책감을 유발해서 우리가 너를 멀리하게 만들려던 거였지? 이런 짓을 벌이면 우리에게 폐를 끼치게 되리라는 건, 누구라도 예상할 수 있을 테니까……. 하지만 유감스럽게도, 현실은 네 뜻대로 되지 않았어. 우리는 네가 생각한 것보다 더, 우미가세 카미오를 소중히 여기게 됐거든."

"그런 게 아니니까, 그만해."

"실제로 말이지. 시발점은 명확했지만, 추진하면서 망설이게 된 거지? 모든 것을 희생할 각오로 내게 접근했지만…… 흔들리고 말았어. 희생시키는 게 진정한 자신의 소망인지, 너 스스로도 모르게 된 거잖아?"

"아니야……."

"어이, 우미가세. 이제까지 싫은 일을 겪어왔으니까 알고 있겠지만, 악인이 되는데도 재능이 필요해. 우리를 이용하는 상황에서 조금이라도 마음이 아팠다면, 그 고통은 좀처럼 떨쳐낼 수 없을 거야. 입으로는 아니라고 말할 수 있을지도 모르지만, 자기 자신을 속이는 건 어려워. 그래서 너는 우리를 그렇게 진지하게 대했고, 미오의 방송도 즐거워했어. 우리만이 아니라, 시청자에게도 최선을 다한 거야."

"아니야. 아니야. 아니야. 아니야."

"겨우, 알았어. 미오가 아니라 우미가세를 생각하고, 우미가세의 마음을 생각하다 보니…… 역시 너는 다정하고 좋은 애…….”

"아니야!"

공기가, 떨렸다.

이제까지 들은 적 없을 만큼 큰 목소리에, 분노에 가까운 감정을 실어서, 우미가세는 외쳤다.

"어디가? 대체 내 어디를 보고 좋은 애라고 하는 건데? 그만해. 헛소리 마. 나는 주위를 희생시키며, 자신만의 행복을 추구할 뿐이야. 불륜을 저지른 엄마의 딸다운, 최악의 인간. 그 이하일 수는 있어도, 그 이상일 리가 없어."

우미가세는 자신의 앞 머리카락을 움켜쥐었다. 그런 그녀가 너무나도 애처로워 보였다.

"게다가…… 어제 한 말도, 거짓말이 아니야. 진짜로, 그렇게 생각했어."

어제 한 말. 싫어해. 싫어해, 싫어해, 싫어해.

"사이자 양 같은 사람이, 싫었어. 버튜버로 그렇게 성공했고, 아토리와 야마시로 양도 사이자 양에게는 무조건 자상하고, 항상 챙겨주는 데다, 같이 있어 줘……. 조건 없이, 사랑해 주잖아. 그런 모습을 보니, 샘이 나서 미칠 것만 같았어."

순진하게 우미가세를 카미라 부르며 들러붙어 있던 니아를 떠올렸다.

"야마시로 양 같은 사람도, 싫었어. 확고한 자아를 가졌으면서, 주위 사람과 사이좋게 지내. 나는 할 수 없는 일을 완벽하게

【#10】우미가세 카미오의 수료표 · 289

해내는 인간이 곁에 있을 뿐만 아니라 먼저 다가와 주니까, 괴로워서 견딜 수가 없었어."

진지한 표정으로, 우미가세를 걱정하던 키리사를 떠올렸다.

"아토리는, 용서할 수 없었어. 원래는 네 일러스트만 있으면 됐어. 그런데 점점, 점점, 내 마음에 거침없이, 내가 바라던 온기라든가 평범한 일상의 추억을 두고 갔잖아. 그 탓에, 나……나, 는……."

우미가세의 손에서 힘이 빠지자, 머리카락이 그녀의 손가락 사이로 흘러내렸다. 두 팔 또한 축 늘어뜨렸다.

우미가세는 울고 있었다. 두 눈동자에서, 한줄기 눈물이 흘러내렸다.

"분했어. 나는 이렇게 괴롭고 메말라 있는데, 너희 곁에는 행복한 사람이 있는 거잖아. 타인과 이어져 있고, 힘들거나 괴로운 일이 있으면 도움을 주고받아. 특별한 일도, 타산적인 일도 아닌, 그런 진정한 유대를 너희는 가지고, 있는 게…… 샘이 나서……."

흘러내린 눈물을, 오른손 엄지손가락으로 깨끗이 닦았다.

"그런 생각을 하는 나 자신이, 가장 싫었어. 번거롭고 제멋대로인 짓으로 행복을 느끼려 하는 자신이, 그런 더러운 자신이, 너희와 함께 있는 걸 용납할 수 없었어. 어울리지 않는다는 걸 아니까, 괴로웠어. 그래서, 아토리와도 만나고 싶지 않았어……."

조금 진정한 것처럼 보이는 건, 기분 탓일까?

진심을 말해서 어깨의 짐을 내려놓았다고 생각하는 건, 내 착각일까?

"난 배부른 투정을 하는 걸지도 몰라. 나보다 힘들게 사는 사람은 얼마든지 있을 테고, 내가 불행하다고 생각하는 건 행복하다고 느끼는 기준을 낮출 수 없기 때문일지도 몰라. 나는 근본적으로, 썩어빠진 애니까……."

의식을 일러스트에 기울이면서도, 나는 그저 한 생각만 쭉 하고 있었다.

"그래도 나는…… 나를 봐줬으면 했어. 현실에는, 이제 기대할 수 없는걸. 그래서, 인터넷상의 얼굴도 모르는 상대에게, 구원을 바란 거야……. 코멘트를 통해 아토리에 선생이 나와 마주해준 것처럼, 누군가가 나를 인정해 주기를 바랐어……. 그뿐, 인데……."

어떻게 하면, 이 고독한 인간을 수렁에서 꺼내줄 수 있을까.

"저기 말이야. 키리사도, 니아도…… 너를, 진짜로 좋아해."

"……."

그 답은 알 수 없다. 그래서, 그저 심플한 감정을 쏟아낼 수밖에 없다.

"니아는 알기 쉬운 애잖아? 나와도, 키리사와도 다른, 세 명째 친구. 상냥하지만, 그저 상냥하기만 한 게 아니라 상대를 배려할 줄 아는 인간. 내가 소개해 줬다는 것보다, 니아 자신이 그렇게 생각하니까 너에게 같이 놀러 가자는 말도 한 거야."

그렇게 즐거워 보이는 니아를 본 것은 처음이었다.

【#10】우미가세 카미오의 수로표 · 291

"키리사도 마찬가지야……. 그리고 내가 이렇게 너를 찾아가기로 결단할 수 있었던 건, 그 애 덕분이라고. 치카게는 어쩌고 싶어, 설득하고 싶은 거잖아. 그렇다면 고민만 해대지 말고, 그렇게 해, 라는 식으로 말하더라니깐."

키리사가 그렇게 이 프로젝트에 열정적이었던 것은, 영혼이 우미가세 카미오라서다.

그리고 나는…….

"다 그렸어."

이게 아토리에로서 발표할 그림이라면 세세한 부분을 더 그려 넣고 싶지만, 지금은 됐다. 모델의 표정은 더할 나위 없이 그려 넣었으니, 충분하게 완벽하다.

"자,"

나는 태블릿을 보여주듯, 우미가세를 향해 들었다.

──배경은, 우미가세가 앉아 있는 책상 주변이다. 색칠도 하지 않았고, 어두운 탓에 구조도 대략적으로 표현했으며, 방에 있는 소품도 좀 다를지도 모르지만, 그래도 우미가세 카미오의 방이라는 것을 알 수 있는 풍경이다.

그 중앙에 있는 새하얀 의자에 앉아서, 이쪽을 보는 소녀.

그려진 이는 물론, 모델 본인인 우미가세 카미오.

그녀는 이쪽을 쳐다보며…… 살며시 웃고 있다.

특별한 어느 날을 담은 게 아니다.

즐겁게 방송하고 있는 어느 날의 평범한 모습을 담은 듯한, 그런 그림이다.

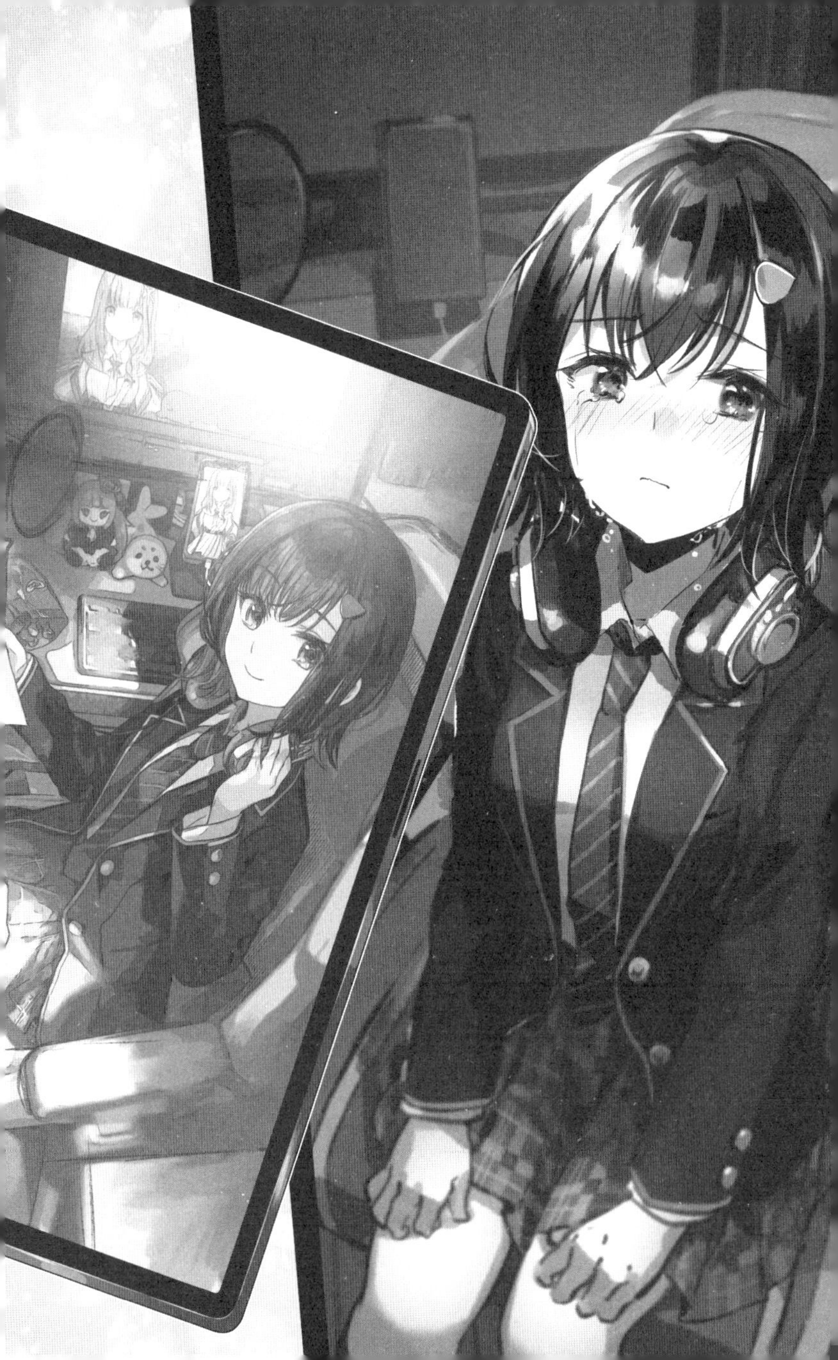

아토리에가 이제까지 그린 일러스트 중에서 가장 완성에 걸린 시간이 짧고, 반대로 목숨마저 건 듯한 기세로 그린 작품. 그렇기에, 이 그림에는 내 소망이 가득 담겨 있다.

 나는, 우미가세가 웃어줬으면 한다. 버튜버의 아바타를 버린다, 정체를 밝힌다, 같은 건 전부 부차적인 문제에 지나지 않는다. 우미가세가 등을 돌린 채 풀이 죽어 있거나, 울고 있는 것을, 참을 수 없었다.

 그럴 수밖에 없다. 나도 개들과 마찬가지로—— 우미가세 카미오에게, 인간적으로 끌리고 있다.

 우미가세 카미오가 내 곁에서 사라지는 것이 슬프고, 싫다.

 "저기, 우미가세. 나는 상냥하지도 않고, 제멋대로인 인간이야. 자기 자신을 위해, 타인의 생각을 꺾으려고 해. 아토리에가 과거에 한 발언을, 부정할 생각이야."

 "……."

 "하지만 말이야. 그래도 나는 너한테, 현재를 희생하지 말아줬으면 한다고 계속 말하겠어. 부디 이 일러스트처럼 즐겁게 방송하고, 또한 현실에서도 행복해졌으면 해. 우미가세 카미오란 인간을, 인정해 주기를 바라는 거야……."

 "……."

 "현실에서, 갑자기 그러긴 어려울지도 몰라. 하지만 키리사와 니아가 있어. 나도 있잖아. 너는 혼자가 아니야. 그러니까……."

 "무서워."

 "무섭다고?"

"기대했다가 또 배신당할지도 모른다는 생각 때문에 너무나도 무서워. 너희와 같이 있는 시간이 즐거웠기에, 언젠가 미움받게 되는 것이, 진짜 나를 봐주지 않게 되는 것이, 너희를 잃는 것이……. 나 참 성가신 애지? 하지만……."

……처음부터 아무것도 없다면, 허무밖에 없다면, 상실의 슬픔도 생기지 않는다.

상대가 우미가세의 부모님이든, 카야노든, 다른 인간이든, 오늘까지 우미가세에게도 행복한 순간이 분명 있었으리라. 그래서 우미가세는 걱정되는 걸지도 모른다. 고독하게 있는 것보다 더, 고독으로 돌아가는 것이 무엇보다 두렵다는 것이 그녀의 마음과 몸에 새겨져 있으리라.

"그럼…… 딱히, 지금 바로 신용하지는 않아도 돼."

"무슨, 소리야?"

"말 그대로야. 일단 우리와 함께 있으면서, 신용할 수 있겠다 싶으면 신용하면 돼."

"뭐…… 그래도 돼? 하지만, 너희한테 미안한데……."

"신경 쓰지 마. 그리고…… 우리가 할 수 있는 일은 그게 다야. 이제부터 네게 슬픈 일과 괴로운 일이 생기더라도, 그걸 뛰어넘기 위해 가장 노력해야 하는 사람은 우미가세, 너 자신이야. 아토리에의 과거 발언 중에, 그 부분은 옳다고 생각해."

이제까지 궁지에 몰린 우미가세에게 있어서는 잔혹한 사실이겠지만, 어영부영 넘어갈 수는 없다. 내가 이 자리에서 우미가세를 설득하더라도, 그녀의 문제는 해결되지 않으니까.

그러니 아무리 이기적일지라도, 나는 입에 발린 말이 아니라 진심을 이야기해야 한다.

"하지만 무언가를 희생하는 건 틀렸…… 아니, 그렇지 않아. 자기 마음에 거짓말하는 건 틀렸어. 왜냐하면 우미가세는 고민하고 있잖아? 나도, 키리사도, 니아도, 시청자도, 그리고 자기 자신도…… 슬프게 만들고 싶지 않은 거지? 사실은 전부, 소중히 여기고 싶은 거잖아?"

"그, 건……."

"미오의 아바타에 자신의 모습을 남겨달라고 말한 건 너 자신. 우미가세 카미오란 인물에게 아직 미련이 있어서잖아? 그렇다면…… 부탁이야, 우미가세."

크리에이터로서 시즈나기 미오의 매력에 끌렸고, 앞으로도 응원하고 싶다.

한 명의 인간으로서 우미가세 미오의 내면에 끌렸고, 앞으로도 친하게 지내고 싶다.

좋은 점도 나쁜 점도 전부 포함해, 친구라고 생각하니까…….

우미가세 카미오도, 시즈나기 미오도, 양쪽 다 소중히 해줬으면 한다.

그래서 나는 마지막으로 애원했다. 내 고집을, 강요했다——.

"우미가세 카미오를, 관두지 말아줘……. 미오의 일러스트를, 버리지 말아줘……."

대답을 기다리는 시간이, 그 한순간이, 영원처럼 느껴졌다.

──그리고…….

"으흑."
"미안해……. 미안해, 미안해, 미안해…………."

 시야가 흔들렸다. 그대로 신음에 가까운 목소리가 내 목 깊은 곳에서 흘러나왔다.
 의자에서 일어난 우미가세가 내게 다가와서 내게 안겨들자, 나는 그대로 밀려나듯이 뒤편으로 쓰러지고 말았다── 가능하면 생각하고 싶지 않지만, 운동 부족에 빼빼 마른 나보다는 우미가세가 육체적으로 더 뛰어난 걸지도 모른다. 태블릿과 펜을 전부 내팽개친 나는 자신의 몸 위에 있는 우미가세를 밀어내지도 못했다.
 그야말로 일방적으로 당하고 있었다. 등에서는 침대의 부드러운 감촉과 양지의 향기가 느껴졌다── 이렇게 안겨드는 것에는, 영 익숙해지지 않네……. 아니, 익숙해지는 게 오히려 이상할까.
 "알아……. 내가 이상한 짓을 하려고 한다는 건…… 시청자 여러분을, 이런 나의 미오를 좋아해 주는 사람을, 배신하는 짓이라는 건……."
 너무 거리가 가까운 탓에, 목소리가 몸 안에 직접 전해지는 듯한 느낌마저 들었다.
 "나…… 나는 나를 좋아해 줬으면 해서, 나를 보기를 원해서,

【#10】우미가세 카미오의 수로표 · 297

미오가 되고 싶었어……. 하지만, 그게 무리라는 것도, 알고 있었어……. 하지만, 나…… 그래도, 나 자신을, 봐줬으면 했어……. 쭉, 그 생각만 하며, 살아왔으니까…… 그 마음을 지키지 않았다간, 이제까지의 내가 어딘가로 가버릴 테니까…… 아아, 정말, 영문을 모르겠어…….”

그 후, 우미가세는 엉엉 울기 시작했다.

"흐흑…… 흑………… 훌쩍………… 우에에엥…….”

이제까지의 인생과 오늘부터의 일, 남에게 폐를 끼친 계획이 뜻대로 풀리지 않은 것, 그게 전부 생각난 건지는 모르겠지만, 그녀는 울고 또 울었다. 하지만 나는 그저 입을 다물고 있었다.

우미가세 카미오는 강하지 않다. 상처 입는 것조차 두려워하는, 그런 단계일지도 모른다.

그런 그녀를, 나는 비난할 생각이 들지 않았다. 뛰어난 잠재력이나 좋은 환경은 스스로가 골라서 가질 수 있는 게 아니다. 결과적으로 우미가세는 뛰어난 잠재력을 지녔지만, 일반적인 인간에게 주어지는 것을 가지지 못한 채 살아왔다.

그렇다면, 이제까지 쌓아오지 못한 부분을 서서히 채울 때까지, 같은 보폭으로 걸어줄 인간이 필요하지 않을까?

적어도, 지금은…….

흐느끼는 우미가세를 홀로 두고 싶지 않으니까, 곁에 있어 주자고 생각했다.

§

"……………미안해."
 같이 우미가세의 집 거실로 이동한 후…….
 다소 진정한 우미가세가 처음으로 한 말이, 바로 이거였다.
"상의하지도 않고 이런 일을 벌여서, 미안해……."
"상의했더라도, 오케이하지는 않았을 거야."
"아토리에 선생들한테도, 폐를 끼쳤지?"
"아…… 뭐, 아토리에의 SNS 댓글란에는 미오에 관해 이것 저것 묻는 놈들이 어제부터 몰려오긴 했지."
"……."
 우미가세는 입을 다문 채, 혼이 빠져나간 듯한 표정을 지었다.
"시, 심정은 이해하지만, 풀이 죽거나 후회 같은 건 나중에 해도 돼. 지금 생각해야 할 건, 다른 거잖아?"
"인스타와 다른 것들 말이구나."
"그래. 어떻게 하면 좋을지, 너 혼자서 찾을 수 있겠어?"
"그게…… 미오만 될 수 있으면 다른 건 아무래도 상관없다고 생각해서, 사태를 수습할 방법은 생각도 안 했어……. 많은 사람의 주목을 어떻게 끌지, 그리고 의상을 만드는 법만 생각했거든."
"지, 진짜 생각 없는 애네……."
 우미가세는 더욱 풀이 죽었다.

하지만 무거운 짐을 내려놓고 냉정해졌기에, 객관적인 시점을 가질 수 있게 된 걸지도 모른다. 아까까지 자기가 한 행동에 대해, 후회가 싹튼 것 같았다.

혼자서 어떻게 할 수 없는 문제라면······.

협력해 주는 사람에게 의지하면 된다. 그렇다. 간단한 이야기다.

『오래 기다렸지? 이제 들어와도 돼.』

그룹 채팅방에 그렇게만 올렸다.

──그로부터 10초도 지나기 전에, 우미가세의 집 현관에서 다급하게 이쪽으로 다가오는 두 사람의 발소리가 들려왔다.

"카미!"

방 안으로 뛰어 들어온 니아는 멍하니 서 있는 우미가세에게 달려들 듯이 몸을 날렸다.

"끅."

체중이 실린 멋진 태클이었던 건지, 우미가세는 짜부라지는 소리를 냈다. 방금 그 저음은 뭐야. 완전 레어 보이스네──. 그리고 우미가세, 갑자기 태클을 당한 사람의 심정을 이제 알겠지? 깜짝 놀라니까, 앞으로는 자제하라고.

"콜록······ 어, 어째서 두 사람 다, 여기에······."

"그야, 밖에서 치카와 카미를 기다리고 있었으니까요······. 아니, 그런 건 아무래도 좋아요! 어, 어째서 이런 짓을 벌인 거예요······. 게다가, 우리가 싫다니······ 훌쩍."

"아, 아니, 그게, 저기······ 사이자 양?"

"으에엥…… 바보바보바보. 평생 용서 안 할 거예요…….'

니아는 그대로 우미가세에게 들러붙어서 엉엉 울기 시작했다. 기침을 하던 우미가세도, 이 순수한 감정 표현에 미안함을 느끼는 듯한 표정을 지었다.

"미안해. 정말, 미안해……. 싫어한다고 말해서, 미안해……."

"으윽…… 으끅…… 흐흑…… 다시는, 이런, 짓…… 하지, 마세요……."

"응. 약속할게. 절대로, 안 할 거야……."

니아에게 잡혀서 꼼짝도 못 하는 우미가세에게, 한 사람이 다가갔다.

"카미오."

"야마시로 양."

키리사가 평소와 다르게 표정을 굳히고 있어서 그런지, 이 자리에서는 날 선 분위기가 감돌았다. 왠지 보고 있는 사람까지 걱정이 되기 시작했다. 카야노 때처럼 두들겨패지는 않겠지만, 무슨 말을 할 작정인 걸까…….

"우리는, 친구지?"

"뭐?"

"친구, 맞지?"

키리사는 단호한 어조로 따지듯 말했다.

"야마시로 양만, 괜찮다면, 나는……."

"당연히 괜찮지. 그렇다면 제대로 이름으로 불러. 키리사, 라고 말이야."

"그, 그건……."

당혹감과 부끄러움과 미안함이 뒤섞인 표정으로, 우미가세는 물었다.

"괜찮겠어? 이렇게 걱정과 폐를 끼친 데다, 네가 해준 모델링까지 쓸모없게 만들려고 했는데……."

"친구는 원래 그런 거잖아. 서로에게 폐를 끼치는…… 뭐, 내 주위에는 나를 계속 혹사시키기만 하는 괘씸한 애가 한 명 있긴 하네."

키리사가 나를 힐끔 쳐다봤다. 어~ 저기, 죄송합니다.

"그럼…… 저기……."

"응."

"키리, 사."

"네, 참 잘했어요."

키리사는 그 말을 듣자마자 만족한 듯한 표정을 지었다.

"앞으로는 제대로 상의해. 혼자 끌어안지 말고 말이야. 제발 부탁이니까…… 알았지?"

"응……."

고개를 끄덕인 우미가세는 니아를 끌어안은 채, 아무 말도 하지 않았다.

자기 주위에 있는 그 무엇과도 바꿀 수 없는 소중한 것을 눈치챈 듯한, 그런 반응이었다.

"그런데, 이제 어떻게 하지?"

팔짱을 낀 키리사가 입을 뗐다.

말할 필요도 없겠지만, 의제는 시즈나기 미오에 관해서다.

"역시 인스타 건은 다른 사람이라고 부정하는 편이 무난할 것 같은데, 어떻게 생각해?"

"나도 찬성이야. 물론 의심을 사기는 하겠지만, 다행히 얼굴이나 자택 사진 같은 건 없었잖아. 관련없다고 잡아떼면서 풍화되기를 기다리는 게 좋을 것 같아."

고등학생이라고 생각하고 싶은 인간은 그렇게 생각하라고 두면 돼. 키리사는 덧붙여서 그렇게 말했다.

"괜찮겠어? 시청자들을 불안하게 만든 사람은 바로 나잖아? 솔직하게 사과하는 편이······."

"하지만 솔직하게 사과해서 구원받는 건 카미오뿐이야."

키리사가 날카로운 어조로 그렇게 말하자, 이 자리에 있는 모든 이가 침묵했다.

"완전한 역할 게임은 아니라고 해도, 이번 같은 방식으로 주목받는 것은 버튜버 시즈나기 미오에게 바람직하지 않아. 무엇보다, 미오의 리스너도 바라지 않겠지······. 카미오가 양심의 가책을 받는 건 알지만, 그건 앞으로도 버튜버로서 시청자를 즐겁게 해주는 것으로 청산하면 돼. 내 말 틀려?"

"맞, 아······."

우미가세는 고개를 끄덕였다. 비정하게 들릴지도 모르지만, 맞는 말이다.

"남은 건 리스크 매니지먼트를 어떻게 하느냐는 문제네요."

공개된 사진 정보를 통해, 도쿄에 산다는 건 이미 들통났다. 세상은 넓다. 필사적으로 미오가 누구인지 캐내려고 하는 인간도 있을 것이며, 스토커 문제 혹은 더 나쁜 문제로 이어질 가능성도 있다. 대형 사무소가 그런 문제에 대비해 대책위원회를 설치할 정도인 만큼, 웃어 넘기는 건 무리다.

 "뭐, 그 점에 대해서는 앞으로 다 같이 상의하기로 하고…… 아무튼, 방송이나 시청자에 대한 설명 같은 건 카미오에게 맡겨도 되지 않을까?"

 "응."

 우미가세는 고개를 끄덕이며 우리를 쳐다봤다.

 "내가 한 짓의 책임을 제대로 질게……. 그러니까 너희가 나를 지켜봐 줘."

 언젠가 들었던 말과, 비슷한 말이다.

 하지만, 이어지는 말은 달랐다.

 "그리고…… 만약 앞으로 내가 곤란한 상황에 부닥치면, 도와줬으면 해."

 나도, 키리사도, 니아도, 말없이 고개를 끄덕였다. 동의의 말조차, 필요 없었다.

§

 다음 날. 오후 6시.

 시즈나기 미오의 채널에서, 어제 할 예정이었던 방송이 지금 시작됐다――.

【보고】화제가 되고 있는 일과 앞으로에 관해【시즈나기 미오】

『아~…… 아~…… 오케이. 하로와~. 다들, 오늘도 모여줘서 고마워~.』

『우선…… 어제 공지도 없이 방송한다고 해놓고, 연기까지 해서 미안해요. 시청하려고 기다렸던 분들에게 폐를 끼쳤어요……. 앞으로는 이런 일이 없도록 할게요.』

『하아. 왠지, 긴장돼. 첫 방송 때도 긴장 안 했는데 말이야.』

『뭐, 그래도 오늘은…… 응. 오늘은 즐거운 이야기보다, 중요한 이야기를 해야 해. 그러니까…….』

『그렇다면 미리 말해둘게. 소문의 인스타 계정 말인데…… 그건 나와 상관없어. 딴 사람 이야기야.』

『그래. 큰 소동이 벌어졌으니까, 방송을 봐주는 사람 중에는 걱정해 주거나 왜 빨리 부정하지 않는 거냐며 불안을 느낀 사람도 있을 거야.』

『내가 아무 말도 안 하니 사실인 줄 알고 실망한 사람이나, 슬퍼한 사람도 당연히 있을 거야. 버튜버인 시즈나기 미오를 보러 오는 건데, 그런 게 거슬렸을지도 몰라.』

『실망, 시켰을지도 모르겠네. 미안해. 이 며칠 동안 무슨 일이 있었는지 자세히는 이야기해 줄 수 없지만, 이번 일에 관해서 내가 부적절한 대응을 하는 바람에 모두를 불안하게 만든 건 틀림없어. 그 점만큼은, 사과할게.』

『……하지만…….』

『그런 것을 전부 알면서도, 나는 앞으로도 방송을 계속할 생각이야.』
『내 방송이 조금이라도 누군가의 인생에 빛이 된다면 좋겠다고, 거짓말이 아니라 진짜로 생각해. 이 채널도, 시청자 여러분도 내게는 소중해. 그리고 오늘까지 한 방송도 틀림없이 즐거웠어. 그러니까…….』
『그러니 만약 앞으로도 내 방송을 볼 생각인 사람이 있다면, 나는 그 사람이 즐길 수 있는 방송을 할 수 있도록 노력할 테니까…….』
『앞으로도, 잘 부탁해.』

 방송 아카이브는 당일에만 100만 번 재생됐고, 인터넷 뉴스에서도 다뤄졌으며, 영상의 코멘트란에서는 찬반양론의 다양한 의견이 달렸다. 이른바 어그로 장사가 아니냐, 그 계정은 진짜이며 인정할 수 없으니 그렇게 둘러댔을 뿐이다, 같은 핵심을 찌르는 코멘트의 스크린샷이 트미터에도 확산되며 주목을 모았다. 어쩌면 정리 사이트와 인터넷 게시판에서는 축제가 벌어졌을지도 모른다.

『저는 앞으로도 볼 거예요!』『은퇴한다는 게 아니라 다행이야…….』『앞으로도 응원할게~.』『100만 명 기념 노래 방송 기다릴게요.』『진짜로 첫 최애니까 사라지지 마(;;)』

 하지만 코멘트란에는 미오의 팬이 쓴 메시지도 잔뜩 올라와 있었다.
 ……이 소동에 대한 책임을 지고 싶다면, 키리사가 말한 대로 하면 된다.
 앞으로 시청자에게 자신이 즐기는 모습을 보여주며, 재미와 즐거움을 공유하는 것이다.
 괜찮다. 지금의 미오라면, 분명 해낼 수 있다.
 나는 그렇게 믿으며, 생방송을 끈 후—— 페인트 소프트웨어를 켰다.

【#11】혹은, 그녀에게 있어서의 프롤로그

 7월 첫 일요일. 장소는, 평소와 별반 다르지 않은 내 아파트.
 그리고 식탁에는 평소와 달라지지 않은 멤버가 모여 있었다.
 "자, 이제부터 근황 보고회를 시작하겠어. 진행은 일러스트 업무 때문에 바빠서 다 죽어가고 있는 치카게를 대신해서 내가 할 테니까, 잘 부탁해."
 "안경까지 쓰고서 야무진 표정으로 그런 소리 늘어놓으니, 참 잘나 보이네요."
 "불만이 있으면, 니아가 할래? 원한다면 양보해 줄게."
 "윽."
 따끔한 딴지를 받은 니아는 불평을 늘어놓으면서 입을 다물더니, 옆에 앉아 있는 소녀—— 카미오에게 울면서 매달렸다.
 "아아, 카미와 친구가 되어서 정말 다행이에요. 니아의 주위에는 치카나 키리사처럼, 니아한테 엄격하게 구는 사람만 있거든요……."
 "역할 분담이라는 걸까. 그런 두 사람을 대신해서, 내가 조금은 응석을 받아줄게."
 카미오와 니아는 자매처럼 서로의 얼굴을 쳐다보더니, 뭔가 재미있는지 웃음을 흘렸다.

 그런 훈훈한 모습을 보고 소외감을 느낀 건지, 키리사는 일부러 크나큰 탄식을 터뜨렸다.

 "이야기를 계속하겠어……. 우선, 미오의 일이야. 그 일은 일단 소강상태에 들어갔다고 생각해도 될 거야."

 가장 먼저 이야기해야 할 내용을, 키리사가 언급했다.

 미오가, 그날 했던 방송.

 인스타 계정과 영혼의 개인 정보 누출 의혹 소동을 부정하고, 걱정해 준 시청자에게 사과한 방송. 동시에 버튜버로서 자신의 활동과 어떻게 마주할지와 자신에게 방송이 어떤 것인지를 재확인한 후, 자신이 앞으로도 버튜버를 이어갈 거라는 결의를 표명한 방송.

 그 방송 아카이브의 재생 횟수는 현재 300만이 넘었으며, 방송되고 한동안은 각종 SNS와 다른 사이트에서 마구 언급됐지만…… 그래도 피크 시기에 비하면 꽤 진정됐다.

 아마 누군가에게 명확하게 폐를 끼치거나 상처를 주지 않은 덕분이라고 생각한다——. 우리는 고생이 많았지만, 그건 우미가세 카미오의 이야기다. 방송상의 시즈나기 미오는 요즘 같은 세상에서는 기적이라 해도 과언이 아닐 만큼 청초하고 성실한, 자기소개 그대로의 모습이었다. 이 점에 관해서는 객관적인 관점에서 단언할 수 있으며, 그렇기에 인터넷상의 소란도 빨리 잦아들었으리라.

 ……물론 앞으로 어떻게 될지는 우리도 알 수 없다. 하지만 미

오는 방송을 할 수 없을 정도의 치명적인 타격을 입진 않았으며, 지금의 방송은 첫 한 달 시절의 온화하면서도 시끌벅적한 분위기로 되돌아갔다.

그러니 일단은 기뻐해도 될 것이다.

"그렇다면 이번 일로 배운 점을…… 자, 카미오와 니아가 각각 대답해 봐."

"그건…… 곤란한 일이 벌어지면, 혼자 끌어안지 말 것."

"카미오는 정답이야. 이번 일로 혼쭐이 났다면, 앞으로는 우리와 상의하도록 해. ……니아는?"

"뭐, 뭔가요?"

"함부로 집 밖에서 버튜버를 한다는 소리를 하지 말 것, 이잖아. 전에 네가 학생 식당에서 큰 소리로 우리에게 말을 걸었던 것 말인데, 그것도 꽤 아웃이거든? 카미오의 일로 위험성은 충분히 알았을 테니까, 앞으로는 두 번 다시 그런 짓을 하지 마. 알았지?"

"아, 네. 조심할게요……."

꾸중을 들은 니아가 작게 고개를 끄덕였다. 반응을 보아하니, 반성하고 있는 것 같기는 했다.

"다음으로 넘어가겠어."

차와 함께 먹으려고 사온 듯한 팥빵을 뜯으면서, 키리사는 이야기를 이어갔다.

"인스타에 카미오가 흘린 개인 정보로, 본인의 정보가 유출되지는 않은 거야?"

"아직은 괜찮아. 누가 집에 이상한 짓을 하거나, 수상한 전화가 걸려 오지도 않았어. 잠잠해질 때까지는 집 근처의 역을 이용하지 말라는 것도, 지키고 있거든."

"응. 그렇다면 다행이야."

그 두 번째 걱정거리도, 아직은 별문제 없는 것 같았다.

간발의 차이였다고 생각한다. 카미오가 자기 정보를 흘리려고 직접 만든 계정에, 조금만 더 개인적인 정보를 올렸다면…… 범죄자가 추적에 성공해서 정체가 밝혀졌을지도 모른다. 이 점은 불행 중의 다행이랄까── 카미오의 내면에 망설임이 존재해서 다행이다. 마음만 먹었으면, 돌이킬 수 없는 상황을 초래할 수 있는 사진도 얼마든지 올릴 수 있었을 테니까 말이다.

"그렇다면 이 두 가지에 관해서는 앞으로도 정보 교환을 하기로 하고, 무슨 일이 있으면 바로 우리에게 의지하기야……. 생각보다 빨리 끝났는데, 치카게는 뭔가 할 말 없어?"

그 말을 들은 나는 작업용 의자를 식탁 쪽으로 돌렸다.

"나는 없어. 카미오에게 궁금한 점이 더 없다면, 이쯤에서 끝내도 돼."

미안하지만, 다들 이만 나가 줬으면 좋겠다.

일러스트 작업에 집중하고 싶지만, 카미오의 이야기도 중요하기에 딴생각을 하는 탓에 일러스트에 집중하지 못했다. 존잘 일러스트레이터로서 이래서는 안 된다. 무슨 일이 있더라도, 자신의 일러스트에 온 힘을 다 쏟아부어야 한다. 프로로서, 그리고 무엇보다 아토리에의 자존심이 있으니까.

"카미오, 라."

"왜, 왜 그래?"

"아무것도 아니야. 아, 드디어 치카게도 이름으로 부른다 싶었을 뿐이거든?"

아무것도 아니라면, 그렇게 지적할 필요도 없지 않을까?

게다가, 나만 계속 성으로 부르면 거리를 두는 것처럼 보일 것이다. 친구니까 이름으로 부른다. 키리사도 같은 이유로 이름으로 부르는 거니까, 딱히 문제될 건 없잖아…….

"그러고 보니, 카미는 치카를 이름으로 안 부르나요?"

"응. 아토리에 선생이니까, 아토리. 그게 더 부르기도 편하고……."

뜻 모를 시선이 느껴졌다. 고개를 돌려보니, 카미오가 나를 뚫어지게 쳐다보고 있었다.

"할 말이 있으면 해. 그것도, 이번 일의 교훈이잖아."

"딱히, 아무것도 아니야."

"카미…… 혹시, 이름으로 부르는 게 부끄러운 거예요? 니아와 키리사와 다르게, 치카만 그런 거예요?"

"아니야. 전혀 그런 게 아니야. 초등학생도 아닌걸. 게다가 나한테 아토리는 아토리에 선생이란 이미지가 강하니까, 역시 그걸 소중히 해야 하지 않겠어?"

"히익……."

어, 주문인가? 고속 영창? 말이 너무 빨라서, 니아는 겁을 먹었다──. 진지한 이야기를 하자면, 아직 그런 쪽은 알아가는 단계일지도 모른다. 두 사람과 다르게, 나는 남자니까 말이다. 카미오가 그런 쪽으로 과거에 싫은 일을 겪은 거라면, 너무 캐묻기도 좀 그랬다.

"참, 맞다. 다음 주 일요일에 자료 사진을 찍으러 당일치기로 교토에 갈 건데, 벌로 치카게도 따라와 줘야겠어."

"대체 무슨 벌인 거냐고!"

게다가 편의점에 아이스크림이라도 사러 가는 듯한 가벼운 투로 말하는 거냐. 입에 담은 말의 중요성과 태도가 일치하지 않는 거 아니야? 그래, 교토에 가자, 같은 거야? 적당히 좀 하라고.

"내 기분을 상하게 한 벌…… 게다가 미오의 모델링을 해준 보수, 아직 못 받았거든?"

"끓는점을 종잡을 수 없네……. 잠깐만 있어봐. 카미오를 제대로 설득했잖아? 그건 뭔데? 게다가 금전적인 보수를 지급하겠단 소리도 했거든?"

"그걸로는 한참 부족하고, 애초에 우정의 대가를 돈으로 치르는 것도 좋지 않아."

착한 애인 척하기는……. 그렇다면 나는 키리사에게 어떤 식으로 빚을 갚아야 하는 거냐고.

"저기, 문득 든 생각인데 말이야. 아토리에와 키리히메의 대등한 협력 관계라고 해놓고, 요즘 들어서 내 부담만 컸던 것 같은 느낌이 들어. 편리한 여자 취급을 받는 것 같거든?"

"그럴 때는 여자 쪽에도 문제가 있는 거예요. 그런 포지션에 만족을 하고 있는 거니까…… 아얏!"

키리사가 던진 티슈곽이 니아의 이마에 정확하게 명중했다. 니아는 그대로 침몰했다. 너도 슬슬 입이 화근이라는 것을 깨달으라고…….

"그러니까! 치카게는 한동안 내 말에 무조건 따라줘야겠어. 일 때문에 바쁘든 말든 내 알 바 아니니까, 죽을힘을 다해 스케줄을 맞춰."

무시무시한 소리를 들었다. 너무나도 어처구니없는 발언이었기에, 나는 입을 쩍 벌리고 말았다.

"참고로 그거, 명확한 기한이 있긴 해?"

"내가 됐다고 말할 때까지야."

"완전히 네 마음대로인 거잖아!"

──안 그래도 스케줄이 빡빡한데, 더 빡빡해지고 말았다.

근황 보고회가 끝나고, 각자가 수다를 떨기 시작했을 때였다.

"아토리."

그 타이밍에 카미오가 내 작업 책상 쪽으로 다가왔다.

"왜 그래? 보다시피 나는 몸이 산산조각날 것 같을 정도로 바빠. 내 도움이 필요한 일이 있더라도, 조금 자제해 주면 좋겠거든?"

"그게, 말이지……. 그 일 말인데, 내일 말할 생각이야."

……그 말을 들은 순간, 펜을 움직이던 내 손이 딱 멈췄다.

"점심때, 옥상으로 부르려고. 그러니까……."

"멀리서 지켜봐 달라는 거지? 알았어. 내일 점심때야?"
"응. 고마워."
내가 승낙하자, 카미오의 표정이 확 밝아졌다.
저기, 뭐냐……. 오우기야가 놀라 자빠지지 않으려나.

§

다음 날, 월요일 점심시간.
나는 옥상 벤치에 앉아서, 먼 곳에 있는 두 사람을 지켜보고 있었다.
카미오와—— 다른 한 사람은, 농구부의 오우기야다.
어제 모임은, 과거를 돌아보는 이야기를 하는 자리였다. 그리고 카미오가 지금부터 하려는 건, 미래의 이야기다.
제자리걸음만 되풀이하던 카미오가, 한 걸음 전진하기 위한 이벤트다.
"어떻게 됐어?"
몇 분 후, 이야기를 마친 것 같았다. 오우기야가 옥상에서 나간 후, 내 쪽을 향해 돌아선 카미오가 빠른 발걸음으로 내가 앉은 벤치 앞으로 이동했다.
"오늘 방과 후부터, 함께 힘내자네."
내 옆에 털썩 앉은 카미오는 그렇게 말하더니, 깊은 한숨을 쉬었다.
"무지 긴장했어……."

"네 반응을 보니, 그런 것 같네······. 하지만 농구부는 여전히 부원이 부족한 것 같거든. 오우기야로선 바라 마지않는 일이니까, 바로 오케이하지 않았어?"

"응. 농구부에 들어가고 싶다고 말했더니, 오우기야 양은 정말 기뻐했어······. 하지만, 아직 긴장 돼. 아아. 나, 오늘부터 동아리 활동을 하는구나······. 그래······."

자기가 하겠다고 말했으면서, 아직 실감이 나지 않는 것 같았다. 카미오는 여전히 안절부절못했다.

"일단 사전 정보만 말해 주자면, 오우기야와 농구부 부원들은 하나같이 좋은 애들이야."

"응. 그건 왠지 알 것 같아. 하지만 그런 문제가 아닐 거야."

······자기 마음의 문제, 일까.

"나와 니아가 견학을 갈까? 보호자 참관 느낌으로 말이지. 첫날이기도 하잖아."

"그건······ 아니야, 괜찮아. 들어가기로 결심한 건 바로 나잖아. 무섭지만······ 힘내볼래."

"그렇구나."

어느 정도 시간이 지나── 이번 미오의 사건에 마침표가 찍힌 것과 거의 비슷한 시기에, 카미오는 우리에게 농구부에 들어가고 싶다고 말했다. 방송은 기본적으로 밤에 하니까, 시간적으로는 문제없다. 게다가── 힘든 경험을 한 것은, 농구 코트 밖에서다.

농구 자체는 여전히 좋아하는 것이다.

지금 할 소리는 아니지만, 괜찮지 않을까……라고 생각했다. 나와 키리사는 바로 좋은 생각이라 말했고, 니아는 귀가부 동지가 줄어드는 걸 아쉬워하면서도, 마지막에는 응원해 줬다.

 나도, 그저 등을 밀어주기만 했다. 그리고 지금 이렇게, 오우기야에게서 승낙을 받았다.

 카미오의 과거를 생각하면, 더할 나위 없이 잘된 일이리라.

 "구미, 먹을래?"

 가만히 멍 때리고 있을 때, 카미오가 입버릇 같은 말을 했다.

 "오늘은 뭔데?"

 "타이어 모양이야. 참고로, 엄청 맛없는 걸로 유명해."

 "어, 어째서 그런 게 있는데……. 우와, 끄억……."

 받았으니 먹을 수밖에 없다는 생각에 입에 넣어 보니, 정말 개성적인 맛이었다. 게다가 알이 큰 데다 소용돌이 같은 모양을 하고 있어서, 삼키기도 힘들었다──. 이게 뭐야. 이제까지 먹어 본 적 없을 뿐만 아니라, 평범한 사람이라면 평생 느낄 일이 없을 맛이다. 씹을 수도, 삼킬 수도, 맛볼 수도 없다. 이 최악의 삼박자는 대체 뭐냐고.

 "저기, 아토리."

 "왜?"

 들고 있던 커피로 구미를 위장에 밀어 넣고 있을 때, 카미오가 내 무릎을 흔들었다──야, 너. 안 먹은 거 아니야? 너도 먹어. 나한테만 고통을 맛보여주지 말라고!

"고마워. 나, 지금 정말 즐거워. 방송도, 현실도…… 양쪽 다 말이야."

——푸념이라도 한마디 해줄까 했는데, 아무 말도 못 했다.
 이 해맑은 미소는 그날 밤, 데생해서 그린 카미오의 표정을 능가할 만큼 아름답고, 한 점의 그늘도 없었다. 순수하게 귀엽다는 생각이 드는 얼굴이었다.
 잘됐는걸. 그런 감상만이, 마음속에 감돌았다.
 "하지만, 이렇게 단둘이 옥상에 있으니 이런저런 일이 생각나는걸."
 "아, 내가 아토리를 갑자기 불러냈던 일 말이구나?"
 "아니야. 그것보다 그 직후에 본, 네 가슴이라든지 허벅지라든지 말이야."
 "저, 전부 수영복 차림 때 본 거네."
 "아토리에를 끌어들이기 위해서나, 자기 계획에 이용하는 것에 대한 속죄 삼아 그런 걸지도 모르지만……, 차분히 생각해보니 정말 정신 나간 짓이었어. 그리고 거절당한 후에 해도 됐을 텐데…… 역시, 그런 게 네 성적 취향인 거야?"
 "……."
 "하지만, 이제 현실의 여자애를 데생할 수 없는 걸 생각하면, 그때 해둘 걸 그랬다 싶네. 내 인생에서, 같은 반 애의 마이크로비키니 차림을 구경할 일은 두 번 다시…… 자, 잠깐만. 뭘 하려는 거야?"

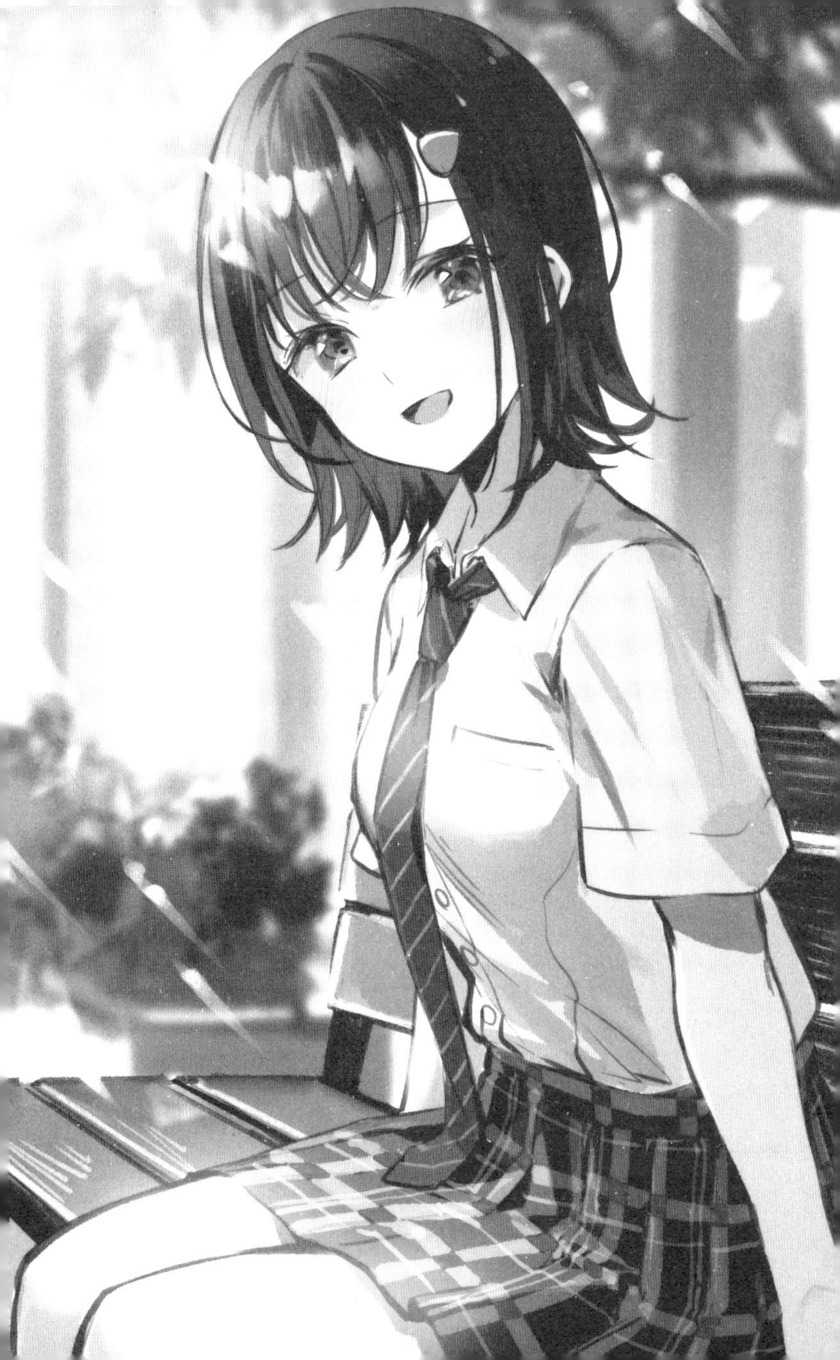

"야한 소리밖에 안 하는 그 입에, 구미를 가득 채워 줄 생각이거든?"

"진짜로 토하니까 하지 마!"

 7월의 섬세한 햇살이, 옥상 라운지를 상냥히 비췄다. 공기청정기와 에어컨 덕분에 기온은 큰 차이가 없을 테지만, 왠지 주위가 따뜻해진 느낌이 들었다.

 곧 있으면 여름이다. 눈부시고 후덥지근하며 자외선 차단제가 꼭 필요한, 그런 여름이 찾아올 것이다.

 그렇다면 미오도 여름 의상이 있는 게 좋겠는걸——.

 문득 생각난 일러스트를 그리는 것이 벌써부터 기대된 나머지, 슬며시 웃음을 흘렸다.

 그러면서 나는—— 시즈나기 미오의 마마가 되길 잘했다고, 진심으로 생각했다.

후기

 여러분, 처음 뵙습니다. 쿠로카기 마유라고 합니다. 제18회 MF문고J 라이트노벨 신인상에서 가작을 수상하면서, 이 세계에 발을 들이게 됐습니다. 앞으로 알아봐 주시면 감사하겠습니다——. 아니, 여러분이 알아봐 주시도록 노력할 테니 잘 부탁드립니다.

 저는 여러 가지 취미가 있는데, 그중에서도 방송 사이트 순례에는 꽤 연륜이 있습니다. 중학생 시절, 니코니코에서 게임 실황과 생방송을 볼 때부터 쭉 좋아해 왔고, 석 달 간격으로 MF문고J 신인상의 투고 폼에 작품을 투고할 때도 변함없이 시청했습니다. 그래서 다음에 어떤 이야기를 쓸지 생각할 때, 버튜버라는 존재를 떠올린 것은 어찌 보면 자연스러운 일일지도 모릅니다. 사실, 제 유튜브와 트위치의 구독란에는 버튜버가 여럿 있으니까요.

 그런 만큼, 제 작품이 민감한 내용을 다루고 있다는 걸 이해하고 있습니다.

버튜버라는 존재의 내부 사정을 그린다고 하는 행위는 간접적으로, 보여줘선 안 되는 것을 보여주는 행위가 아닐까 하는 생각도 했습니다. 세계관을 훼손하는 짓이라고도 생각했죠.

 그러니 선을 넘는 만큼 결과를 내자는 건 아니지만, 버튜버라는 존재를 통해서 자신이 그리고 싶은 테마와 캐릭터를 명확하게 표현해야 한다고 생각하면서 『V 아바타의 안쪽 사정』을 열심히 썼습니다.

 우미가세 카미오. 1권은 순전히 그녀의 이야기입니다.

 종잡을 수 없는 것 같다가도 단순한 구석이 있고, 성가시고 제멋대로인 데다, 남들보다 감수성이 예민하고 자상함이 넘쳐나는── 그 존재가 독자 여러분의 기억에 남았다면 작가로서 참으로 기쁠 겁니다. 또한 그녀와 친해진 키리사와 니아의 귀여움과, 치카게의 변태스러움(?)도 전해졌으면, 정말 기쁠 겁니다.

 마지막으로, 개인적인 감사 인사를 드리고자 합니다.

 담당 편집자님. 스케줄을 이렇게 촉박하게 만들어 정말 송구합니다. 앞으로는 스케줄적으로 여유를 가지고 집필을 할 수 있도록, 한층 더 정진하겠습니다.

 일러스트를 담당해 주신 후지 초코 님. 멋진 일러스트를 그려주셔서, 지금도 꿈만 같은 심정입니다. 특히 컬러로 그려주신 수족관 일러스트는 감동 그 자체입니다…….

 그 밖에도 신인상 심사를 맡아주신 선생님과 편집자 여러분, 관계자 여러분. 이 작품에 조금이라도 관여해 주신 모든 분께,

거듭 진심으로 감사드립니다.

  독자 여러분과 재회할 수 있기를 기원하며—— 이만 줄이겠습니다.

V 아바타의 안쪽 사정 1

2024년 12월 20일 제1판 인쇄
2025년 01월 03일 제1판 발행

지음 쿠로카기 마유
일러스트 후지 초코

옮김 이승원

발행 데이즈엔터(주)
등록번호 제 2023-000035호
주소 07551 서울특별시 강서구 양천로 570 NH서울타워 19층
대표전화 02-2013-5665

ISBN 979-11-380-5583-3
ISBN 979-11-380-5582-6 (세트)

V NO GAWA NO URAGAWA Vol.1
ⓒMayu Kurokagi 2022
First published in Japan in 2022 by KADOKAWA CORPORATION, Tokyo.
Korean translation rights arranged with KADOKAWA CORPORATION, Tokyo.

이 책의 한국어판 저작권은 데이즈엔터(주)에 있습니다.
저작권법으로 한국 내에서 보호를 받는 저작물이므로 무단 전재와 무단 복제를 금합니다.

구매 시 파손된 도서는 구매처에서 교환하실 수 있습니다.
기타 불편사항, 문의사항이 있으신 독자님께서는 노블엔진 홈페이지
[http://novelengine.com] 에서 Q&A 게시판을 이용해 주시기 바랍니다.

**무자각 고스펙 청년이 두 번째 청춘을 리얼하게
다시 시작하는 뉴 게임 플러스 학원 러브 코미디!**

하이바라의 청춘 뉴 게임 플러스

1~3

고등학교 데뷔에 실패해 잿빛 고등학교 시절을 보내고 대학교 4학년생이 된 청년, 하이바라 나츠키.

사회 진출을 코앞에 둔 그는 어느 날 갑자기 7년 전—— 고등학교 입학 직전으로 시간을 되돌아가게 된다!!

후회만 가득하던 고등학교 생활을 '다시 시작' 할 기회를 얻은 덕에 과거의 경험을 교훈 삼아 같은 반 미남미녀 최상위 그룹 6명 중 한 사람이 되는 데 훌륭히 성공한 나츠키!

게다가 그곳에는 과거에 짝사랑한 미소녀, 히카리도 있는데……?!

아마미야 카즈키 지음 | 긴 일러스트 | 2024년 12월 제3권 출간
청춘의 상상, 시동을 걸어라!

**그 탐정은 죽어서도 사건의 진상을 파헤친다!
극상의 본격 미스터리, 개막!**

또 죽고 말았나요, 탐정님

1

♦

정말이지, 탐정은 목숨이 몇 개 있어도 모자라는 직업이다.

죽었다. 또 살해당했다.

전설의 명탐정을 아버지로 둔 초짜 고등학생 탐정, 오우츠키 사쿠야.

오늘도 의뢰를 받고, 의기양양하게 불륜 조사나 고양이 찾기 등 수수한 일에 임하지만, 어째서인지 가는 곳마다 살인 사건에 휘말린다. 게다가 '피해자'는 자기 자신?! 그리고 특수한 체질 때문에 매번 되살아나는 오우츠키 사쿠야를 무릎베개로 맞이하는 것은 우수한 조수 리리테아.

"또 죽고 말았나요, 탐정님."

탐정으로서, 피해자로서, 사쿠야는 목숨을 걸고 어려운 사건들을 해결해 나간다――!!

©teniwoha 2021
Illustraion : nichu/illustraion nichu
KADOKAWA CORPORATION

테니오하 지음 │ 리이츄 일러스트 │ 2024년 12월 제1권 출간

청춘의 상상, 시동을 걸어라!

가난한 내가 유괴 사건에 말려들면서 모시게 된 주인은 숙녀의 탈을 쓴 생활력 빵점 영애였다──?!

아가씨 돌보기

영애들이 다니는 명문 학교에서 제일가는 아가씨(생활력 없음)를 남몰래 돕는 시중 담당이 되었습니다

1~6

남자 고등학생 '토모나리 이츠키'는 유괴 사건에 말려들었다가 국내에서 손꼽히는 재벌 가문의 아가씨인 '코노하나 히나코'의 시중을 들게 되었다.

겉으로는 뭐든지 잘하는 히나코 아가씨. 하지만 그 정체는 혼자서는 일상에서 아무것도 못할 정도로 생활력이 없고 나태한 여자애. 그러나 히나코는 집안의 체면상 학교에서는 '완벽한 숙녀'를 연기해야만 한다. 그런 히나코를 지키고 싶은 마음에 하나부터 열까지 지극 정성으로 모시는 이츠키. 마침내 히나코도 그런 이츠키에게 몸과 마음을 의지하는데…….

어리광 만점! 생활력 빵점?!
완벽한(?) 아가씨와 함께하는 러브 코미디!

사카이시 유사쿠 지음 | **미와베 사쿠라** 일러스트 | **2024년 11월 제7권 출간**

청춘의 상상, 시동을 걸어라!

**패배했기에 빛나는 소녀들에게 행복이 있으라!
인기 애니메이션 방영작, 출간 중!**

패배 히로인이 너무 많아!

1~6

학급의 배경인 나, 누쿠미즈 카즈히코는 인기 많은 여자인 야나미 안나가 남자에게 차이는 모습을 목격한다.

"나를 신부로 삼아주겠다고 했으면서!"
"그거 언제 적 이야기인데?"
"네다섯 살쯤인데."
——그건 좀 아니지.

그리고 이 일을 시작으로 육상부의 야키시오 레몬, 문예부의 코마리 치카처럼 패배감이 넘치는 여자애들이 나타나는데——.

**패배 히로인—— 패로인들과 엮이는 수수께끼의 청춘이 지금 막을 연다!
2024년 인기 애니메이션 방영작!!**

©2022 Takibi AMAMORI / SHOGAKUKAN
Illustrated by IMIGIMURU

아마모리 타키비 지음 | **이미기무루** 일러스트 | **2024년 11월 제6권 출간**

청춘의 상상.시동을 걸어라!